das neue buch
Herausgegeben von Jürgen Manthey

Friedrich Christian Delius
Ein Held der inneren Sicherheit

Roman

das neue buch
rowohlt

Lektorat: Jürgen Manthey, Delf Schmidt
Erstausgabe
Veröffentlicht im Rowohlt Taschenbuch Verlag GmbH,
Reinbek bei Hamburg, Februar 1981

Umschlagentwurf Christian Chruxin
(Foto: Reinhard Matz)
Gesetzt aus der Garamond (Linotron 404)
Gesamtherstellung Clausen & Bosse, Leck
Printed in Germany
1400-ISBN 3 499 25153 1

Ereignisse der Zeitgeschichte waren ein Ausgangspunkt, sind jedoch nicht Gegenstand dieses Romans. Personen und Institutionen sind die Produkte der poetischen Phantasie des Verfassers.

Ich allein weiß, wozu ich fähig gewesen wäre …
Für die anderen bin ich höchstens ein Vielleicht.
Stendhal: *Rot und Schwarz*

1

An diesem Morgen, als noch niemand wußte, welchen Verlauf die aufregende und abstoßende Geschichte nehmen könnte, war Roland Diehl es leid, in ein Netz ungewohnter Gefühle gezogen zu sein. Seit Tagen konnte er sich nur schwer mit etwas anderem beschäftigen als mit seinem Chef, Präsident des Verbandes der Menschenführer Alfred Büttinger, der auf so lächerlich einfache Weise entführt versteckt gesucht und in den Mittelpunkt der Aufmerksamkeit gezerrt war, phantastischer Gesprächsstoff, Futter der Schaltzentralen und schon zum Objekt erstarrter Name auf dem schwärzer bedruckten Zeitungspapier.
Seit Tagen wurde die gewaltige Aufmerksamkeit auch auf Roland Diehl und die anderen Angestellten des Verbandes geladen, die aus ihrer jahrelangen Anonymität plötzlich entlassen waren und so viele panische Regungen zeigen mußten wie nie zuvor. Eingeschüchtert vom überschäumenden Beileid und noch hilflos in Rachegedanken, hatten sie mehrere Tage in immer unbequemerer Spannung vor den Bildschirmen auf eine Lösung gewartet und sich immer häufiger dabei ertappt, eine grausige, in die Länge gezogene Operette auf der Fernsehbühne zu verfolgen.
Erschossen waren Büttingers Beschützer, und der Schreck darüber wurde täglich wiederholt, vielfach vergrößert. Für Roland Diehl war der Schreck schon abgetan, obwohl er mehrmals in Büttingers Wagen neben Büttinger gesessen hatte. Diehl war nicht der Mann, der als Zuschauer eines Feuergefechts Entrüstung spielte oder zu spielen hatte. Der Überfall war für ihn eine vielleicht ungewöhnliche, in ihrer Perfektion aber kaum noch brutal wirkende Filmszene. Die Toten Statisten mit einer kurzen glänzenden Karriere, die Täter Opfer spätestens in der Schlußszene. Um so empörender war die Situation dessen, der überlebt hatte, um den nun gefeilscht wurde, der von seinen Feinden noch am Leben gehalten und von seinen Freunden schon zum Tod verurteilt war, was keiner wissen durfte und jeder ahnte. Es gehe um eine Herausforderung, es gehe um Büttingers Leben, und doch sah man ihn live vor den Kameras hingerichtet sterben,

obduziert und schon zum Denkmal erhoben, bevor er umgebracht war.
Das Unerträgliche für Diehl war nicht mehr dieser Vorgang, sondern das Andauern dieses Vorgangs. Vor jedem möglichen Happyend unterbrachen die Sprecher der Nachrichten die Vorstellung und riefen zu einem neuen Zusammengehörigkeitsgefühl auf. Hinter den Barrieren Geheimnisse. Vor den Barrieren war Ruhe befohlen, Geschäfte wie üblich bitte, und alle Vorgesetzten gaben die Parole aus, die Arbeit müsse ganz normal getan werden, jetzt erst recht, das sei in Büttingers Sinn. Auch Diehl hatte versucht, mit Durchhalteparolen über die Runden zu kommen, vergeblich, und nun fing er an, ohne es recht zu merken, es dem Chef übelzunehmen, daß der immer noch in Gefahr, immer noch nicht lebendig oder tot gefunden war und beständig alle Gehirnzellen besetzte und blockierte. Diehl merkte nur, wie lästig es war (er nannte das komisch), sich so schwer ablenken und keine andere Spannung gönnen zu können, immer wieder sich mit Büttinger befassen zu müssen, ihm ständig nachzuspüren in immer schwerer zu regulierenden Gedankenketten. Er wollte endlich frei sein von Büttinger, ihn abschütteln.
Als ihm das klar wurde, an diesem Morgen, im Bett und allein und von kriegerischen Träumen geschlagen, erschrak er, weil er nicht sicher war, ob er mit solchen Gedanken Büttinger schon aufgegeben hatte.

Nie wird es reichen, die Städte zu durchsuchen, dachte Diehl, als er aus der Tiefgarage ans Licht und auf die Rodenkirchner Hauptstraße fuhr. Nie wird es reichen, die Hochhäuser und die Altbauten zu observieren, gerade die unscheinbaren Gegenden verdienen jeden Verdacht, die friedlich genannten Dörfer und Landschaften, Büttinger muß doch irgendwo zu finden sein. Man müßte die Mittelgebirge durchkämmen, jeden verfallenen Schuppen in der Eifel erfassen, durch Weinberge kriechen und über die Böschungen der Bahnlinien, man müßte den Panoramastraßen folgen und die Stauseen ausloten, Autobahnbrücken prüfen, die Gesichter der Besucher vor den Kassen der Wildparks, die hohlen Denkmäler auf den strategisch gut gelegenen Soldatenfriedhöfen, Verstecke überall. Ich würde über die Landstraßen fahren, Wälder inspizieren, Steinbrüche und Sägewerke, mein Leutnantsblick, mein Orientierungssinn gegen Wochenendhütten, Scheunen und Forsthäuser.

Der Morgenverkehr nur mit kurzen Staus, Waffenstillstand aller Hupen, unnahbar die Fahrer zwischen ihren Stoßstangen sich dem Tag entgegenboxend, und wieder ging Diehl alles zu langsam. Der dichte Verkehr, die abgeblockten Überholmöglichkeiten genügten, diese Enge empfand er wie fast jeden Morgen als Beleidigung seiner Person und seines BMW.

Er sah in fremden Landschaften vor gesperrten Durchfahrten Roland Diehl Sondergenehmigungen aus der Tasche ziehen, im Rallyetempo über Sandwege jagen und aussteigen, wo die Gegend verdächtig riecht, wo er selber gern jemanden verstecken würde. Du wirst den Wagen stehen lassen und auch die Schäferkarren nicht schonen, Unterstände für Wanderer und Waldarbeiter, Waldkapellen, was ist mit den Futterkrippen und den riesigen Ameisenhaufen. Such weiter, nicht aufgeben, wenn du schwitzt, kühlt dich Regen, bevor dir die Nässe ins Hemd beißt, zieht die Sonne wieder auf, such weiter, auch im Unterholz, such weiter.

So stob er durch Wälder, bis er sich wieder besann, daß er Richtung Innenstadt fuhr, die schlafsichere Strecke, immer noch in Bewegung, und dann stand er doch wieder vor den Bremslichtern eines Kleinwagens. Am liebsten hätte er jetzt mit seinem 2002 Cabrio den ganzen VW-Konzern auf den Schrottplatz geschoben oder den Rhein zubetoniert und die vor ihm fahrenden Autos rechts überholt. Er wünschte, mit allen Hindernissen fertig zu werden, er wünschte Ford und Opel die Pleite, die Quellen des Rheins verstopft, die Bäume zurückgestoßen zu den Wurzeln und vorbei, endlich vorbei, alles umlegen oder wegdrängen, was sich in seiner Nähe zu langsam bewegte. Er wußte nicht mehr, was ihn so in Fahrt brachte.

Dann sagte er laut vor sich hin: Was geht mich Büttinger an. Und lehnte sich dem Rückspiegel entgegen, um nachzuprüfen, ob er

sorgfältig genug rasiert war. Die eigenen Augen musterten ihn feindlich. Sein Gesicht gefiel ihm nicht, verschlafen, blaß, eine ratlose Schwere. Der Mund immerhin bewahrte Haltung. Rasch sah er wieder auf die Straße, zufrieden nur mit den zuverlässigen Stacheln des Schnurrbarts.
Die Nacht saß ihm noch in den Knochen, der letzte Traumschreck fiel ihm wieder ein, ja, erschossen, er und Tina abgeknallt mit einem MG, die Freundin zuerst.

Wir laufen auf eine Villa zu, über hellgiftgrünen Rasen zum Rhein hinab. Die Villa hat früher Adenauer gehört, das Erdgeschoß ist zur Besichtigung freigegeben. Wir schließen uns einer Führung an. In jedem Raum werden einzelne Möbel aus Adenauers Besitz verkauft, vor allem Stühle. Ich habe einen Schaukelstuhl schriftlich vorbestellt, nach längerem Suchen finden wir den, ein schönes Stück, gepolstert, mit Namensschild, aber in meinem Namen fehlt das h. Auf der Rückseite des Schildchens in winziger Schrift der Preis: DM 1980. Das ist mir zu teuer, das ist Tina zu teuer, der Schaukelstuhl wird nicht gekauft.
Als wir hinaustreten auf den Rasen, blendet uns das kräftige Grün. Ein Sonntagsbesichtigungswetter und viele Leute. Da bemerken wir drei Leute mit MG, sie haben uns erwartet. Sie drängen uns in einen Winkel des Parks am Rheinufer, wo schon mehr Menschen zusammengetrieben sind, die offenbar auch keine Stühle gekauft haben. Die Exekution erfolgt rasch, aber noch bin ich am Leben. Tina liegt erschossen an meinen Füßen, ich wundere mich, daß ich kein bißchen traurig bin. Ich fühle, ich lebe. Ich denke, ich werde das jetzt alles organisieren müssen, immer bleibt alles an mir hängen. Sibylle fällt mir ein, Tinas Freundin, bei ihr werde ich landen, wenn ich ihr Tinas Tod berichte und sie tröste. Da merke ich, wie mir das Blut aus einer Wunde am Bauch quillt, ich halte die Hand ganz fest darauf und spüre, im Umfallen, der Druck von innen ist doch stärker.

Das Haus des Verbandes der Menschenführer, das Diehl bei jedem Test spontan als sein Haus bezeichnet hätte, war von Polizei umstellt. Er hielt inne. Niemals war er hier stehen geblieben, niemals hatte ihn jemand vor diesem Haus aufgehalten. Immer sah er sich so: Nach dem Spurt von Tiefgarage zu Tiefgarage geht der Einsachtundsiebzigmann Roland Diehl vom benachbarten Bankhochhaus, in dessen Kellern sein einziger Schatz, der silberblaue BMW 2002 Cabrio, verwahrt ist, mit federndem Schritt und oft ohne Aktenkoffer den kurzen Weg zum Haupteingang des Hauses der Menschenführer, wirft vielleicht noch einen gelassenen Blick die sechzehn Stockwerke hinauf und auch, wenn die Gedanken schon durch den Terminkalender springen, vorgreifen auf die Sitzungen und Diktate des Tags, behält er den locker entschlossenen, den festen Gang eines Mannes von Format. Hier hält mich keiner auf, dies Haus ist mein Haus, am Heuss-Ufer im Norden der Stadt, in der Mitte des Landes, Schaltstelle für Interessenkoordination in allen grundsätzlichen Fragen der Wirtschaft, dies Haus ist mein Platz meine Welt, ich gehe direkt drauf zu, die Pförtner grüßen mich, hier gehöre ich hin, ich Referent Personalführung und Spezialist für Grundwerte, ich mit dem Spitznamen Chefdenker und bevorzugter Ghostwriter des Chefs Büttinger, hier in der Sonne unter der Chefetage.
Noch nie hatten so viele Menschen vor dem Haus gestanden, es hatte noch nie Demonstrierer angezogen, noch nie Schutz gebraucht vor denen, die sich nicht führen lassen wollten. Und niemals ein Anlaß für Haussuchungen oder polizeiliche Maßnahmen.
Diehl wunderte sich einen Moment lang über die Polizei, dann wunderte er sich nur noch über den ungewohnt direkten Anblick. Das war auf einmal kein Fernsehen mehr. Polizisten wurden jetzt oft aus ihren unterirdischen Kasernen hinausgefahren und ins Licht gestellt und ließen sich, gegen Bezahlung der Überstunden und Gefahrenzulagen, in ihre gebutterten Gesichter sehen und sollten den Angestellten innerhalb und außerhalb der Bannmeilen das Vertrauen in eine nicht näher bekannte Sicherheit zurückgeben. Einzeln wären diese Jungen mit dem

Stolz auf ihre blonden Schnurrbärte von den Einsatzorten weggerannt, die so furchterregend waren, weil trotz aller Kriegsbereitschaft nichts Böses geschah. Aber in Haufen Schulter an Schulter, Befehl im Rücken, Waffe und Funkgerät vorm Bauch, in einer stabilen Uniform und in festem, glänzendem Schuhwerk auf dem zarten Rasen, der die Unruhe in den Kniekehlen dämpfte, so ausgestattet sprachen die Jungen gehorsam von ihren nervösen Zeigefingern, konnten vor die laufenden Kameras gestellt werden und gaben so den Ängstlichen Antwort: Wir sind da, wir bringen die Sache wieder in Ordnung.
Diesen Trost brauchte Diehl nicht, aber er hatte auch keinen Widerwillen dagegen, Polizisten neben sich zu sehen. Ungewohnt war nur der direkte Anblick, live. Er bemerkte wie zum erstenmal die Farben, das verlegene Grün der Uniformen im Kontrast zur blendenden Fensterfront des Hauses. Im Fernsehen ist dies Grün immer viel kräftiger. Und dann der Glanz der Schuhe und Stiefel, der ihn einen Augenblick lang abstieß. Die alte Abneigung gegen Schuhwichse, dachte er, ein Glück, daß die Sonne nicht scheint.

Nachrichten und Kommentar. Jedes Wort das in diesen Tagen – Schweigen auch über Lebenszeichen – So ließe sich die ganze Strategie nicht mehr halten – Die Öffentlichkeit tappt nach wie vor – In den offiziellen Kontaktdokumenten – Es spricht für die Stärke der Demokratie – An Schärfe zugenommen – Aufwärmen sagt man nicht mehr das heißt jetzt – Noch nie wurden auf einer großen Kölner Messe so viele Ordensfrauen gesehen – Konnten Kantinenköche auch ein Großverpfleger-Forum – Warum müssen die Maschinen derart niedrig fliegen – Preiskenner greifen sofort zu – Durch regelmäßige Kontrollen bei unseren Knüpfereien in Marokko – Ist Gleiches mit Gleichem zu vergelten – Alle die heute nach der Todesstrafe rufen sollten sich – Jetzt ist die Saat – Durch und durch beste Eiche durch und durch Natur – Da viele Maschinen doch bedeutend länger arbeitstüchtig seien als erwartet – Konnte diese dunkel eingebraute obergärige Biersorte das klassische Export erstmals überholen – Niki Lauda hat mich betrogen – Heim- und Pflegetrakt wurden durch Lichtanlagen verbunden – Ihre Kunden sind Generäle Manager Diplomaten doch jetzt sind die Mädchen von Madame Claude für alle da – Genau zwischen die Augen mußt du ihn treffen oder dein erster Fehler ist dein letzter: Tintorera Meeresungeheuer greifen an – Der Staat Partner des Autofahrers – Autoindustrie hat erkannt daß der Autokäufer ihr unmittelbarster Partner – Experte für offene Kamine – Sofortauszahlung auch ohne Bürgen – Internationales Unternehmen sucht seriöse Familien die für ein lukratives Dankeschön – Tagsüber meist stärker bewölkt wenig Niederschlag.

Ordentlich die Papiere auf dem Schreibtisch, Blätter mit Stichwörtern, geheftete Xerokopien, Zeitungsausschnitte, Fassungen der letzten Büttinger Reden, Gutachten und Aufsätze, alles auf drei sauber gekanteten Stapeln, als seien sie schon abgetan wie Ablagen. Der Schreibtisch ohne Chefwürde, ohne Foto von Frau Kind Hund, ohne repräsentative Briefbeschwerer. Diehl repräsentierte nichts. Seine einzigen Insignien waren Aschenbecher Telefon Diktiergerät. Hier, auf diesem kahlen Feld sollten die Papiere sprechbar werden, lebendig.

Der Pförtner hatte nicht gewußt, weshalb Polizei aufmarschiert war. Diehl wollte Moos fragen, den Abteilungsleiter drei Türen weiter, aber ehe er den Hörer aufnahm, ging er dicht ans Fenster, sah hinab. Nichts mehr, niemand stand unten auf dem Rasen. Er nahm sich vor, auch darüber nicht zu staunen.

Ein heller Morgen über dem Rhein, am anderen Ufer verharrten die Bäume und niedrigen Häuser in ihren alt gewordenen Farben. Nur ein Hochhaus, irgendwie zu kurz geraten als Fixpunkt, ragte unglücklich in den Dunst. Die angekündigten Niederschläge hatten noch nicht eingesetzt. Ohne jeden Gedanken blickte er hinaus. Als er merkte, daß er einem wohligen Gefühl der Entspannung nachgab, ging er rasch zurück zum Tisch. Er faßte mit beiden Händen an die Schreibtischkante. Du mußt dich besser kontrollieren.

Der Terminkalender befahl, zwei Büttinger-Reden zu entwerfen. Die eine nur zu überarbeiten und zu würzen, ein fachspezifischer, von der Konjunktur- und der Medien-Abteilung schon halbwegs stilisierter Rundblick für den Niedersächsischen Bankentag. Die andere für eine Tagung in Goslar, Menschenführer in der Krise?, geplant als grundsätzlicher, auf öffentliche Wirkung zielender Appell. Beide Reden in zehn Tagen zu halten, acht Tage vor dem Termin wollte Büttinger immer die fertigen Entwürfe auf dem Tisch haben.
Diese Arbeit hatte Diehl lang genug aufgeschoben, hatte gewartet auf Büttinger, ein klares Wort, eine Entscheidung, vielleicht die Möglichkeit einer Lösung. Wie kann ich für Büttinger schreiben, wenn ich nicht weiß, ob er diese Reden überhaupt halten kann. Rücksprache bei Bräsig, Generalgeschäftsführer: Natürlich schreiben Sie, Diehl, wenn Büttinger nicht spricht, spricht ein Vertreter, absagen können wir immer noch. Knapp und schroff hatte Bräsig das gesagt, aber leise, als sei ihm diese Entschiedenheit aufgezwungen worden, oder fühlte er sich schon als nächstes Opfer? Ein Opfer der ständigen ergebnislosen Krisensitzungen war er schon, immer leise gereizt.
Den unsinnigen, den fadenscheinigen Befehl im Rücken, so saß der versierte Ghostwriter Roland Diehl vor seinen Papieren. Vorwurfsvoll lauerte das Diktiergerät auf der Tischplatte, als hätte es ihn ertappt beim Schweigen oder bei verbotenen Abschweifungen. Er hatte immer noch nichts zu diktieren, das Gerät zu füttern, nicht einmal eine gute Ausrede. Er deckte schnell eine Zeitung darüber. Das Material für die Goslarer Rede lag vor ihm, es fehlte ein Konzept. Zehn Tage, selbst wenn Büttinger in dieser Minute freikommt, wofür nichts spricht, braucht er zehn Tage Erholung Vernehmung Pause, trotzdem fällt Bräsig nichts Besseres ein als: Schnauze halten, weitermachen.
Alle andern im Haus haben es leichter, sagte sich Diehl, sie haben zu rechnen oder zu analysieren, haben klare Anweisungen überschaubare Aufträge beschränkte Arbeitsgebiete, sind aufgehoben in der Hierarchie, bedienen die eingespielte Maschine des Verbandes. Ich aber bediene den Chef, der einfach weg ist, spurlos. Ob er überhaupt noch lebt, ich weiß es nicht, ob er je wieder

Reden halten wird, ob in zehn Tagen überhaupt solche Reden gehalten werden, ob wir da nicht ganz anders losschlagen müssen, ich weiß es nicht. Keiner weiß es. Aber den andern kann das egal sein, sie haben es leichter. Auch Tina hat es leichter. Hostess Tina macht wie üblich ihre Führungen für Ausländer, Multi-Media-Show, Frage-Antwort-Spiele, Einblicke ins Seminar-Center Overath, für die Herren aus Neuseeland ist es egal, ob der Chef der Menschenführer Büttinger heißt oder Piefke, am Konzept Menschenführung ändert sich für die alle nichts, auch für Tina nicht, für wen denn. Er hatte das Verlangen, Tina Vorwürfe zu machen.

Kaltgestellt, mitten in der Nacht hatte sie ihn ausgesperrt und auf der Straße versauern lassen, Ausgesperrter Chefdenker irrt durch Köln. Weil er nicht zu einem harmlosen Geburtstagsessen bei ihrer Freundin mitdackeln wollte, weil er keine Lust gehabt hatte auf ein Dutzend Lehrer und keine Lust, von allen über Büttinger ausgequetscht zu werden. Also Krach, sie läßt ihn mit Verwünschungen allein. Und er gerät verspätet in Wut, rast mit dem Wagen einmal um die Stadt Autobahnring, die beste Therapie gegen Magengeschwüre einmal voll aufs Gas, dann zum Rallye-Club, dann nach Hause und vom öden Fernsehprogramm wieder hinausgejagt, so hält er am Bahnhof, kauft einen dicken Strauß Chrysanthemen und klingelt um halb elf bei den Geburtstagsleuten, entschuldigt seine Verspätung mit Arbeit, Büttinger, Sie wissen schon, das ganze Haus steht Kopf, nein, nichts Neues.
Er versucht mit Tina zu reden, sie weicht weg. Sie soll wissen, daß er nur ihretwegen da ist, er will sich schnell und wild versöhnen, am liebsten sofort im Bett. Er muß warten, auf billigen Sesseln Konversation, er muß Gespräche von Lehrern anhören über irgendwelche Deckenplatten, die in irgendwelchen Schulen angeblich giftige Gase ausströmen, und dazu endlos der Streit, ob der SPD-Stadtrat oder der CDU-Hersteller oder der FDP-Architekt für Gestank und Gift verantwortlich sind. Beinah schal-

tet er sich ein, so viel Gift in Deckenplatten, daß sich jemand vergiftet, das gibts doch nicht. Aber er hütet sich, Streit anzufangen und den Zorn eifriger Lehrer auf sich zu ziehen, alle mit dem Umwelttick. Er ist froh, daß ihn das alles nichts angeht. Er sieht immer wieder zu Tina, er findet ihr Gesicht schön, er beobachtet sie zum erstenmal in Ruhe beim Sprechen, mit ihrer Freundin Sibylle geschützt in der Ecke, er begeistert sich für sie wie ganz am Anfang, diese klaren, lustigen Mundbewegungen, und ohne jedes Hostessenlächeln, sie ist doch kein Typ Puppe, liebe ich sie vielleicht doch. Endlich um zwölf draußen, sie läßt sich umarmen, er denkt, alles wieder gut, und fragt: Zu dir oder zu mir?

Sie sagt: Zu mir. Dann ist sie in ihrem R5 und plötzlich fort. Bis er mit seinem weiter weg geparkten Wagen folgt, ist sie längst über die nächste Ampel entwischt. Er rast nach Sülz, zu ihrer Wohnung. Da ist kein blauer R5, kein Licht, da öffnet auch nach dem fünften Klingeln niemand, da geht niemand ans Telefon. Er jagt nach Rodenkirchen, aber auch vor seiner Tür wartet sie nicht, also zurück, auch beim zweiten Versuch in Sülz kein Licht, keine Antwort. Roland Diehl ausgetrickst und ausgesperrt, dumme Zicke, was für eine zickige Rache, das laß ich mir von der nicht bieten.

Am nächsten Tag mit idiotisch langen Telefongesprächen alles wieder hinbügeln, alles soll besser werden. Aber irgendwas hat sie noch.

Der Verband der Menschenführer ist, so begann Tina Schweizers Stimme auf dem Tonbandtext der Media-Show für Besucher, der Zentralverband aller deutschen Wirtschaftsverbände. Warum Menschenführer? Die zum Teil aus dem vorigen Jahrhundert stammenden und in der Bevölkerung nicht immer positiv gedeuteten Bezeichnungen wie Unternehmer, Führungskraft, Arbeitgeber, Industrieller, Manager usw. haben sich schon lange als unzeitgemäß erwiesen. Sie wurden mit dem Amtsantritt Alfred Büttingers vor zehn Jahren ersetzt durch den

übergeordneten und zur Menschlichkeit verpflichtenden Begriff Menschenführer.
(Dias: Haus der Menschenführer, Grundsteinlegung, Richtfest, Einweihung.)
Bei Schulklassen oder Gruppen aus Entwicklungsländern beantwortete Tina Schweizer deutsch oder englisch französisch spanisch die Frage: Was ist ein Menschenführer?
Jeder in der Wirtschaft Tätige ist Vorgesetzter anderer Menschen. Nur wenn er die ihm unterstellten Menschen richtig führt, kann der Betriebszweck erfüllt werden. Ein Menschenführer, mag er Manager oder Eigentumsunternehmer sein, weiß, daß er ohne die Menschen nichts ist, weiß, daß in der Wirtschaft der Mensch immer im Mittelpunkt steht. Jeder Menschenführer sieht in seinem Untergebenen zuerst den Menschen und dann den Angestellten oder Arbeiter.
(Film: Menschen in kleinen und größeren Gruppen, Betrieb, Einkaufsstraße, Stadion.)
Alle Besucher hörten in ihrer Sprache die sympathische Frauenstimme: Der vorbildliche Menschenführer zeichnet sich durch viele Eigenschaften aus: schöpferische Phantasie, Risikobereitschaft, kaufmännisches und zukunftsorientiertes Denken, Entscheidungs-, Dispositions- und Motivationsfähigkeit, Aktivität, Kreativität, Innovations- und Anpassungsbereitschaft und den Blick fürs Ganze.
(Film: Menschenführer in einer Sitzung, Gespräch auf Großbaustelle.)
Voraussetzung für die effektive Führung der Menschen und für wirtschaftliche Leistung ist jedoch die Organisierung der einzelnen menschenführenden Unternehmen zu Gruppen und Verbänden. Ihr gemeinsamer Dachverband ist der in diesem Haus ansässige Verband der Menschenführer Deutschlands, VMD. Hier arbeiten fünfhundert Fachkräfte, die meisten von ihnen wissenschaftliche Experten, an der Koordinierung, Aktivierung und Intensivierung der gemeinsamen Ziele.
(Dia: Schaubild Aufgabenbereiche.)

Spitzname Chefdenker, Diehl nahm den Titel gern an, der im Haus kursierte. Der schmeichelte, das war nicht mehr Wirtschaftsjournalist, das war nicht mehr Personalführungstheoretiker. Chefdenker war Autorität und Selbständigkeit, gerade auch weil einige Leute im Haus das Wort ironisch meinten, die lauernden Neider. Der Chefdenker wartet nicht wie die anderen Angestellten beflissen auf die Aufträge von oben, sondern er ist oben, er denkt mit und für Büttinger, er bietet seine Ideen dem Chef aller Chefs zur freien Bedienung an, er gehört in den Braintrust, er ist dabei, wenn die gesellschaftspolitischen Perspektiven entwickelt werden, die guide-lines für die Verbandsarbeit und für die Grundsatzreden.
Der Aufstieg des mit 37 Jahren zu jungen, hergelaufenen Kerls, der nicht mal im Betrieb oder als Jurist gedient hatte, der Aufstieg des vom Rundfunk zum Verband übergelaufenen Ex-Journalisten in den engsten Chefhimmel störte die Konservativen im Haus, die Bürokraten, Volljuristen Vollidioten. Er wußte das, das war ihm gleichgültig. Büttinger stand hinter ihm und warf seinen schützenden Schatten.
Es machte Diehl nichts aus, immer noch in der Etage Personalführung zu sitzen, obwohl er seit Monaten mehr mit Reden und Expertisen zur Gesellschaftspolitik beschäftigt wurde als mit Führungstheorien. Es gab gegenwärtig kein klares Anforderungsprofil für ihn, keine definierte Position, keinen Titel. Auch das störte ihn nicht, er war ja oben, ein Chefdenker. Er selbst nannte sich Ghostwriter und jonglierte bei Partygesprächen gern mit den Übersetzungen, Geisterschreiber, Gespensterschreiber, Schreibdenker, Vorschreiber, Neger, PR-Kreativtexter und so weiter, so machte er sich lustig.
Was bin ich, er hatte einmal überlegt, welche typische Geste er beim heiteren Beruferaten vorgeführt hätte. Er hätte nicht auf einem imaginären Filzschreiber gekaut, er hätte vielleicht die Lippen vor seiner leeren, gekrümmten linken Hand bewegt – Denker oder Schreiber, Hauptsache das Diktat. Hauptsache die Wirkung, ich gebe Büttinger menschliche Züge, ich helfe ihm, mit Worten Kontakt zu den Leuten zu finden. Parole: es muß Spaß machen, Büttinger zuzuhören, es muß unter die Haut ge-

hen, die Zuhörer dürfen in keiner Minute das Gefühl haben, umsonst vor dem Redner Büttinger zu sitzen.

Parole: es muß unter die Haut gehn. Er war geladen, er wollte einen Schlag führen, endlich bekam er Lust zu arbeiten. Besser für die Schublade als grau und blaß werden wie die Wand da, die Arbeit muß ganz normal wie üblich getan werden, jetzt erst recht.

Diehl nahm den Aufsatz eines der Haus-Philosophen vor. Dessen Thesen sollten für die Goslarer Grundsatzrede den Einstieg liefern, das war neulich mit Büttinger schon besprochen.

Die dem Verband befreundeten Professoren aus den Gebieten der Politikwissenschaft, der Soziologie und des Rechts, die mit Gutachten und Vorträgen zu Grundsatzfragen beauftragt wurden oder von sich aus Aufsätze und Bücher in die Chefetage schickten, wurden von Diehl gern Philosophen genannt. Philosophen, weil sie hereinstolzierten in der Aura der Alleswissenden. Als abgebrochner Volkswirtschaftsstudent, Journalist und aufsteigender Chefdenker verweigerte er solchen würdevollen Anstrengungen grundsätzlich den Respekt, auch wenn ihm die Herren nützliche Stichwörter lieferten.

Der Verband hatte eine großen Bedarf an Argumenten, neue und neu aufgegossene. In immer anderen Variationen war zu beweisen mit Fakten mit Wörtern, daß die Verbandsinteressen Gesamtinteressen, daß der Verband Pionierarbeit Zukunftssicherung Grundlagen, keine Freiheit ohne Verband, ohne Menschenführer kein Leben. Die Argumente waren am haltbarsten, wenn sie aus der Wissenschaft kamen, überparteilich objektiv redlich. Die Philosophen formulierten Zuspruch Ermutigung Appelle, unnötig nur der geduckte, nach oben schielende Blick, die stolze Unterwerfungsgeste, mit der sie sich für unbestechlich hielten. Merkwürdig blieben ihre Verbeugungen vor der geheimnisvollen millionenträchtigen erfolgsgefärbten Arbeit der Menschenführer, merkwürdig die Genugtuung, aus der akademischen Sippe erhoben und von den Menschenführern zitiert zu

werden oder vor ihnen reden zu dürfen. Das waren Diehls Leute nicht, aber sie legitimierten das Schaffen, sie gaben der harten Tätigkeit des Wirtschaftens menschliche Würde und Werte.
Ein besonders Tüchtiger war Meyer-Stäubl, München, der gerade etwas über das schwindende Risikodenken der Menschenführer abgeliefert hatte. Hauptthese: Aus gewachsener Unsicherheit (Menschenführer Zielscheibe der Staatsfeinde) und Zukunftsungewißheit sei heute ein falsches Anspruchs- und Sicherheitsdenken entstanden, das für das wirtschaftlich-menschenführende Denken und Handeln gefährlich werden könne.
Davon wollte Büttinger, davon konnte Diehl ausgehen.

Notizen. Anfang mit dramatisch zu schildernden Angriffen aufs Menschenführertum, aktuellste Beispiele. Hier könnte der Chef – Diehl setzte jetzt einfach voraus, daß Büttinger diese Rede früher oder später redet – eigene Erfahrungen einflechten. Die zweite Angriffslinie, schwächer geworden, aber nicht zu unterschätzen, Angriffe aus dem eigenen Lager, Beispiel Club of Rome Alt-Herren-Romantik, Beispiel Ökopessimismus und Verschmutzungsphobie. Drittens Forderungsterror des Partnervereins, der sich immer unpartnerschaftlicher gebärdet und der immer noch dreist vorgibt, die Interessen der von uns geführten Menschen besser zu vertreten.
Weiter: Gefährlich, sich von diesen massiven Angriffen einschüchtern zu lassen. Rundblick mit Selbstbewußtsein. Käufer und Kunden zufrieden mit uns, letztlich auf unserer Seite. Noch nie so zufrieden wie heute – Umfrageergebnisse. Märkte expansiv, Wachstum etc. Expansion und Zufriedenheit auch von Umweltperfektionisten nicht gefährdet, wenn wir flexibel. Verhältnis Menschenführer/Gesellschaft im Kern gesund, kein Anlaß für kleinmütige Prognosen. Tip von Meyer-Stäubl: Zurückdenken an Währungsreform, als Zukunft völlig ungewiß und Menschenführer trotzdem die richtigen Entscheidungen.

Trotz absurder Sozialpolitik, Beispiele, totaler Versorgungsstaat, Beispiele, trotz Lohnunmaß, Beispiele, Angriffen auf Freiheit und Marktfreiheit, Beispiele, darf kein Selbstmitleid, darf kein falsches Sicherheitsdenken. Parole: aktives Selbstbewußtsein. Offener und offensiver über das Gute reden, das wir tun. Offensive des Erfolg-der-uns-recht-gibt. Von dieser Basis her für Interessen kämpfen. Offensiven koordinieren auf internationaler nationaler regionaler lokaler Ebene. Kontakt unter uns intensivieren, mit einer Stimme reden, vereint marschieren, getrennt schlagen.

Zügig hatte Diehl dies Konzept notiert. Den letzten Gedanken, das wußte er schon, würde er nicht so direkt bringen, schlagen ist zu aggressiv zu negativ, schließlich sind wir kein preußisches Heer. Er dachte weiter, es fehlt noch ein Plot, keine Rede ohne Umweltschutz. Schon das Wort ist häßlich demagogisch, es suggeriert, wir seien gegen Umweltschutz. Wir müßten das Wort ausschalten, wir müßten das für uns reklamieren oder den aggressiven Gehalt zurückgeben oder beides. Am besten den Begriff polemisch gegen seine Anhänger wenden, Dialektik für Manager, angewandte Dialektik Regel 3. Ja, wir brauchen Umweltschutz, aber vor allem brauchen wir geistigen Umweltschutz, die geistigen Umweltbedingungen für eine Leistungsgesellschaft müssen verbessert, ja, das ist ein zündendes Stichwort, das wird dem Chef gefallen, das bringt hohe Zitierquoten, ich schreibe mal hin: Wichtiger als der gewiß bedeutende materielle Umweltschutz ist heute der geistige Umweltschutz, die entschiedene Stellungnahme gegen die Vergiftung der Gehirne, ja, das wird ziehen.

Er fühlte sich stark nach diesem Einfall, wollte sofort mit dem Diktieren anfangen und legte die Papiere zurecht. Frau Majonika, Kaffee bitte, sagte er ins Telefon. Ganz im Auftrieb der Konzentration nahm er das Mikro in die Linke und sprach die ersten Sätze, die gelangen. Er hörte Büttingers laute Stimme die Wörter betonen, Goslar wird eine große Rede.

Aufstiege zum Chefdenker. Diehl?
Nein, nicht verwandt oder verschwägert mit der Nürnberger Diehl-Gruppe, kein Anteil an Waffen und Weckern, leider leider.
Mehr brauchte er nicht zu sagen, wenn er bei Empfängen Parties Tagungen sich lässig vorstellte. Mehr wollte niemand wissen, ihm war es recht so, auch seine Bekannten im Verband und im Rallye-Club wußten gerade noch, daß er mal beim Rundfunk war und immer ein schnelles Auto brauchte.
Ein Millionenerbe, ein Sitz im Familienpool, ein Billett für die Society der oberen Tausend, das wären die schlechtesten Voraussetzungen gewesen für die Arbeit im Haus der Menschenführer. Ein angestellter Chefdenker ist aus anderem Holz.
Roland Diehl hat das Glück gehabt, daß zwei Jahre nach seiner Geburt eine englische Bombe nicht ihn traf, sondern zwanzig Meter weiter die Friedberger Schuhcreme-Fabrik Diehl u. Söhne. Er hätte diese Klitsche nie haben wollen, in den besten Zeiten eine Belegschaft von 34, die besten Zeiten waren Mitte Ende der dreißiger Jahre, Vater Partei, und mehr als die Hälfte der Ware ging an die Wehrmacht. Jedes achte Paar Wehrmachtstiefel, behauptete die Mutter noch in den fünfziger Jahren, wurde mit unserer Creme gepflegt, und in Hessen haben wir nach Erdal den zweitgrößten Marktanteil gehabt mit Ledolcreme. Schon dieser Kleinkrämerstolz zu Hause widerte ihn an, so weit wollte er nie absinken, über diese dumpfe Selbstbestätigung wollte er hoch hinaus. Zwar gefiel ihm die Vorstellung, Diehls Schuhcreme aus Friedberg an allen Fronten rundum in Europa, aber er hatte es nie bedauert, daß die Bomben auch bis Oberhessen kamen im Sommer 44. Kein Faß mit Wachs, kein Faß Terpentinöl, kein Eimer Vaselinöl, nur ein Krater und ein paar Stapel Blechdeckel und Backsteine aus den Grundmauern, so strickten die Eltern die Legende von der Fabrik weiter an sonntäglichen Kaffeetischen. Dann kam fast immer eine Pause. Nun hätte man fortfahren müssen mit Rolands Vater Dietrich, der, als fabrikloser Fabrikbesitzer an die Westfront geschickt, sich von den Amis totschießen ließ vermutlich, nicht einmal seine Leiche wurde gefunden. Aber darüber durfte in der Familie nicht gesprochen wer-

den, Rolands Mutter hätte jeden Versuch unterbunden, und darin mit ihr einig war Rolands zweiter Vater, Onkel Paul.
Die Mutter wollte im Frühjahr 45 zu ihrer Familie zurück auf den Hof im Westerwald, der Kinderwagen schon gepackt mit Wegzehrung unter der untersten Decke, da war der Feind ganz rasch in Friedberg. So blieb sie gefangen in der Wohnung neben dem Krater, und ihre Organisationserfahrung aus der NS-Frauenschaft bewährte sich in den Monaten, in denen es nichts gab. Trotzdem wollte sie zurück in den Westerwald, aber dann tauchte wenigstens der gemütliche Schwager Paul wieder auf, einarmig, aber lebendig und mit Beziehungen zur neuen Stadtverwaltung. Fünf Jahre lebte sie mit den Gedanken an die Rückkehr des Mannes, wartete auf eine andere Nachricht als ‹vermißt›. Als die US-Behörden schriftlich meldeten, wir haben ihn nicht, er kann nur tot sein wie hunderttausend nicht identifizierte Soldaten auch, und als sie merkte, daß das Warten sie nicht still verzweifelt werden ließ, sondern jähzornig machte, was ihr unheimlich war, gab sie dem Drängen des Schwagers nach. Sie ließ Dietrich für tot erklären und heiratete Paul, aber noch lange behielt sie die Angst vor dem Drama, das anfängt mit dem Klingeln an der Tür, Dietrich steht leibhaftig im Flur, vielleicht hat er sogar noch den Wohnungsschlüssel mein Gott, was werd ich da sagen, am Ende erschlägt er Paul oder Paul ihn, und was wird aus dem Jungen?
Roland trotzte von unten gegen den falschen Vater. Er konnte sich noch erinnern, wie er bei der traurigen Hochzeit Weihnachten dem amputierten Onkel, zu dem er plötzlich Vati sagen sollte, das Sitzkissen vom Korbstuhl gezogen hatte, von allen dafür beschimpft wurde, weil alle merkten, das war eine Kriegserklärung, und wie er es ein zweites Mal schaffte, das Kissen wegzuziehen und mit der Beute durch die Wohnung zu rennen, bis ein anderer Onkel ihn schnappte, es gab Tränen, aber keine Schläge. Nicht nur, weil Hochzeit war, auch sonst, wenn Paul ohne jede Gemütlichkeit gern geschlagen hätte, sagte die Mutter, du rührst mir den Jungen nicht an, du nicht. Schläge gab es bei ihr nicht, der einzige Vorteil zu Haus.
Paul war teilhabender Buchhalter in der Schuhcremefabrik ge-

wesen, deshalb konnte er 48 bei der Kreissparkasse anfangen und fünfzehn Jahre später stellvertretender Direktor werden. Die Eltern lieferten Roland noch eine Schwester, die ihm immer unwichtig blieb, und als das Fernsehen zu kaufen war, entstand ein ruhiges Familienleben. Allmählich verlor auch die Mutter ihre Angst beim unerwarteten Klingeln, und Vater Paul floh jeden Abend mit drei oder vier abgezählten Flaschen Bier zu den Bildern aus fremden Gegenden, zu den bewegten Blicken in größere Schicksale. Manchmal jammerte er um seinen in Afrika gebliebenen linken Arm, und weil ihm der Stumpf bei Regentagen mal weh tat, durfte er beim Fernsehen das ganze Jahr über auf dem Sofa liegen, die Kinder apportierten die Bierflaschen einzeln aus dem Kühlschrank. Aber immer sparen sparen, mir gehört doch die Sparkasse nicht, sagte er, wenn Roland eine Cola wollte, einen Tacho fürs Rad, ein Radio, wir müssen sparen, sonst kriegen wir unser Haus nie zusammen, sonst werden wir die Schulden nie los und du kannst nicht studieren. Dabei hatten sie kräftig Lastenausgleich kassiert für die zerbombte Klitsche, doch als das Haus stand, ärgerten sie sich schon wieder, sie hatten zu früh gebaut, zu klein, zu eng, die Nachbarn bauten großzügiger und mit immer breiteren Fensterfronten.
Als der Vater zum erstenmal gesagt hatte, wenn du dein Abitur hast, ich will dir ja deinen Beruf nicht vorschreiben, aber ich könnte dich gut in der Sparkasse unterbringen oder in einer anderen Bank wenn du willst, mit Abitur kannst du da enorm was werden, da hatte Roland beschlossen, alles zu tun, um niemals zu werden wie Vater Paul wie Sparer Paul, Sparkasse nie im Leben. Also ließ er sich in Mathematik auf eine Vier fallen, lernte das Englische und las viel in seinem dachschrägen Zimmer, umfangen vom leisen Fernsehton aus dem Wohnzimmer unten.
Obwohl auf dem verkauften Gelände der Schuhcremefabrik längst eine Autowerkstatt stand, wußten die Nachbarn noch, daß Roland Diehl der Sohn vom Schuhwichs-Diehl war, und so blieb der Spitzname Wichser an ihm hängen. Als er mit vierzehn die schändliche Bedeutung des Wortes entdeckte (bis dahin hatte er an einen unermüdlichen Schuhputzer gedacht) und sich gegen den Namen nicht zu wehren wußte, da hielt er es in seinem Zim-

mer nicht mehr aus. Wichser, das war nun sein Erbe, das kränkte ihn, obwohl er damit nie etwas zu tun hatte. Allen Verdacht wollte er abschütteln, allen wollte er beweisen, daß er alles andere als ein Wichser war. Er lief zum Sportverein und trainierte Mittelstrecken. Nachdem sein wichtigstes Musikerlebnis der Blick von weitem auf Elvis Presley vor einer Friedberger Wirtschaft gewesen war, ließ er sich jetzt vom Musiklehrer eine Trompete geben und fing an zu üben, Louis Armstrong verdrängte Elvis. Diehl lief hinter Mädchen fiebernd her, aber traute sich nichts. Er las den Mythos von Sisyphos und stritt darüber mit seinem Freund Wolf, der Sartre vertrat. Er schrieb Glossen gegen die Lehrer, aber er verbat es sich, Gedichte zu schreiben, das war was für Weichlinge Feiglinge Mädchen. Er wollte Jazztrompeter, Journalist oder Fallschirmspringer werden, aber vorher noch eine Olympiamedaille holen auf 1500 Meter. Denn seine Erfolge hatte er auf der Aschenbahn. Roland Diehl begann zu kämpfen.

Was denken Sie, Frau Majonika, wie das weitergeht?
Die Sekretärin und Bedienerin der Abteilung Personalführung stand zwischen Schreibtisch und Tür, hatte sich noch einmal gedreht, als wollte sie nach weiteren Aufträgen fragen, als sei sie nicht nur Kaffee-Serviererin, die fünfundfünfzigjährige Abteilungs-Mutti. Er hatte plötzlich seinen schlechtsitzenden Körper gespürt und sein eigenes Gewicht auf dem Sessel, die Hand mit dem Mikro deplaziert an der Brust. Und als sie ihn mit ruhigem Mitleid ansah, hatte er schnell, um die Kontrolle über den Augenblick wiederzufinden, eine Frage gestellt, was denken Sie?
Mit Frau Majonika redete er gern ein paar Worte. Sie war ein Relikt aus den Zeiten, die es nach den Vorstellungen der Menschenführer nicht mehr geben sollte, aber der Verband wollte sich offenbar noch die eine oder andere Endfünfzigerin leisten. Vor drei Jahren hatten in der Abteilung noch fünf Sekretärinnen gearbeitet, zwei wurden versetzt ins Schreibbüro, zwei rationalisiert, übrig Frau Majonika. Sie war eine schüchterne, aber fana-

tische Anhängerin der Parapsychologie, sie galt als Unsere Sphinx, und auch Diehl provozierte sie gern zu Vorhersagen. Er hörte es gern, wenn sie in mildem Kölsch von Psychokinese und Kulagina-Phänomenen und den unglaublichsten Zufällen schwärmte.

– Wie das weitergeht?

Frau Majonika schien die Frage sofort verstanden zu haben, sie wurde ganz ernst und trat auf ihn zu.

– Wissen Sie, sagte sie leise, als hätte sie ein Geheimnis zu verraten, ich habe einen Verdacht. Ich bin ziemlich sicher, daß Herr Büttinger in der Eifel versteckt ist.

Wie sie darauf komme.

– Ich habe, sagte sie noch immer verschwörerisch, experimentiert.

Schon öfter hatte sie angedeutet, daß sie ihre Psi-Fähigkeiten erforsche, früher zum Spaß, heute, nachdem sich so vieles bewahrheitet habe, mit Leidenschaft. Sie hielt nichts von Pendeln Tischerücken Kristallvisionen, aber viel von Telepathie hochsensitiven Hellsehern wissenschaftlich eindeutig bewiesenen Leistungen. Diehl war aufgefallen, wie routiniert sie Fremdwörter wie Präkognition aussprach, wie selbstbewußt und gar nicht sekretärinnenhaft sie wirkte, wenn sie von ihrem Hobby erzählte.

Bei drei Experimenten in den letzten Tagen habe sie sich sehr angestrengt, sehr konzentriert und versucht, telepathischen Kontakt herzustellen, und jedesmal habe sie eine Kleinstadt in der Eifel gesehen und am Stadtrand ein zweistöckiges schieferbedecktes Haus, in dem die Verbrecher mit den bekannten Gesichtern zu erkennen waren.

– Das muß, sagte sie leise, das könnte das Versteck sein.

Kaffeesatzleserei, dachte er.

– Und werden Sie zur Polizei gehen?

– Die werden mich doch auslachen, wenn ich da ankomme, eine unbekannte Amateur-Hellseherin, ich hab doch nichts in der Hand.

– Vielleicht, vielleicht auch nicht. Jeder Hinweis kann wichtig sein.

Frau Majonika sah aus, als fürchte sie, zu weit gegangen zu sein, sich bloßgestellt zu haben. Und da Diehl nichts mehr sagte, stahl sie sich aus dem Zimmer.

Wenn jemand nach Büttinger fragt, brauchst du nicht auf ihn zu zeigen, denn die Blitzlichter zeigen auf ihn und die Fernsehlampen leuchten ihn aus und die Gesichter wenden sich ihm zu, und jeden Tag gefunkt gedruckt Bilder und Bildunterschriften beweisen: Büttinger allgegenwärtig gehört gesehen erwartet zitiert. Büttinger engagiert bei der Großkundgebung, sachlich beim Spitzengespräch, fundiert beim Hearing. Büttinger spricht auf der Juniorentagung, auf der Regionaltagung, auf der Kommandeurstagung, spricht am Aschermittwoch und am 1. Mai, am 2. Mai und zur Herbstmesse. Beim Kirchentag ist er dabei und beim Automobilclub, Studenten hören ihm zu und Exporteure Importeure, und auch ein Kanzler lernt dazu, wenn Büttinger kommt.
Der Star der Symposien, der Experte der Colloquien, der unverzichtbare verbindliche eloquente Interessenvertreter bei Roundtable-Diskussionen. Ist Büttinger schon da, ja eben fährt er vor. Büttinger mahnt, Büttinger stellt klar, Büttinger fordert, Büttinger wünscht, Büttinger wirbt, Büttinger appelliert, Büttinger vertritt die Überzeugung.
Die Menschenführer Metall in Bremen alarmiert Büttinger gegen das Übermaß kollektiver Sicherung. In Stuttgart ruft Büttinger zum Kampf gegen die Zwangsvermögensbildung auf. Büttinger warnt in Bad Nauheim vor der Machtergreifung des Partnervereins, in Nürnberg vor einer negativen Zukunftseinstellung, in Saarbrücken vor dem Marsch in eine träge Gesellschaft. In Berlin erinnert Büttinger, in Trier unterstreicht Büttinger, auf dem Flughafen Wahn gibt der Leiter der Delegation, Alfred Büttinger, der Erwartung Ausdruck.
Büttinger überall, der Botschafter der deutschen Menschenführer fragt in Tokio den japanischen Wirtschaftsminister, warum die ganze Stadt nach Bonbons dufte, ob das wirklich ein Desinfektionsmittel mit Aprikosenduft sei. In Washington preist Di-

plomat Büttinger das Land, das ihn am meisten fesselt, ihm immer Vorbild war und dessen Tempo ihm imponiert. In Pretoria im kleinen Kreis sagt er offen, er stimme mit Freund Oppenheimer überein, Apartheid sei auf Dauer zu teuer zu unproduktiv. In Moskau stellt er am späten Abend, plötzlich vom Wodka ermutigt, die Frage, ob es für Ostpreußen einen Preis gebe. Vor Mikrofonen in Tel Aviv lobt Büttinger den gesunden Nationalismus, die militärischen Leistungen, die Pionier-Politik seines Gastlandes. In Paris spricht Büttinger seinen Vortrag französisch und spendiert sich am nächsten Vormittag eine halbe Stunde im führenden Jagdbedarfsgeschäft und wird auch dort von einem Fotografen ertappt. In Buenos Aires wird Konsul Büttinger mit allen Ehren empfangen und nach fünf Tagen mit allen Ehren verabschiedet. Büttinger wieder in der Heimat, wieder ein Interview auf dem Flughafen, Büttinger erklärt, Büttinger gibt zu bedenken, Büttinger zu hören zu sehen zu spüren.

Immer wußtest du, wo er ist, was er sagt. Manchmal wußtest du, was er denkt, wie er sich fühlt, wo er sich verbirgt, was er nicht sagt. Niemals wußtest du nichts.

In der Eingangshalle eines Bankgebäudes sah sich Diehl genau auf die Lifts zulaufen, allein in einem furniergekleideten Kasten abwärts gleiten und in der fünften unterirdischen Etage aussteigen. Als hätte er ein Ziel, machte er die Eisenflügel einer breiten Tür auf und kam in einen Raum mit Wänden aus Glas. Eine an der Decke kreisende Kamera sah er und gleichzeitig sich in die Kamera blickend auf einem Monitor daneben. Es roch nach Beton, nicht nach Glas. An der Seite ein Kontrollpunkt, ein Mann davor, Uniform und Pistole, drehte sich nicht um, wendete kein Auge von den Kontrollampen, alle zeigten Grün, kein Raub, kein Rot, kein Feuer, kein Störfall, kein Gelb.

In einer Glastür ein zweiter bewaffneter Mann in Uniform, dieser mit dem Gesicht zum Ankommenden. Als Diehl nach seinem Betriebsausweis fingerte, ließ der Uniformierte die Tür aufsprin-

gen, und als er eingetreten war, schob sich die Tür hinter ihm zu, eingesperrt stand er in der Glaszelle, spürte Röntgenstrahlen durch alle Knochen schießen. Der Uniformierte prüfte die Magnetkarte im Identifikations-Computer, die Fingerabdrücke wurden kontrolliert und die Stimme verglichen mit den gespeicherten Stimmtönen, und zur Überprüfung der Handgeometrie mußte Diehl seine Hände noch einmal auf den Apparat legen. Es wunderte ihn, daß alle Angaben stimmten, die Alarmanlagen immer noch nicht ausgelöst wurden, statt dessen öffnete sich der Innenflügel der gläsernen Zelle. Er wurde in einen riesigen Raum gezogen, ein halber Fußballplatz im Flutlicht mit Stahlschrankwänden und überall geschäftige Bankmenschen mit bunten Köfferchen.
Er wurde unruhig, als hätte er sein Ziel verloren. Niemand sprach ihn an, noch immer hörte er nur seinen Atem. Eingesperrt in Glas und Stahl und wieder Glas, suchte er die Aussicht auf eine neue Tür. Er ſand cine Stahltür drei Meter hoch, vor der einige Herren schweigend warteten. Da senkte sich der Teil des Fußbodens, auf dem die Tonnentür verlief, dann schoben sie mächtige Hebel in eine neue Verankerung in der Wand. Der Fußboden hob sich wieder, drückte die Tür fest nach oben, und sie ging lautlos auf. Diehl ließ eiligen Herren den Vortritt. Er blickte durch die Tür in einen Saal mit neuen Safes, hier thronten die Safes der Safes, die Diamanten, die Weltformeln, die vergoldeten Geheimnisse sanft entschlafen, dazwischen Chippendale-Sofas, eine ganze Salon-Einrichtung, Rauchtische. Es gibt keine Weltwunder mehr, war der erste Gedanke. Was soll ich noch hier unten in den Katakomben, ich habe alles gesehen. Da floß das Gold aus den Stahlkammern ihm entgegen, Formeln tanzten vor seinen Augen, ein kräftiger Wind riß die Aktienpakete auseinander, Diehl kämpfte sich durch Berge und lose Stapel der wertvollen Papiere, rutschte immer wieder aus, hörte sich erstikken, alle Lichter gingen aus.
Machen Sie doch das Licht wieder an! rief er und kam sich im gleichen Moment wie ein Steinzeitmensch vor, weil er in diesem ausgetüftelten Schalt- und Wachsystem an einen schlichten weißen Lichtschalter oder Sicherungskasten gedacht hatte. Er war

erleichtert, daß ihn offenbar niemand gehört hatte. Plötzlich faßte ihn jemand am Arm, erst ein Schreck, dann die Stimme: ich bins. Der Mann hatte eine Taschenlampe, und Diehl erkannte das Gesicht des alten, abgekämpften Büttinger, und erst allmählich fing er an zu begreifen, das kann doch nicht sein, das ist doch unmöglich, und er rief Büttinger! wie um Hilfe. Wieder schämte er sich vor den unbekannten Zuschauern auf den Rängen, vor den Beobachtern der Monitore, dachte, verrat dich nicht, hol ihn hier raus. Die Lichter wieder an, er schleifte den Invaliden Büttinger durch den riesigen Raum. Diehl Samariter, zu schwach, seinen Chef auf den Schultern zu tragen, zu ängstlich, einen Erstehilfegriff anzuwenden, von irgendwo meinte er Anfeuerungsrufe zu hören, atemlos endlich vor der gläsernen Kontrollzelle, Beifallsrauschen in beiden Ohrmuscheln. Der Uniformierte eine steife Wachsbüste, in welchem Museum bin ich jetzt, reagierte nicht auf Diehls Redeschwall Hier-das-ist-Büttinger, schüttelte nicht einmal den Kopf. Nur Diehl passierte. Wollte Hilfe holen, anrufen oben, ließ Büttinger hinter sich, hinter all den Türen, unter dem Lift, fiel ins Freie.
Als er zu Bewußtsein kam, sah das, was er für eine Bank gehalten hatte, wie ein Bunker aus, bewacht von Grenzschützern, Landschaft Mittelgebirge, grau und grün und gottverlassen karg wie die Eifel, der Bunker wie der Regierungsbunker Parlamentsbunker. Was für ein Quatsch, der Chef gefangen im Regierungsbunker, er hörte sich lachen, laut lachen, er lief weg aus Angst vor dem Echo, spürte Wellenstöße Erdstöße, erreichte wieder einen Berg und blickte sich um, es ist wirklich die Eifel. Unten wurde der Bunker abgerissen, stückweise gesprengt, Beton mit Rammeisen gelockert, Stahl gekrümmt, und die Ruine wurde als Discothek hergerichtet. Er sah die Grenzschützer tanzen, Soldaten an der Front tanzen paarweise, wo ist das Telefon.

Aus diesem Traum, vor einigen Tagen, war Diehl mit dem Gefühl aufgewacht, mit Glück eine heiße Spur, ein Codewort ge-

funden zu haben. Eifel, wirklich eine tolle Gegend zum Verstekken, die weiten und wenig übersichtlichen Waldgebiete, Offensiven Defensiven weltkriegerprobt, Straßenverbindungen gut, Nachbarländer zum Ausweichen, Verwischen der Spuren auf den knüppelharten Wegen oder Schlammwegen, die jeden Stadtpolizisten abschrecken, das war die Gegend, in die er gern ins Manöver gefahren war mit dem Panzer hurra. Wenn diese Kerle nicht dumm sind und sich nicht in den typischen Neubaunestern einquartieren und sich genau nicht nach dem Klischee verhalten, das alle Schlauberger von ihnen haben, dann bleiben sie nicht in den Städten, dann sind sie auf dem Land als PS-stolze Landjugend getarnt, dann sind sie im Gebirge, nichts liegt näher, liegt besser als die Eifel, und es muß doch Tricks geben, die mißtrauischen Einheimischen zu foppen. Es gibt kein besseres Versteck als ein Wochenendhaus in der Eifel. Er hatte seine Phantasien überprüft und wie geschult strategisch durchdacht: Wie würde ich mich als Terrorist verhalten, vor wem oder was hätte ich die meiste Angst, welche Schutzbedürfnisse, welche Logistik, welche Kommunikationswege, welche Tarnfarben. Die ganze Checkliste stimmte, und Diehl begeistert, wie gründlich sein Verdacht bestätigt war, sein Traum.
Dann der Schreck, weil alles zu wahrscheinlich, zu bedrohlich passend wurde. Er hatte das wieder vergessen wollen und diese Phantasien nicht mehr zugelassen. Und nun fing Frau Majonika wieder davon an, Eifel, das irritierte ihn, je mehr er sich dagegen wehrte, das war zu viel Spinnerei, die er nicht greifen, nicht kontrollieren konnte.
Paß auf, du bist Chefdenker, aber nicht Chefspinner, nicht Chefträumer, für deine Träume wirst du nicht bezahlt.

Bezahlt wirst du für deine Sätze. Diehl baute die Sätze: Wir sollten vermeiden, unsere Tüchtigkeit zu verklären, wir sollten vielmehr die menschenführenden Denkformen und Verhaltensweisen anschaulich und einleuchtend machen. Er feilte zum hundertstenmal die Marktwirtschaftssprüche: Ist und bleibt die humanste, freiheitlichste und die am wirksamsten natürliche Gegensätze überwindende Ordnung. Bezahlt wirst du für deine Sätze, bezahlt für dein Bubbelbrain, bezahlt für die Wörter, die du wegsteckst, weil sie sich nicht auf die Interessen des Verbandes reimen, bezahlt wirst du für deine Kenntnisse vom zentralen Problem des Managements, von der effizienten Verwendung des Rohstoffs Mensch, bezahlt für deine immerwährenden Diktate, für das Schlupfen der passenden Wörter vom Kopf über die Zunge ins Mikro aufs Band, bezahlt für die Nachdenkpausen, bezahlt wirst du dafür, daß du jederzeit in deiner Arbeit unterbrochen werden darfst, bezahlt für deine Pflicht, auf das Schnarren des Telefons zu reagieren, bezahlt für das Stoppen des Diktiergeräts, für das Weiterlaufen deiner Gedanken, für das Abnehmen des Hörers und das Bremsen der Gedanken und für die Anstrengung, die letzte gedachte Formulierung bewahren zu wollen, bezahlt für die unauffällig fragende, auf Aufnahme umgeschaltete Stimme, die dem Anrufer allzeit bereit entgegenkommen soll: Diehl.

Moos am Apparat: Komm doch mal rum.

Moritz Moos, Leiter der Abteilung Personalführung, da hatte Diehl aufzustehen, sein Zimmer zu verlassen, drei Türen weiter zu gehen. Moos war der einzige im Haus, zu dem Diehl spontan Kollege gesagt hätte. Er schätzte ihn, weil der wirklich was wußte, Moos der absolute Fachmann für die Methoden der Personalplanung Personalbeschaffung Personalbeurteilung Personalverwaltung. Für die Personalchefs in den Betrieben war Moritz Moos so etwas wie ein heiliger Geist, er hatte den Geheimcode für Zeugnisformulierungen weiterentwickelt, hatte Checklisten zur Bewerberauslese entworfen und die laufend ergänzten Merkblätter zur Enttarnung von Bluffern, Bewerbungsprofis und gefährlichen Anhängern des Partnervereins. Ein verläßlicher Mann, freundlich clever und offen wo nötig: Unser einziges Ziel ist einig zu werden, wie wir die Einigkeit der andern Seite verhindern. Moos hart in der Sache, immer fundiert, einer der sich aus dem hausinternen Gerangel heraushalten kann, einer dieser wegen ihrer schwankungsfreien Sicherheit sympathischen Einsneunzigmänner, ein paar Jahre älter als Diehl.

Immer schnell bei der Sache, fragte Moos, ob Diehl schon zu Vierabend bestellt sei.
– Nein, wieso?
– Es gibt Gerüchte, sagte Moos.
– Büttinger?
– Nein, jedenfalls weiß ich nichts. Ist ja auch nicht mein Business, Gott sei Dank.
– Was für Gerüchte?
– Unsere Leute beim Partnerverein melden, sagte Moos, daß dort vertrauliche Papiere von uns aufgetaucht sind. Es gibt sogar den Verdacht, daß denen unsere V-Datei bekannt ist. Und Bräsig und Vierabend und Lampe vermuten jetzt, daß hier im Haus so eine Wallraff-Ratte herumschnüffelt.
So Schnüffler, dachte Diehl, das kann man nie ausschließen. Die wären schön blöd, wenn sie nicht auch ihre Leute hier hätten. Aber die Verbindungs-Datei, unmöglich, die war so gut gehütet, daß nicht einmal er daran kam, für die hatte allein Dr. Lampe den Schlüssel. Diehl hatte nur ab und an mal ein Blatt gesehen, er wußte, welche Leute ungefähr da registriert waren, alle halbwegs maßgeblichen Abgeordneten und Ministerialbeamten bis hin nach Brüssel. Namen und Arbeitsgebiete, ihre persönlichen Interessen, Familiensituation, die sogenannten kleineren und größeren Schwächen und Neigungen. Diese Datei wurde ständig auf dem laufenden gehalten, jeder aus dem Führungsbereich des Verbandes mit entsprechenden Kontakten bekam vor seinen Verhandlungen die nötigen Informationen, aber immer nur über die ein oder zwei oder drei Gesprächspartner. Danach hatte man seine neuen Erkenntnisse zu melden. So wurde die Datei ständig kontrolliert und korrigiert, der größte und geheimste Schatz des Verbandes, und nur zwei Mitarbeiter Lampes bewachten und hegten ihn in der EDV-Etage.
– Mit der Datei, ich halt das für Quatsch, sagte Diehl.
– Die wittern jetzt überall den Teufel.
– Und warum will Vierabend mit mir reden?
– Ich weiß gar nicht, ob er mit dir reden will. Aber der klopft jetzt überall auf den Busch. Scheint so, daß er sich zu einer Taktik durchgerungen hat. Gerüchte und Vertraulichkeit im großen

Kreis, der Gegner soll davon hören und eingeschüchtert werden, damit er sich erst mal verkriecht und wir an dieser Front Ruhe haben, solange die Büttinger-Sache läuft.

– Sag mal, Moritz, warum erzählst du mir das?

– Ich hab den Eindruck, der Vierabend will dir wieder was anhängen.

– Der sollte sich mal ein anderes Feindbild suchen, der ...

Diehl brach ab. Er hatte einen Vorgesetzten vor sich, der ihm zwar nichts zu sagen hatte, aber nach den Anstandsregeln des Hauses hätte Moos widersprechen müssen, wenn Diehl dessen Vorgesetzten beschimpft hätte. Alle verrückt hier, dachte er, als wollten wir beweisen, daß wir ohne Chef kopflos sind.

– Du weißt ja, sagte Moos, daß Vierabend dich immer noch auf dem Kieker hat. Deshalb meine Warnung, bleib cool, auch wenn er dich wieder so behandelt, als wärst du hier der Verräter. Keinen Krach, das können wir jetzt nicht brauchen. Und zeig ihm nicht, daß du dich ärgerst über ihn, die drei da oben flattern schon genug.

Diehl wunderte sich über die Mahnung. Was gehen ihn meine Streitereien mit Vierabend an, auch Moos ist irgendwie ängstlicher geworden in den letzten Tagen. Er blieb sitzen, wollte noch etwas fragen, wollte direkt auf Büttinger zu sprechen kommen, was Moos von der Entwicklung denke, inoffiziell. Moos wäre der einzige im Haus, dem er ein Teil seiner Unruhe hätte zeigen dürfen, bei ihm fühlte er sich nicht in der Gefahr, angegrinst oder mit dem Statement Die-werden-schon-alles-versuchen überfahren zu werden.

Manchmal erinnerte ihn Moos an seinen Schulfreund Wolf, Wolf der neben ihm saß in der Klasse, der mitlief im Sportverein, der Gitarre probierte, Wolf mit dem er über Mädchen spekulieren konnte und die ersten heißen Erfahrungen das Wie der Zungenküsse Anfassen der Brüste die Klarheit über Schamhaare. Wolf der Philosoph, der doch in der Elektroindustrie landete, der abendelang mit ihm im Café den Streit zwischen Camus und Sartre fortsetzte und darauf bestand, daß der Mensch Prinzipien haben müsse, und Roland versuchte dagegenzuhalten mit der These, Inkonsequenz sei die einzige Möglichkeit der Selbstbe-

hauptung, süchtige strenge Gedanken über längst leeren Colaflaschen.
Nur einmal war er mit Moritz ins Gespräch geraten, das war jetzt auch schon zwei Jahre her, tief nachts mit Whisky über Frauen und dann über den Sadismus der Personalchefs. Moritz prahlte mit einer Untersuchung über die Persönlichkeit von Personalchefs und erzählte wie Witze Alpträume, die einen sehen Horden von freigesetzten Arbeitern auf sich zurennen, Behinderte die mit Krücken schlagen, andere Chefs beschäftigen sich nachts panisch mit Magengeschwüren von Nachtarbeitern, Moritz spottete über die menschenscheuen Personalchefs und wollte sich streiten, ob die eher Sadisten oder Masochisten seien. Diehl hatte die Erinnerung an einen lustigen, wohligen Abend behalten.
– Und sonst? fragte Moos.
Während Diehl eine brave Antwort gab, wünschte er sich die Nähe von damals, die naive Nähe einer Schülerfreundschaft oder eines gepflegten Rauschs. Jetzt wußte er nicht einmal, wie er ein Gespräch vorsichtig anzetteln könnte. Er kam sich unbrauchbar vor mit lauter unbrauchbaren Gedanken im Kopf. Moritz Moos wirkte so souverän, im grauen Rollkragenpullover, im teuren schwarz-grau gemusterten Jackett, Moos mit der ganzen Selbstsicherheit eines Bundesligatrainers. Auch die einfachste Frage nach Büttinger hätte jetzt nicht mehr gepaßt, wäre in diesem Moment eine Frechheit, ein Eingriff in die Privatsphäre.
Also ging er und ärgerte sich schon auf dem Gang, Feigling Dummkopf. Es war alles falsch, kindische Situationen, eine Unentschiedenheit, die er sich als Topmann nicht leisten durfte. Was soll das mit Vierabend? Er wußte nicht, wohin er denken sollte. Es muß irgendwas passieren, eine neue Lage, eine allgemeine Mobilmachung, ein Mord, eine Explosion im Dom, eine Eroberung.

2

Vierabend will dir wieder was anhängen, eine Unverschämtheit. Der Schwung der Rede war weg, die Wörter trocken und schal, und dazwischen eine federnde Wut auf den Generalgeschäftsführer. Diehl kam sich eingeengt vor in der sauberen Öde des Büros, eingesperrt in die eigenen Formulierungen, in die sachliche subjektlose ermüdende Sprache, die keinen Schutz bot gegen persönlichen Angriff, gegen Ärger über dummen Verdacht. Alles kroch von ihm weg, Moos und Tina, Büttinger, Vierabend, alle zogen sich zurück.
Fast schon beleidigt saß er da und wollte sofort die Freundin bei sich haben, Tina sofort hier im Büro halb nackt, Haut fassen, warme Arme beim Umarmen, oder sie sollte einfach nur im Raum sitzen, den Ärger verjagen, ihn aufmuntern. Wenigstens reden mit ihr, wenn sich mit Moos schon nicht reden ließ. Am besten raus mit ihr über die Autobahn fegen und donnernden Rock von hinten auf die Ohren.
Tina war ganz nah, im gleichen Haus, eine der beiden Besucher-Hostessen, und doch nicht zu greifen, irgendwo unterwegs mit ihren Ausländern. Tina ganz nah weit weg irgendwo in Diehls Kopf, derzeitige Privat-Hostess des Chefdenkers. Sie trafen sich zwei- oder dreimal in der Woche in ihrer Wohnung oder in seinem Apartment und schliefen zusammen, und ab und an gestanden sie sich sicherheitshalber ihre Nicht-Liebe, ich mag dich, aber ich kann dich nicht lieben, ich liebe eine andere. Tina hatte, das war das Praktische an ihr, nie nachgebohrt, was denn mit dieser Amerikanerin sei. Sie ahnte, daß das seine Schutzbehauptung war. Denn auch sie wollte, solange sich kein aussichtsreicher Dauerpartner fand, ein kommodes Zweckbündnis, keine Gefühlsdebatten und komplizierten Ansprüche. Also wertete sie ihre kurze Begegnung mit einem Hamburger Tabak-Manager zur großen Liebe auf, ich liebe ihn, aber ich komm gern zu dir. Mit dieser Übereinkunft fühlten sie sich nun schon über ein Jahr zufrieden, don't touch my feelings, touch me, fiepsten die Queen aus den Lautsprechern.

Was wollte er von ihr jetzt? Sie bei sich haben, sie zu fassen kriegen, Tür abschließen oder mit ihr hinaus, über Landstraßen, auf einer Wiese ficken, mit ihr reden, ich muß mit jemand reden.
Er rief an, obwohl er sicher war, sie nicht zu erreichen. Natürlich, Frau Schweizer auf Tour, wenn ich sie brauche. Sie zieht durchs Haus mit Arabern, erklärt weichgekochten Kommunisten und geilen Indern die Vorzüge der Marktwirtschaft, die Fragen aus Zaire und die Fragen aus Venezuela kennt sie auswendig, und für die Fragen aus Belgrad oder Peking Moskau hat sie immer den gleichen freundlichen Witz bereit, sie ist beliebt bei unsern Gästen, durch Führungen werden bleibende emotionale Bindungen ans Menschenführertum geschaffen, sie macht den Verband beliebt, sie kennt alle Komplimente auf ihr blondes Haar, jede Woche ein oder zwei Heiratsanträge von Mohren oder Gelben.
Diehl verirrte sich in Eifersuchtsgedanken, irgendwo macht jetzt wieder einer von diesen winzigen Japanern sein dünnlippiges Kompliment, oder einer der Schwarzen führt ihr ein vielversprechendes Augenrollen vor, kurz nach der Multi-Media-Show. Er wollte dazwischenfahren. Er überlegte, warum die Führungen nicht abgesagt waren wegen Büttinger. Warum ausfallen lassen, wir können die weitgereisten Leute doch nicht wegschicken, nur weil Büttinger nicht im Haus ist, Parole Weitermachen jaja.
Reg dich ab, Tina tut was für dich, für dein Ansehen, Tina kennen sie alle im Haus, Tina kommt in vielen Etagen rum, und inzwischen haben es auch die letzten in den wenig besuchten Abteilungen gehört, daß Hostess Tina jetzt mit dem Diehl, das ist dir doch recht. Das ist mehr als das schicke Büroverhältnis, das sie alle haben oder sich wegen Mangel an Frauen nur wünschen, Tina ist mehr als eines der Schreibmädchen, die bestenfalls sexy genannt werden, mehr als die studierten Sachbearbeiterinnen, die höchstens als passabel eingestuft werden, deine Tina gehört zu den Stars des Hauses.

Karriere einer Hostess. Tina Schweizer aus Krefeld, was hat sie aus dem Amtsrichterwohnzimmer getrieben, jeden Abend ohne Licht mit den Eltern den Rosenkranz beten bis sie nein sagen lernte mit siebzehn, jeden Montag Kohl jeden Freitag Fisch, und kein Wort, das ihr geholfen hätte, und den Opel durfte sie auch nicht, und Freunde nur, wenn die den Eltern Nelken brachten, let the sunshine in, und das fünftbeste Abitur des Jahrgangs 67 des Walburga-Gymnasiums. Sie wurde festgelegt auf Sprachen, Dolmetscherinstitut Heidelberg, vor dem die Corpsstudenten Patrouille liefen auf Brautschau mit schlotternden Knien und ohne Wichs, sie hatten Angst vor den Frauen, aber sie brauchten sie beim Damenabend, eine Heidelberger Studentin hatte die Wahl zwischen drei Heidelberger Studenten. Auch Tina wollte nicht allein sein und geriet an einen cand. jur., so kam zum Damenabend die Vorzeigedame Fäulein Tina. Erst machen sie auf Dame und Anstand Zackzack und nach zwei Litern Bier fangen sie an zu knutschen wie Sechzehnjährige und führen die Damen in der Morgendämmerung des Juni an den Neckar und flüstern hölzerne Komplimente, schwache Liebeserklärungen, die Tina schon besser aus Büchern kannte. Da lief sie mit sicherem Instinkt weg, da sah sie den jungen Amtsrichter vor sich, den alten, das wollte sie auf keinen Fall, irgendwann muß es das erste Mal sein, aber nicht mit dem.
Sie hatte das Buchlesen gern. Dann sah sie im Fernsehen Demonstrationen aus Berlin. Sie fand es nicht richtig, daß Studenten auf die Straßen gingen, aber es war abscheulich, daß einer einfach erschossen wurde. Sie wollte mehr als Französisch Englisch Spanisch, sie wollte endlich ihre Schüchternheit ablegen, man müßte die Schüchternheit ausziehen können wie den BH. Sie nahm einen Spruch von der Wand, den sie als Unterprimanerin aufgeschnappt, auf ein DIN A4-Blatt getippt und an die Wand in Krefeld und an die Wand in Heidelberg geheftet hatte, «Man könnte die menschlichen Tätigkeiten nach der Zahl der Worte einteilen, die sie nötig haben; je mehr von diesen, desto schlechter ist es um ihren Charakter bestellt. Robert Musil.» Sie schämte sich plötzlich, daß sie so lange daran geglaubt hatte. Im nächsten Semester ging sie in eine Vorlesung der Soziologie, und ein Student der

Geschichte stolperte auf sie zu und hatte den rotblonden Blick und eine eigene Bude.
Obwohl es ihr bitter weh tat am Anfang und sie weggerannt wäre, wenn sie gewußt hätte wohin, blieben sie zusammen, fast zwei Jahre, sie paukte die Sprachen und ging mit ihm zu einer liberalen Studentengruppe. Der Freund ließ sich in den Vorstand wählen, ins Studentenparlament, fuhr auf Kongresse, Karriere Karriere, fand eine andere, ließ Tina allein. Sie trat aus Protest aus dem Verein aus, sie hätte gern eine bessere Rache geübt, wenn sie gewußt hätte wie.
Politik stieß sie ab, sie wollte aber gern demokratisch sein. Den Begriff Demokratie hatte sie immer verbunden mit einer Großtante aus einem Dorf am Niederrhein, von der die Legende ging: Winter 44/45, Engländer und Amerikaner rückten an, monatelang die Front an den Grenzen um Kleve, und als die Leute aus den Dörfern evakuiert wurden, da hat unsre Tante Hermine noch ein frisches Tischtuch auf den Eßtisch gelegt und gesagt, wer hier reinkommt, soll es schön haben und soll sehen, daß hier ordentliche Menschen wohnen. So wollte Tina die Politik haben, fürsorglich ordentlich gastfreundlich, aber was sie sah, war alles Kampf, alles Schlägerei, die Corpsstudenten, die SDSler, die Liberalen auch nicht besser, sie verstand die nicht mehr. Immer wenn sie dachte, etwas begriffen zu haben, sagten in der Kneipe die Studenten, das ist von gestern, man merkt, daß du von den Dolmetschern kommst, die hinken immer nach. Sie fühlte sich weggestoßen und überall am falschen Platz. Die sie ansprachen, fand sie plump, die sie im Auge hatte, rückten nicht näher, dein Glück kommt später, sagte sich Tina mit 22 und warf sich ganz in ihre Sprachen.
Auf einmal hatte sie ihre Examen und keine Ahnung, wie weiter, welchen Beruf, und keine ausbaufähige Liebesgeschichte. In Brüssel und Luxemburg wurden immer noch Frauen wie sie gesucht, aber dort hätte sie das halbe Institut wieder getroffen. Sie wollte endlich auf eigenen Füßen stehn, bewarb sich auf eine Anzeige des Verbandes der Menschenführer, von dem sie nichts weiter wußte, sie hatte nur Lust, nach Köln zu ziehen, in die Nähe der alten Gegend, aber nicht zu nah. Sie wurde eingestellt

für bequeme Übersetzungen, dann, als der PR-Service ausgebaut und das Besucherprogramm eingeführt wurde, der Aufstieg von der namenlosen Diplomübersetzerin zur umworbenen Hostess. Werbung für das deutsche Wunder Modell Germany Modell Menschenführung das erfolgreichste Wirtschaftssystem aller Zeiten, das war Tinas Aufgabe. Sie setzte die Film-Dia-Ton-Show in Gang und gab die ergänzenden, spontan wirkenden Antworten. Die getrennte Bedienung der Besuchergruppen erleichterte diese Arbeit, die aus westeuropäischen Ländern sahen und hörten ein anderes Programm als die Gäste aus Entwicklungsländern und wieder ein anderes die verklemmten Herren aus den Staatshandelsländern. Jedes Programm, bei dem ihr je nach dem Informationsstand der Besucher Experten des Hauses zur Seite standen, hatte einen anderen Werbeansatz, aber alle führten zum Finale des gemeinsamen, internationalen Interesses am Modell Menschenführung. Meine Wallfahrer, sagte Tina manchmal, je länger ihr Weg, desto stärker sind sie beeindruckt.

Der Verband stellte für sie ein Ordnungssystem dar, das sie akzeptierte, weil alles wohlorganisiert war, sogar die Hierarchie, die sie in Heidelberg noch kritisiert hätte. Der Betriebston, in ihrer Etage, war freundlich, kein Klima für brutale Diskussionen und Wortschlägereien, und sie bekam auch keine Ellbogenkämpfe zu sehen. Im Mittelpunkt standen die Fragen der Aufmachung, der Präsentation, sonore Stimme, Glanzpapier ja oder nein, überall die effiziente Verbindlichkeit der Abteilung Medien Öffentlichkeit Versachlichung. Die Führungen waren Routine, Tina sagte, immerhin hab ich direkt mit Menschen zu tun, nicht der Stress der Simultanübersetzer in den Kabinen. Dafür mußte sie aushalten, daß der Verband mit ihr einen ausgesuchten blonden tüchtigen Sympathiemagneten angestellt hatte, das intelligente deutsche Fräulein in Sprachen perfekt und mit der Schönheit, die die Besucher schon von Illustrierten her kannten und mit ihrem sehnsüchtigen Bild von West-Germany verbunden hatten. Sie mußte das aushalten, lächelnd, abwehrend, werbend.

Daß es bei der Verbandsarbeit um Interessen ging, war ihr egal,

da es nicht ihre Interessen waren. Sie führte ein Leben, als hätte sie keine Interessen, als ginge es ihr nur nebenbei um eine Karriere. Wo ein Hindernis war, halfen ihr die kleinen Hellblauen. Die Herren im Haus stellten ihr nach, sie ließ sich mit einigen ein, nur nicht mit Juristen, das roch sie von weitem, wenn einer Jurist war. Sie brachte es aber immer nur zu den sogenannten Affären und Verhältnissen. Vielleicht bin ich zwischen die falschen Leute geraten, dachte sie manchmal. Ab und zu ließ sie einen durchreisenden Manager in ihr Bett, sie versuchte sich einzureden, daß es ihr gefiel, wenn die nicht viel sprachen, nur ihre kurzen Ausflüge in einen fremden Körper machten. Selten gönnte sie sich dabei das Gefühl des Ekels. Sie wußte nicht, was sie wollte, aber sie suchte den Mann fürs Leben oder doch für ein halbes.
Und als ein richtiger König eine süddeutsche Hostess zur Königin nahm, da fingen im Haus die Witze an, welcher Industrieprinz wird unsere Tina in sein Schloß holen. Mit der Schönheit der süddeutschen Konkurrentin hätte sie es aufnehmen können, das sahen diese Bürohengste wohl, die alle mit ihr bumsen wollten. Aufpassen, wenn diese Kerle mit dreckigen Witzen über mich herfallen, dann Contra geben, ich hab auch meinen Stolz. Es störte sie, daß die Herren nicht aufhörten, auf das Zweideutige ihrer Berufsbezeichnung anzuspielen. Und wenn die Herren Ausländer ihr plump kamen, verwies sie die eiskalt zu den Hostessen in der Friesenstraße. Ja, auch das gehört zu meinen Aufgaben, den Männern Auskünfte geben wie von Mann zu Mann, die Bar XY oder Eros-Center.
Wenn sie nach Hause fuhr, wie oft widerte sie alles an, völlig erschöpft vom Tagewerk Freundlichkeit Verbindlichkeit Fürsorge, in der Wohnung drehte sie erst einmal ein, zwei Platten lang die Lautsprecher voll auf, Rod Stewart Eric Clapton The Queen. Abends ließ sie sich gehen, da wars ihr egal, wie das Valium noch durchschlug, up oder down, abends wehrte sie nichts mehr ab. Vielleicht bin ich wirklich schon die Nutte, als die sie mich alle sehn, du mußt auf dich aufpassen, Mädchen, du bist über dreißig. Und manchmal, auch mitten in der Nacht, rief sie Roland Diehl an oder früher dessen Vorgänger, dann setzte der sich ins Auto, oder sie fuhr zu ihm. Und wenn sie immer

noch traurig war, dann sang sie ein Lied vor sich hin, von dem auch sie nicht wußte, wie sie es verstehen sollte, You can't let grow the grass under your feet. Wie fast jeden Morgen, dachten am nächsten Morgen die Kollegen die Vorgesetzten, die auch fast alle die winzigen Seelentröster schluckten und nicht auf die Idee kamen, daß gerade ein Mädchen wie Tina gedopt sein könnte: wieder topfit, unsere Tina.

Ein Druck schwarz viel grau wenig weiß, Roland Diehl starrte auf ein Bild an der Wand. Mehrere Treppen führten zugleich abwärts und aufwärts und quer und diagonal und aufeinander zu und voneinander weg, auf und unter den Treppen gingen mehrere Personen in aufrechter Haltung in die Richtungen, die ihnen die Treppen vorschrieben. Sie schritten so selbstverständlich, als hätten sie ein Ziel, als hätten sie noch einiges zu tun. Hinter hellen Torbogen saßen weitere gesichtslose Figuren beim Essen oder verließen verschränkt die Szene. Dunkle Türen, Gitter und schiefe Balkone drohten dem Betrachter, der in diesem Bild vergeblich nach einem Halt, nach einem Ruhepunkt suchte.
Diesen Druck hatte er noch nicht lange in seinem Büro hängen. Kunst bedeutete ihm nichts, Bilder sind manchmal besser als Tapete, aber dieses hatte er zufällig in einer Boutique entdeckt und gegen seinen Willen näher hinsehen müssen, es haben müssen. Er wußte immer noch nicht, was ihn da anzog, das Rätsel, das glasklare Durcheinander, vielleicht auch nur der Witz, der im Titel lag, Relativität.
Müde fühlte er sich, aber er wollte unter keinen Umständen müde sein. Er versuchte sich abzulenken mit Vorstellungen von Tina, gleichzeitig ärgerte ihn wieder, daß sie nicht verfügbar war. Er wollte lieber über Vierabend wütend sein und doch nicht an dessen Dummheiten denken müssen. Die Eifersuchtsgedanken vergingen nicht beim Durchsehen der Post, alles das Übliche, und auch nicht bei lustlosen Überlegungen, was der Abend bringen könnte, wenn Tina wieder eine Ausrede hat. Vielleicht ein Bier mit Poll, Poll der Rallye-Kamerad und Werbemensch mit

der Laune für drei. Irgendwas muß passieren, irgendwas muß dich wieder auf Trab bringen.
In diesem Jahr hatte er noch keinen Urlaub genommen. Keine Einigung mit Tina, zusammen ja oder nein, Roland der fanatische Einzelreisende hatte sich breitschlagen lassen, und Tina hatte zugestimmt, Ocean Club, er brauchte, sagte er, im Urlaub immer tolle Gesellschaft, also zusammen. Aber auf ein Ziel hatten sie sich nicht einigen können, sie wollte auf eine Südseeinsel, Mauritius oder Réunion, er fand das idotisch, ein Diehl fährt auf keine Insel, Diehl braucht seinen Auslauf, und er hatte dagegen stur auf einem Wüstentrip bestanden. Also die Entscheidung vertagt, und später hatte er gesagt, im Moment kann ich unmöglich weg, vielleicht im Winter, und jetzt war es ganz unmöglich, an Urlaub zu denken. Aber er dachte an Urlaub. Und als Personaltheoretiker wußte er auch: Wer sich vorm Urlaub drückt, zeigt seine Karriereängste, seine Schwäche. Wird Zeit, daß du mal abschaltest, Rolly, auch diese Sprüche von Tina wollte er nicht mehr hören.
Abschalten wollte er nicht, jetzt nicht. Du mußt auf der Hut sein, oder dein erster Fehler ist dein letzter. Vierabend will dir wieder was anhängen. Was können die mir anhängen, seit wann gibt es Zweifel an meiner Loyalität.

Offen und ohne taktische Absprachen hatte er einmal seine Meinung gesagt bei einer Sitzung des Zwölferrats im Frühjahr, das trug ihm Vierabend immer noch nach, Vierabend und Schanz und die Haus-Bürokraten. Der Zwölferrat war der Braintrust des Chefs, da saßen neben den beiden Vize-Chefs Felder und Gorkweiler die drei Generalgeschäftsführer und fünf Abteilungschefs, Professor Steinhäuser von den Wissenschaftlern, Dr. Schanz Medien, Schamborn Arbeitsmarkt, von Rieffer Sozialmarkt, Moritz Moos und im untersten Rang der bevorzugte Redenschreiber Diehl. Büttinger hat mich da nur reingeholt, erzählte Diehl, damit es kein Elferrat bleibt.
Da lehnt sich Diehl ganz unerwartet zurück und sagt: Unser

Problem ist doch, daß wir Macht und Einfluß haben und weiter gewinnen, aber nach außen hin so tun müssen, als würden wir an die Wand gespielt, als ginge unser ganzes System den Bach runter. Wenn wir immer nur auf den Gegner starren, auf die Menschenverführer vom Partnerverein, auf das ewige Sozialgerangel, dann vergessen wir allmählich, daß wir am längeren Hebel sitzen, und vor allem verlieren wir unsere langfristigen strategischen Aufgaben aus den Augen. Wir müssen Animatoren sein, wir müssen viel machtbewußter sein, machtbewußt im besten Sinn, nur dann können wir die praktischen Beispiele für die Politik und für politische Menschenführung liefern. Wir sind ja mehr als eine pressure group auf dem freien Markt der Verbände, im Grunde sind wir die berufenen Politiker.
An dieser Stelle zieht Büttinger die Brauen hoch, dann nickt er unauffällig. Ermutigung also, und nach einer kleinen, eitlen Pause redet Diehl weiter: Wir dürfen nicht auf unsere eigenen PR-Tricks hereinfallen, auf unser Defensiv-Image, das nach außen hin natürlich nötig ist. Wir dürfen uns nicht mit der Politisierung unseres Wirkungsfeldes defensiv abfinden und uns auf die traditionellen bürgerlichen Werte berufen. Wir müssen statt dessen die Grundwerte neu definieren, aktuell formulieren und offensiv in unsere Arbeit einbeziehen. Wir müssen der Gesellschaft, die über Wertverluste klagt, Wertorientierungen ins Haus liefern, mit unserm Beispiel, mit unseren Waren und Dienstleistungen. Und das geht nur dann überzeugend, wenn wir uns unserer Macht, unserer Mittel und Möglichkeiten bewußt sind und aufhören zu jammern, wie schlecht es uns schon wieder geht.
Solche Sätze liebt Büttinger, Diehl sieht das und schlägt vor, noch im Schwung seiner Rede und der erwarteten Zustimmung, eine neue Abteilung für Grundwerte aufzubauen, denn für die Werte-Offensive müßten zentrale Motivationsimpulse ausgegeben werden. Zum ersten und einzigen Mal macht er den Fehler, spontan zu sein. Ideen ohne Konzept, ohne klaren Interessendruck gelten als vorlaut, als Dummheit, sogar im Braintrust.
So können die Bürokraten Vierabend und Bräsig den Vorschlag leicht als bürokratisch vom Tisch wischen. Schanz, der den Abbau seiner Kompetenzen fürchtet, unterstellt indirekt, Diehl

wolle damit nur Karriere machen. Und Büttinger bremst mit dem Argument, alle Abteilungen müßten von dieser Offensive durchdrungen werden, Spezialisierung könne auch gefährlich sein. Für die meisten Herren der Runde, die ein halbes Leben lang treu für den Verband sich geknechtet haben, immer mit Pflichtmoral, nie mit Machtmoral, für die ist die Machtthese eine Ketzerei.

Das möcht ich mal von Ihnen schriftlich haben, Herr Diehl, sagt Vierabend. Und trotz der drohenden Intonation antwortet er: Gern. Also der Auftrag: Expertise über Macht und Einfluß des VMD im Vergleich zu gegnerischen Verbänden.

Ja, hier im Haus ist der Kampfplatz, das hatte er zum erstenmal bei dieser Sitzung gedacht. Du stehst in der Arena, angewiesen allein auf dich und deine Nervenzellen, nur halb angefeuert von Büttinger, aber acht oder zehn Herren mehr oder weniger gegen dich, bleib ruhig, Roland, du hast recht, du bist stark, du wirst nicht verlieren.

Aufstiege zum Chefdenker. Roland Diehl das Friedberger Lauftalent trainierte mit 15 mit 16 mit 17 dreimal die Woche, er wollte systematisch schneller werden, er rechnete sich aus, nimm dein 400-Meter-Tempo und halt das immer weiter durch, 500 Meter, 700 Meter und treib dich mit diesem Tempo weiter auf 1000, dann wirst du Spitze, Herr deiner Lunge, Sieger über deine Milz, dann brichst du Rekorde. Er wollte nur eins, durchhalten, und demoralisierte mit 17 Jahren die Zwanzigjährigen, schlug auch die ausgereiften Mittelstreckler des Vereins, lief Bestzeiten. Roland hielt durch und wurde Kreismeister der Jugend auf 1000 Meter, und niemand traute sich mehr, ihn Wichser zu rufen.

Der Friedberger Wunderläufer Favorit Olympiahoffnung trat bei den Landesjugendmeisterschaften gut an, führte bei 600 Metern, dann schob sich ein anderer im roten Trikot der Darmstädter nach vorn, Roland erschrak fast und kam aus dem Atemtakt, 200 Meter vor dem Ziel hatte der Rote schon zwanzig, dreißig Meter Vorsprung und spurtete immer schneller davon, daß Ro-

land dachte, er hätte einen Hundertmeterläufer vor sich, der Abstand wuchs und wuchs. Er hielt die zweite Position, aber so glanzlos weit weg vom Ersten, daß er sich aller erträumten Olympiamedaillen schämte und noch auf der Zielgeraden atemlos kopflos beschloß aufzuhören, gegen den bist du eine Flasche, an den kommst du auch mit dem schärfsten Training nicht ran, hör auf, pack ein, der Darmstädter wird die Mittelstrecken beherrschen und nicht du (und wie fühlte er sich bestätigt als wahrer Gewinner am Fernsehschirm, als sein Bezwinger nach Jahren Plackerei Wintertraining Sommertraining Tausende von quälenden Runden auf Aschenbahnen Tartanbahnen Waldlaufstrecken Europas, nach täglichem Konditionhaltenmüssen nicht rauchen nicht saufen nicht sumpfen und bumsen mit Maß, nach Dutzenden Meisterschaften Qualifikationen Vorläufen endlich im olympischen Endlauf und dann Vierter wurde, Viertbester der Welt auf 1500 Meter, aber keine Medaille zum Vorzeigen, Diehl gönnte ihm gerade diesen Platz, den hervorragenden, den undankbaren). Landesjugendvizemeister stand auf Diehls Urkunde, aber das war eine Niederlage, nie wieder wollte er eine solche Niederlage einstecken, nie wieder deklassierter Zweiter sein, kein ewiger Zweiter. Bei der Rückfahrt im Auto des Trainers dachte er zum erstenmal an Autorennen, und als Läufer ging er außerhalb des Kreises Friedberg nie mehr an den Start.
Die Trompete setzte er nicht mehr an, nachdem er in einem Nauheimer Keller Amisoldaten gehört hatte, und auch die Frankfurter Jazzer spielten so unerreichbar besser. Weil die Alten keine Gegner mehr für ihn waren, legte er sich mit den Lehrern an. Die meisten nannte er Dummköpfe, er sammelte ihre Sprüche und veröffentlichte sie als Lehrer-Weisheiten in der Schülerzeitung. Antiautoritär bin ich seit 1959, sagte er gern, wenn er später als Rechter angegriffen wurde. Und um den Lehrern und allen, die in ihm jetzt eine gescheiterte Olympiahoffnung sahen, mit etwas Neuem zu imponieren, kaufte er sich ab und zu die Weltbildung der ‹Zeit›.
Die Zeitung las er nicht nur, weil mit ihr sein Ruf stieg. Was da stand, fühlte er mit, gescheite Formulierungen seiner Gedanken, weitgreifende Politik, so weit über die Friedberger Horizonte,

eine etwas umständliche Kritik an Adenauer, immerhin, der Mann war allmählich wirklich zu alt, ein scharfes Feuilleton, die intelligenten Witze, Wirtschaft las er nie. Beim Lesen am Wochenende fühlte er sich als Kämpfer für gerechten Ausgleich, liberal ist doch die beste Devise. Er wollte sich engagieren, nicht wie Vater Paul nach achtstündiger Prozentfuchserei vor die Glotze werfen und hinter Bierflaschen brummend verschwinden. Mit achtzehn hatte er zum erstenmal die feste Idee, für diese Zeitung zu schreiben, das wurde sein Lebensziel für mehrere Jahre, ich werde Journalist. Ja, ich geb zu, ich will auch meinen Namen gedruckt sehen, sagte er zu Wolf, der sich die Zeitung auslieh.
Als sein Name im Lokalsportteil nicht mehr zu finden war, sah er ihn manchmal winzig in der Schülerzeitung unter Glossen, aber am meisten galt ihm sein Leserbrief zum Mauerbau in der Zeitung aus Hamburg.
Wiedervereinigung, er hätte nicht sagen können, weshalb er so rigorose Worte für die deutsche Einheit hatte. Alle waren dafür und stritten ums Wie und Wann, aber er empfand diese Mauer in Berlin als Beleidigung, ein Bollwerk gegen seinen ganz persönlichen Wunsch, zu den Siegern zu gehören. Er wußte nur noch, daß er die großen grobgerasterten Fotos von Panzern und Menschen mit Pflastersteinen in der Friedberger Zeitung vom 18. Juni 1953 nie vergessen hatte und die fetten Buchstaben der Schlagzeilen, das hatte er behalten, weil das genau sein elfter Geburtstag war, zwei historische Ereignisse an einem Tag.
Nach dem Abitur Bundeswehr stand für ihn fest, aber wenn, dann richtig, Roland Diehl wird Fallschirmspringer und Leutnant. Und als die Friedberger Oberprimaner abgeholt wurden mit Bundeswehrbussen zu den Panzergrenadieren, ein schulfreier Tag Information Anschauung Wir brauchen Dich Soldaten sind auch Menschen Kameraden Beschützer, und drei Scheiben Schweinebraten ohne um die dritte betteln zu müssen und Rotkohl würziger als zu Haus, da durfte Roland am Nachmittag im Panzer mitfahren. Das Kurzhaar im Wind auf dem Panzer, endlich hatte er den Platz an der Kommandantenluke erkämpft, der Motor dröhnte ihm die Ohren voll, das erste Stereoerlebnis mit

stürmendem Lärm, die Sonne neigte sich genau auf die Kanone zu, zuverlässig lässig bedienten Soldaten die schwere und laute Maschine tausend PS-Zahlen, da spürte Diehl, alles ist Beherrschung alles kontrollierbar, auch solche Brocken mit leichter Hand zu führen, der Motor dröhnt Stahlplatten zittern starke Raupen unter dir und du ruckst aufgehoben sicher durchs unebene Gelände das Geschütz vorn aufgerichtet vor dir wie deins, es gibt keine Hindernisse mehr, da flog er im Rausch im Panzer voran, da störten ihn nur die Mitschüler, die auch mal an die Luke wollten, er war der Panzerkommandant, sah sich vorn und oben und raus aus aller Enge, da wollte er bleiben, hochoben Kraft Tempo abwehrbereit angriffbereit. Roland Diehl wollte sich einsetzen.

Diehls Expertise, zusammengefaßt: Anfangs die Grunddaten zu Vermögen und Eigentum, dann die durch die Marktwirtschaftsordnung den Menschenführern gegebenen Überlegenheiten wie Preisautonomie Arbeitsmarktautonomie Investitionsautonomie, alles mit den erforderlichen Relativierungen. Verweise auf die Einflußerfolge auf dem Bildungs- und Ausbildungsmarkt und auf die Vorwärtsentwicklung beim Arbeitsrecht. Auch die Internationalisierung des Wirtschaftens sei ein zunehmender Machtfaktor, da die internationalen Aktivitäten für Regierungen und Verbände der Gegenseite immer weniger kontrollierbar. Nicht zu vergessen, daß auch technologische Fortschritte, PR-mäßig geschickt verkauft, fast immer auch gesellschaftspolitische Fortschritte des Menschenführer-Denkens nach sich ziehen.
Zu den aktuellen Auseinandersetzungen: Gefährlich die Tendenz zum Versorgungsstaat, aber keine echte Gefährdung von Machtpositionen, da Versorgungskosten immer mehr auf Staat und Versorgte abwälzbar. Gefährlich die Bestimmungsgesetze; daß sie jedoch langfristig Machtspielräume gefährden, sei unwahrscheinlich. Auch das Gerede von Nullwachstum, Rohstoffkrisen usw. sei kaum beunruhigend, im Gegenteil, das Krisengerede habe nur zu einer engeren Kooperation mit staatlichen

Stellen und zum beschleunigten Ausbau des Energiesektors und anderer Hochtechnologien geführt. Gesellschaftspolitische Vorstöße gingen immer noch vornehmlich von seiten der Menschenführer aus und hätten durchschlagenderen Erfolg als die Rückzugsoffensiven der Gegner, Beispiel Kernkraft.
Auch der Verband der Menschenführer selbst sei deutlich effektiver als die Verbände der Gegenseite, sowohl in Organisationsstruktur und Entscheidungsfähigkeit, als auch im Einfluß auf Bonn, auf Brüssel, auf die Länder. Diehl nennt hier Zahlen: Finanzmittel Personalbestand Personalqualifikation und Öffentlichkeitswirkung, alles spricht für seine These. Wir leiden immer noch, so Diehl, an unserem schlechten Image. Aber dieses Image haben uns nicht nur die Gegner aufgedrückt (so mächtig sind sie nicht), sondern das ist vor allem entstanden durch die Menschenführer, die durch ihr Verhalten unser Positiv-Bild und unsere PR-Thesen anschaulich widerlegen. Das sind einmal die Erben, die die Klatschspalten der Presse füllen und vorführen, wie man Geld im großen Stil ausgibt. Das sind zweitens die durchaus seriösen Menschenführer, die aus steuerlichen Gründen ihren Wohnsitz ins Ausland verlegen. Drittens die nicht geringe Zahl der Menschenführer, die durch offenkundig wettbewerbswidrige, verbraucher- oder arbeitnehmerfeindliche Maßnahmen, die noch dazu von der Presse aufgebauscht werden, die Verlautbarungen des Verbandes Lügen strafen. Es reicht nicht zu beteuern: Das sind ja nur Ausnahmen. Solange wir nicht willens oder fähig sind, uns öffentlich von solchen Menschenführern zu distanzieren, solange schwächen wir auch die eigenen Chancen im Kampf um gutes Image und öffentliche Meinung und letztlich um Machtpositionen.
In den Schlußfolgerungen rät er, die Parole vom Partnervereinsstaat gegenüber der Öffentlichkeit und den Anhängern unbedingt beizubehalten und kräftig auszumalen, nichts schweißt uns so gut zusammen. Aber es wäre fatal, im Verband bzw. in der Verbandsspitze selbst an diese Parole zu glauben. Das führe zu Realitätsschwund und zu unproduktivem Selbstmitleid. Büttinger fordere die Phase kritischen Selbstbewußtseins. Das setze ein gesundes Verhältnis zur eigenen Macht voraus.

Wenn sich Wirtschaftsstrategien änderten, müßten auch Verbandsstrategien flexibler werden. Es reiche nicht, am Altbewährten festzuhalten. Es sei eine gefährlich defensive Neigung, den jeweiligen Status quo zu idealisieren und jedes Reförmchen gegenüber der Öffentlichkeit als ordnungspolitische Gefahr ersten Ranges einzustufen. (Das ging gegen Vierabend, Bräsig, Schanz.) Es müsse geprüft werden, welche Elemente unserer Ordnung unverzichtbare Bauteile sind und welche lediglich einigen Menschenführern Vorteile bringen, ohne kurzfristig oder langfristig durch einen Vorteil für die Allgemeinheit ausgewiesen zu sein. Es müsse Klarheit darüber herrschen, welche Positionen verteidigt werden müssen und welche zur Frontbegradigung geräumt werden können.
Diese Klarheit sei Voraussetzung für Selbstbewußtsein und Machtbewußtsein. Nur in diesem offensiven Bewußtsein seien Wirkung, Einfluß und Macht des Verbandes und aller Menschenführer langfristig zu erhalten und auszubauen.

In gleichmäßigen Schüben rollten die Autos wie auf Schienen die Uferstraße hinauf hinab. Auf dem Rhein, hinter einem dünnen Spalier von Bäumchen, wiederholte sich immer wieder die gleiche stumme Szene: Ein schnelles Schiff stromab begegnet einem langsameren, und sie stoßen nicht zusammen, obwohl es vom Ufer aus so aussieht zwei Sekunden lang, obwohl du es erwartest, obwohl du vom Fenster hier oben die Breite der Fahrrinne und den langweilig großen Abstand siehst, obwohl du in diesem Augenblick nichts anderes wünschst als den lauten Crash, das Rammen, das Leck, das sanfte Absaufen eines Kahns, in der Luft ein Heck. Nie tun sie dir den Gefallen. Warum stießen diese Schiffe nie zusammen, wenigstens ein Blechschaden. Diese Erfahrung fehlte ihm, als fehlte ihm etwas zu seinem Glück.
Quergestellte Kleinwagen auf den Kähnen, ein Hund auf den Planken, auf vorüberziehenden Wäscheleinen flatterten Jeans, mit festen Schritten ging ein Schiffer gegen die Fahrtrichtung.

Die einfachen Bewegungen zeigten etwas Fremdes, vielleicht ein sicheres Leben, begreifbare Ziele, immer die Fahrrinne entlang und irgendwo ein Hafen. Aber auch etwas wie von alter Zeit, diese Familienkähne waren schon überholt und an den Rand gedrängt von den Schubschiffen und den gewaltigen Schwimmapparaten der Stahlfirmen und Chemiewerke. Das ländliche Leben auf den Kähnen war so meilenweit von Diehl weg und so winzig da unten, ein Fetzen Kulisse, an dem ihn jetzt nur noch der gleichgültige Gedanke festhielt, wie diese lahmen Schlepper immer noch Gewinn einfahren konnten.
Auch Besitzer dieser Schiffe zählten zu den Menschenführern, Diehl fand das auf einmal komisch. Er dachte an das Pathos seiner Expertise, die ihm fast zur Denkschrift geraten war, ein feierlicher ernsthafter Ton, für den ihn jeder Eigner von Binnenschiffen achtkantig ausgelacht hätte. Aber für die war das nicht vorgesehen, die bekamen Papiere des Zwölferrats zum Glück niemals zu Gesicht.
Die Diskussion über die Expertise war immer wieder vertagt worden. Als Vierabend einmal einen Spaß draus machte: Wir schicken Sie in den Bundestag, Diehl, Sie haben doch beschlossen, Politiker zu werden!, da hatte Büttingers Konter ihn gerettet: Strafversetzungen, das gibt es bei mir nicht, lieber Vierabend! Wenn Vierabend dir was anhängen wollte, dann hätte er längst eine Debatte über das Papier angefangen, ein Feigling ist er ja auch nicht, aber er kann dir nichts anhängen, kein Vierabend kann dir was anhängen und kein Schanz.
Da draußen lief alles so selbstverständlich ab, ein Kreislauf, reibungslos, unfallfrei. Lastwagen mit Heizöl Zement Tiefkühlkost Möbeln, alles mit Kraft, mit beschränkter Geschwindigkeit über die Straße gejagt, eben produziert bestellt geliefert verbraucht alles wie geschmiert, und auf den Schiffen tief im Wasser hängend Schotter Kohle Weizen Gase, ja die Schornsteine rauchen im weiten Rund um Köln, und die endlose bunte Blechprozession der Mittelklassewagen der Einkäufer Makler Kreditgeber Verbraucher Verbaucher alle aufgereiht alle da, und die Armee der Vertreter ununterbrochen im Einsatz für die nächsten Abschlüsse die höheren Zielzahlen, im drahtlosen Kontakt ge-

lenkt von den Umsatzgenerälen im Hauptquartier, das lief doch alles, alles in strenger Eile da draußen, das griff alles ineinander, das funktionierte wie grüne Welle, ein friedliches Bild vom freien Wettbewerb der Fleißigen, die Steuerprüfer korrigierten die Zahlen hinterm Komma, Abschreibungen garantierten den nächsten Aufschwung, es war die lebende, sich schwunghaft bewegende Ordnung. Der Verband hatte seine Augen auf allem, was da unten transportiert umgesetzt abgeschrieben wurde, der Verband regelte das, hatte das geregelt mit den Regierungen und Gesetzgebern dreißig Jahre lang, vierzig, achtzig Jahre lang, und doch kam es Diehl jetzt wie ein Wunder vor, daß alles funktionierte und daß es gerade so funktionierte. Eine Naturgewalt, die er nur interpretieren konnte, nicht begreifen.
Wahrscheinlich begriff die auch kein Mensch. Er kannte jedenfalls keinen, der das Funktionieren des Ganzen hätte schlüssig erklären können. Die Experten im Haus am wenigsten, die kannten sich immer nur in einer Handvoll Details aus, die Marktforscher auch nicht, die Astrologen, die fünf Weisen sowenig wie die gesammelte Weisheit der Wirtschaftsinstitute Wirtschaftsprofessoren Wirtschaftsjournalisten, die versteckten sich hinter Formeln Angebotnachfrage Lohnpreis Geldmengenprogression terms of trade und hinter dem alten Gott Gatt, in Wirklichkeit staunten sie doch, daß dieser Markt trotz aller Formeln Eingriffe Auswüchse immer noch wuchs und der Reichtum auch ihrer Konten wuchs. Ja selbst ein Mann mit der Kenntnis, mit dem allgemeinen Durchblick wie Büttinger hätte nicht erklären können, wie die Wirtschaft lief. Vielleicht deshalb brauchte der Verband Leute wie Diehl.
Er war froh, daß er das alles nicht verstehen mußte und daß er auf wissenschaftliche, auf volkswirtschaftliche Überlegungen sich nicht einzulassen brauchte. Dies Fach hatte er im fünften Semester abgebrochen, zum Glück, und jetzt wurde er höher bezahlt als ein durchschnittlicher Volkswirt, gerade weil er das Wissen der Volkswirte nicht brauchte und doch ein Fachmann fürs Allgemeine war, ein Interpret ein Appellierer und Formulierer fürs Ganze.
Ihm war leicht, ohne jede Benommenheit konnte er an die Gos-

larer Rede denken. Der Blick auf den Strom hinab beruhigte. Der Dreck darin imponierte ihm nicht. Roland Diehl ist kein Spinner, der nicht weiß, in welchem Zeitalter wir leben. Vom braungrauen Rhein ging trotz allem, was in den Zeitungen stand, immer noch eine solche Ruhe aus, auch über den von Fensterscheiben gedämpften, krachenden Autoverkehr hinweg. Eine Ruhe, weil so viel Fläche nicht in Gebrauch war, so viel Wasseroberfläche einfach nur Wasser, das mit einer vergessen langsamen Geschwindigkeit seinen Weg ging, einfach nur Wasser, das die Farben der Wolken matt spiegelte und an manchen Tagen, bei blankem Himmel, sogar noch Kraft hatte, blau zu scheinen, metallic-blau wie schicke Karosserien.

Telefon. Herr Bräsig kündigte zwei Herren an, Ermittlungsbeamte des Zentralen Kriminalbüros, die gerade im Haus seien und auch mit ihm reden wollten, jetzt gleich, in zehn Minuten.

Reichlich spät, die Herren, dachte Diehl, lassen sich viel Zeit und dann stehen sie plötzlich vor der Tür, ohne Respekt vor Terminkalendern. Aber er fühlte sich auch geschmeichelt, die Kriminalen oder die sie beratenden Generalgeschäftsführer Bräsig und Vierabend mußten ihn immerhin für so bedeutend halten, daß er zu den Ermittlungen etwas beitragen könnte. Er ging wieder ans Fenster.

Der Kahn, der sich gerade flußaufwärts mühte, war vorn Ganges getauft und hatte hinten eine Schweizer Fahne. Diehl grinste, das war ein origineller Name für einen Schweizer Schiffseigner, Sehnsucht der Schiffer ohne Meere. Das war komisch und so richtig. Das hatte seine Ordnung da draußen, die kleinen Farbtupfer in der großen rollenden Friedlichkeit, die gleichförmigen immer wiederholten Transportbewegungen.

Es irritierte ihn, daß alles so ohne Kampf abzulaufen schien, alle im Haus und auch er sprachen doch immer von Kampf, Kampf gegen alles, gegen die modischen Ideologien, gegen den Partnerverein, gegen die überhandnehmenden menschenführerfeindlichen Tendenzen, nichts davon war sichtbar, so geschmiert lief alles, ein einzig fleißiges Volk von Händlern. Vielleicht fanden diese Kämpfe gar nicht draußen statt, vielleicht nur hier drinnen im Haus, in dieser Festung. Vierabend will dir wieder was an-

hängen, na soll er doch, oder kommt die Attacke von Schanz, der mit Vierabend kunkelt?
Hätte jemand Diehl gefragt, wen er für seinen Feind halte, dann hätte er ohne Zögern Schanz den Bayern genannt, Dr. Ludwig Schanz, Chef der Abteilung Medien Öffentlichkeit Versachlichung. Aber er hätte nicht erklären können, warum er gegen seinen Feind war. Schanz spricht schamlos bayrisch auch hier am Rhein, Schanz ist immer noch hinter Tina her, Schanz ist der Adjutant von Vierabend, militant, aber ohne offensives Geschick. Gegen Schanz sprach, daß er sich weigerte, Diehl zu duzen, und doch immer wieder vertraulich gönnerhaft dackelte, Sie können offen mit mir reden, wir sind doch hier in Unterunsbach. Er tut so, als wüßte allein er, wos lang geht. So einer intrigiert. Schanz der Angeber, der Journalisteneinseifer, der Listige, der mit der Jesuitendialektik. Wenn Schanz nicht mein Feind wäre, könnte er mein bester Freund sein.
Es klopfte.

Verhör. Die beiden Beamten zeigten unnötigerweise ihre Marken, sprachen ihre Namen betont aus, Rödel, Schellhase, und mimten Überlegenheit, als hätten sie einen polizeifeindlichen Menschen vor sich. Die werden den Fall auch nicht aufklären, dachte Diehl sofort, wenn sie so viel Show nötig haben.
– Bitte, nehmen Sie Platz.
Rödel erklärte, sie hätten mit allen Personen zu sprechen, die in den letzten Wochen zusammen mit Büttinger unterwegs gewesen seien. Im Rahmen der Ermittlungen komme den Wahrnehmungen dieses Personenkreises größte Bedeutung zu. Ob er, Diehl, bei den letzten Zusammenkünften mit Herrn Büttinger außerhalb dieses Hauses, insbesondere auf Reisen, verdächtige Beobachtungen gemacht habe.
Die beiden kamen ihm ein bißchen wie Dick und Doof in jungen Jahren vor, der Kleine dick und trotzdem durchtrainiert, sorgfältig gescheitelt blond und ein berufsmäßig mattes Lächeln im Gesicht. Der andere mit Brille und Schnurrbart über dem ent-

schlossen vorgestreckten Kinn, dafür ein winziger Mund.
– Nein, sagte Diehl. Und wenn, hätte ich das längst gemeldet.
Wann er zuletzt mit Büttinger draußen gewesen sei.
– Vor vier Monaten etwa, in Göttingen, Vortrag in der Universität über Sozialstaat und Marktwirtschaft, auf Einladung der Demokratischen Studentengruppe.
Herr Schellhase bat ihn, das Datum im Terminkalender nachzusehen.
– Ist das üblich, fragte wieder der Kleinere, daß der Verband der Menschenführer beziehungsweise seine führenden Männer in Universitäten auftreten?
An der gezierten Redeweise merkte Diehl, daß dem kleinen Dikken etwas verdächtig vorkam. Wahrscheinlich denkt er, Universität, unmöglich, daß sich jemand wie Büttinger in diese roten Nester wagt, kein Wunder, daß man ihn dann kassiert. So denken diese dreißigjährigen Beamten, die sich nicht vorstellen können, daß jemand für seine Überzeugung eintritt, gerade auf schwierigem Pflaster, daß jemand für seine Sache den Kopf hinhält, weil es nicht nur seine Sache ist, diese flotten Jungens können sich gar nicht mehr vorstellen, was kämpfen heißt.
– Ja, das ist üblich, sagte er, aber nicht häufig, leider.
– Und warum sind Sie mitgefahren? fragte Schellhase.
– Weil ich hier im Verband so etwas wie der Fachmann für ideologische Entwicklungen bin und weil ich große Teile des Vortrags geschrieben habe.
Diehl legte absichtlich Arroganz in seine Stimme.
– Sie haben sich also informieren wollen, ob Ihr Vortrag bei den Studenten ankam? fragte Schellhase.
– Genau.
– Sind Sie aus eigenem Antrieb mit nach Göttingen gefahren?
Diehl kam sich allmählich veralbert vor.
– Ich verstehe nicht recht, sagte er, wie diese Fragen Ihnen bei der Fahndung weiterhelfen sollen. Aber wenn Sie das wirklich wissen wollen, kann ich Ihnen sagen, daß Herr Büttinger mich gebeten hatte mitzukommen.
– Und sind Sie von den Linken belästigt worden? fragte Rödel ungerührt weiter.

– Nein, die blieben draußen, das war alles geregelt. Herr Büttinger konnte in Ruhe sprechen, es war genug Polizei in der Nähe, es gab keine Störungen, auch nicht bei der Diskussion. Und nachher haben wir noch im Ratskeller beim Bier gesessen mit den Studenten.

Jetzt stoppten sie diese Fragen. Das war wohl wieder ein unerhörter Gedanke, der Führer der Menschenführer schluckt Bier in einem ordinären Ratskeller zwischen lauter Studenten, mitten in der rotverdächtigen Stadt.

Viel mehr hatte Diehl nicht zu berichten. Mal mit auf dem Hochsitz sonntagsfrüh. Vor Wochen mal in Düsseldorf, ein Essen, Schanz war dabei und Moos. Er nannte das Lokal.

– Können Sie sich vorstellen, dort beobachtet worden zu sein?

– Natürlich, sagte Diehl. Aber wohl nicht von den Leuten, die Sie suchen. Ich war mit Herrn Büttinger noch nie in einem Restaurant oder sonstwo, wo er nicht beobachtet, entdeckt und oft auch angesprochen wurde, von Gästen, von Kellnern, von Passanten, irgendwo ist immer jemand, der ihn anstarrt. Aber Observierung durch Terroristen in einem First Class-Lokal, das halte ich für Unsinn.

Er konnte sich noch gut an Einzelheiten des Abends erinnern, aber das war für die Ermittlungen belanglos wie dies belanglose Gespräch. Fasan hatte er gegessen, auf Empfehlung des Fasanexperten Büttinger, Fasan auf glasierten Maronen mit Champagnerkraut, und was hatte der Chef auf dem Teller, ja Salmschnitte in irgendeiner Hummersauce. Das hatte Diehl behalten, weil Büttinger zuerst vom Salm geschwärmt hatte, vom Salm seiner Jugend, den er noch selber aus dem Rhein gefischt hat, und dann plötzlich ins Reden gekommen war und den halben Salm kalt werden ließ. Henkersmahlzeit, dachte Diehl jetzt. Büttinger hatte Berichte gelesen über die Probleme mit den Angestellten in Großbetrieben, er war erstaunlich bewegt davon. Das Schlimmste sind nicht die Entlassungen, hatte er gesagt, sondern die Moral der nicht Entlassenen. Zu den Leistungsgesprächen mit Vorgesetzten kommen immer mehr Angsthasen. Die Vorgesetzten wissen nicht mehr, wie sie ihre Leute positiv motivieren sollen, es dominiert die negative Motivation durch Angst. Die letzten

Buchhalter, die letzten technischen Zeichner, die letzten Stenotypistinnen, die rackern sich alle tüchtig ab, aber das Gefühl, als Angestellte eine Persönlichkeit zu sein, etwas Besseres, das Gefühl schwindet rapide, das haben uns die Computer kaputtgeschlagen. Die Leistung steigt, aber Leistung durch Angst, das reicht auf Dauer nicht, überlegen Sie sich mal ein Motivationskonzept für diese Schichten, meine Herren. Aber dann waren sie schnell wieder beim Thema Sport, beim Thema Frauen, Schanz der Bayer hatte sich wieder als Witzerzähler bewährt. Vielleicht, dachte Diehl jetzt, hat Büttinger nur versuchen wollen, Schanz und mich zu versöhnen, uns wieder an einen Tisch zu bringen.
Die beiden Polizisten hatten keine Fragen mehr, aber sie machten noch keine Anstalten zu gehen.
– Ja, sagte Diehl, mehr kann ich Ihnen leider nicht sagen.
Rödel nickte.
– Da ist noch etwas, sagte Schellhase. Können Sie uns sagen, was Sie gestern abend an der niederländischen Grenze zu tun hatten?
Diehl lehnte sich zurück, völlig überrascht. Tatsächlich war er unterwegs gewesen mit seinem BMW bis kurz vor Venlo. Oft nach der Arbeit hatte er keinen anderen Wunsch als die nächste staufreie Autobahn anzusteuern, den Wagen auf Spitze zu jagen und noch einen Tank leerzufahren, bis der Ärger des Tages verraucht, bis das taube Gefühl aus den Fingerkuppen verschwunden war, die nur Tasten gedrückt hatten am Diktiergerät an der Klimaanlage am Telefon. Nach dem unbewegten Tag im Schreibtischdrehstuhl oder auf Sesseln in Konferenzräumen sehnte er sich nach Bewegung, nach Tempo, nach Vollgas. Diehl der Rallyefahrer und Kilometerfresser, auch wenn er den Autobahnfilm schon hundertmal gesehen hatte, auf den Straßen konnte er die einschläfernden Statistiken vergessen und die Reden nach Schema A oder B oder C. Sobald er über 150 Kilometer pro Stunde kam, fühlte er sich leicht. Und gestern hatte es ihn in diese Richtung getrieben. Aber wie sollte er das diesen Burschen erklären? Er war betroffen über den Verhörtrick. Sie wenden einen Trick an, also halten sie mich für verdächtig. Er wollte

seine Betroffenheit nicht zeigen und versuchte schnoddrig zu bleiben.
– Zu tun hatte ich nichts. Ich fahre nach der Arbeit manchmal raus, wissen Sie, Bewegung, den ganzen Tag im Büro, Sie kennen das ja, andere joggen oder schwimmen.
– Und warum fahren Sie ausgerechnet zur niederländischen Grenze?
– Reiner Zufall, in dieser Richtung war kein Stau.
– Sie behaupten also, Sie sind einfach nur so dagewesen?
– Ja, sagte Diehl, den Wagen einmal richtig ausgefahren, Neuß Gladbach und dann dic Abfahrt direkt vor der Grenze bei Venlo, gewendet und wieder zurück. Im übrigen verstehe ich nicht, was das alles mit dem Fall Büttinger zu tun haben soll.
Der Kleinere sah jetzt gefährlich clever aus, als wollte er sagen, das wird sich zeigen, aber er sagte:
– Klare Frage, klare Antwort. Wir haben Vermutungen, daß die Terroristen häufig über die Grenze gehn, also observieren wir die Grenzwege. Sie sind aufgefallen gestern, und deshalb fragen wir. Und noch eins, dies Gespräch ist kein Verhör. Wir sammeln nur Material.
Sie sollten lieber Ihren Grips anstrengen, wollte Diehl sagen, aber er beherrschte sich.
– Gut, dann werde ich in Zukunft die Grenzen meiden, obwohl das nicht so einfach ist, ich war Rallyefahrer, müssen Sie wissen, ich brauch meinen Auslauf. Aber ich habe nicht die Absicht, mich bei Ihnen verdächtig zu machen und Ihnen Material zu liefern, das Ihnen doch nichts nützt.
Er hätte die Kerle am liebsten rausgeohrfeigt.
– Wir haben keinen Verdacht, sagte Rödel. Nur Routinefragen.
Ich habe einen Verdacht, Diehl überlegte eine halbe Sekunde lang, Büttinger in der Eifel. Natürlich kann ich das den Polizisten nicht sagen, wenn sie fragen, wie ich drauf komme, müßte ich rumquatschen, das hab ich geträumt, das hab ich im Urin. Ich mach mich doch nicht lächerlich vor diesen Materialsammlern, Computerknechten, beherrsch dich, laß sie endlich gehn.
– Das wäre dann alles, sagte Schellhase.
Beide drückten ihm aufdringlich die Hand, als wollten sie gratu-

lieren oder kondolieren. In ihren Gesichtern stand schon die Enttäuschung geschrieben über den Mißerfolg ihrer tatenlosen Tätigkeit. Nie würden sie die Genugtuung haben, einen Verbrecher selber zu jagen und zu stellen, und so versuchten sie, wenigstens beim Händedruck die Erfolgsgesichter ihrer Vorbilder aus den Fernsehkrimis zu kopieren.
Sie werden es mir schwer ankreiden, daß ich ihnen die Zigarillos nicht angeboten habe, die da auf dem Tisch liegen.

Eine Falle, das Verhör von diesen unverschämten Kerlen, das muß doch jemand angezettelt haben, da spielt doch jemand verrückt. Vierabend oder Schanz, nein, die machen doch nicht so was. Die bornierten Ordnungshüter, vielleicht sind sie wirklich schon so konfus und arm dran, daß sie jede Autonummer notieren und schon eine heiße Spur wittern, wenn der Autobesitzer aus dem Verband kommt. Aber die Polizisten sind erst zu Vierabend und Bräsig gelaufen, und Vierabend und Bräsig haben immerhin zugestimmt, daß sie mir auf den Zahn fühlen, mich unter Verdacht nehmen.
Es störte ihn, daß er so wenig gelassen darauf reagierte. Über den Trip gestern ärgerte er sich heftig, nun war er in Mißtrauen gerutscht mit dem harmlosesten Ausflug und in allen zuständigen Computern erfaßt. Über die dummen Fragen dieser Heinis ärgerte er sich, wurde noch einmal richtig wütend darüber und hatte den Impuls zu fliehen, wieder mit Tina, wieder zur Grenze und über die Grenze hinweg, weg von dieser Sackgasse hier. Er rührte sich vom Schreibtisch nicht fort.

Aus Büttingers Fehlern lernen: niemals Wut zeigen. Als vor Jahren in einigen Stahlbetrieben Arbeiter, die durch Neubewertung ihrer Arbeitsplätze nach ihrer Ansicht weniger Lohn erhielten bei gleichzeitiger Erhöhung des Arbeitstempos, sich entschlossen hatten, um eine Zulage von 15 Pfennig pro Stunde zu streiken, und als einige dieser Arbeiter, die in der Villa ihres Menschenführers den geheimen Ort vermuteten, an dem der sich mit anderen zur Beratung zurückgezogen haben könnte, mit Personenwagen zu dieser Villa fuhren in der Hoffnung, durch persönliches Auftreten ihrer Forderung mehr Druck zu geben, dort aber keinen Menschenführer, sondern nur aufmerksame Polizisten vorfanden, von denen sie das Erscheinen ihres Menschenführers an der Gartenpforte oder an der Haustür vergeblich forderten, dann nach enttäuschenden Wortwechseln mit Uniformierten und ohne das weitläufig von Bäumen und Sträuchern geschützte Grundstück betreten zu haben wieder in die Stadt vor ihren Betrieb zurückfuhren, und als eine der angesehenen Zeitungen der Welt diese Episode als Sturm der Villa durch Streiktrupps und versuchte Brandstiftung und Demolierung des Hauses darstellte, welche die mit einer Freundin allein anwesende Hausherrin nur mit der Pistole habe verhindern können, da geschah es, daß der damalige Vize-Chef des Verbandes der Menschenführer, Alfred Büttinger, vor einer unerwartet indiskreten Runde von Menschenführern zu laut und wütend wurde und sagte, die Frau hätte doch ruhig schießen sollen einen totschießen dann herrschte doch wenigstens wieder Ordnung. Da stauchte Büttingers Vorgänger Büttinger zusammen und nahm ihn, nachdem er sein wackliges Dementi abgeliefert hatte, in dem von Notwehr und Warnschüssen und verständlicher Sorge vor Radikalen die Rede war, ins Gebet, ein Gebet über den Faktor Ehrlichkeit als Risiko-Faktor. Und Büttinger hatte aus dem größten Fehler seiner Karriere gelernt und alle im Haus angehalten, daraus zu lernen, Parole ein für allemal: Erstens, nie öffentlich in Wut geraten. Zweitens, und das ist Büttingers große politische Leistung, nie ein Wort gegen Arbeiter, gegen die Menschen, die wir führen, aber immer gegen Interessenvertreter Funktionäre Aufrührer.

Nie in Wut geraten, aber muß ich mir das gefallen lassen, meine Vorgesetzten lassen es zu, daß hergelaufene Polizisten mich so arrogant behandeln wie einen Verdächtigen, und nicht mal mehr die eigene Kiste kann ich noch ausfahren, muß ich mir das bieten lassen, was sie mir da anhängen, nein.
Zum erstenmal dachte er daran zu kündigen, irgendwo neu anzufangen, vielleicht doch Pressechef.
Vor ein paar Wochen hatte ihn jemand angerufen, ein in allen Branchen bekannter Mann, Vermittler von Führungskräften. Der Headhunter spricht ihn ganz persönlich an, wie ein guter Bekannter fast mit dem Vornamen, und weiß ziemlich viel über ihn und lobt ihn sogar, um dann Stimmung zu machen für den CBA-Konzern und ihm dort die Position des Pressechefs anzubieten. Und Diehl denkt, Pressechef Chemie, das könnte mich reizen, die Branche wird am meisten im publizistischen Regen stehn, wenn der Kernkraftrummel vorbei ist. Aber daß sein Kopf zum Objekt eines anbiedernden Kopfjägers geworden ist und zwischen den Köpfen von Verkaufsleitern Marketingfritzen EDV-Chefs und Personalleitern gehandelt wird, gefällt ihm nicht. Kopfjäger, er möchte seinen Kopf nicht mit gedörrter Haut oder geschrumpft ohne Schädel sich vorstellen, Objekt für Händler und Mauschler. Er winkt erst mal ab, nicht endgültig, Bedenkzeit, er will den Mann ein bißchen zappeln lassen, schon aus Selbstachtung. Der Headhunter ruft später noch einmal an, auch da will Diehl noch nicht absagen, und seitdem hat der sich nicht mehr aufgedrängt.
Du solltest weggehen, Pressechef bei CBA in Hamburg, falls es nicht schon zu spät ist, Termin machen, einfach mal vorstellen, aktiv werden.
Was hält dich hier, du möchtest mal wieder sehen, was du machst, Chefdenker denkt und spekuliert, Ghostwriter liefert Papiere Entwürfe, was hat er zum Festhalten, Papiere, Protokolle vertraulich, zum Greifen nur das Telefon, die Hand von Büttinger, dein Halt war Büttinger. Immerhin werden deine Reden gehalten, starke Worte in festlichen Hallen, aber wenn du ehrlich bist, sind es immer nur ein paar Absätze, die draußen von dir übrigbleiben, ein paar Halbsätze auf den Seiten 1 der Groß-

zeitungen und ein paar Sätze auf den Wirtschaftsseiten meistens in indirekter Rede, Büttinger äußerte, immer Büttinger Büttinger, immer schiebt sich Büttinger vor Diehl. Beim Funk warst du besser dran, da warst du kein anonymer Geisterschreiber, es kommentierte Roland Diehl, Manuskript Roland Diehl, am Mikrofon Roland Diehl.

Du solltest weggehen, dahin, wo dein Name wieder gedruckt wird, als Pressechef hättest du deine Ausschnittdiensterfolge meßbar, deine zählbaren Interview-Vermittlungen, die Positivwiedergabe der Konzernnachrichten, Fernsehauftritte, deine gut arrangierten Bilanzpressekonferenzen und die schmucken Sozialbilanzen. Und in allen Kaufstraßen der Welt und an den Häusern in jedem Bahnhofsviertel fändest du das Markenzeichen deiner Firma wieder, der neonleuchtende Beweis, daß du recht hast, daß was Greifbares herauskommt, Bekanntheitsgrad Marktanteil Nachfrage, daß dein Leben diesen Sinn hat. Und von deinem Bürofenster aus könntest du die weite Landschaft der auch dir unterstellten Hallen sehen, das beruhigend geformte Geflecht der Röhren, flüssige Gase fließende Gifte gebändigt gesichert geprüft, und vielleicht käme sogar das kindliche Vertrauen in die Arbeit der Ingenieure wieder, mit zehn wolltest du doch mal Ingenieur werden, Brücken und riesige Kräne. Nur die Arbeiter könnten dich stören, einfach weil es sie gibt oder weil sie trotz aller Programme der Menschenführung immer noch so mißtrauisch blicken, Arbeiter nachmittags in eiligen Haufen beim Schichtwechsel oder einzeln mit unberechenbaren Gesten neben Fässern Tablettenmischmaschinen Gabelstaplern vorm Herrn Pressechef.

Du solltest weggehen, was hält dich hier. Bei diesem Gedanken half auch das Rezept gegen unerwünschte Assoziationen nicht mehr, das Rezept Ablenken Arbeiten Weitermachen.

Nie hat ihn jemand gefragt, warum er in diesem Verband arbeitet, warum er sich für die Menschenführer einsetzt, so entschieden ihre Interessen bedient formuliert erkämpft, Büttingers Paladin. Graf Roland springt in die Bresche, wenn das Wohl des Landes des Verbandes. Der bevorzugte Diener an der Seite Büttingers des Großen, mit seinen Leitsätzen und Argumentationshilfen spaltet er die Schädel der Feinde, und sein Wort gibt allen Anhängern Kraft. Sein Schwert schwingt er, das Freiheit heißt und gut schneidet und spaltet, und wegen dieser Schläge schätzt ihn Büttinger. Roland der Kämpfer liebt euch nicht, aber er schlägt sich kühn für euch, ihr Menschenführer, für euch erträgt er Stress und Wiederholungen und muffige Klimaanlagenluft, euch dient er mit Haut und Haaren. So treu ist Roland und tapfer, daß nach ihm Panzer getauft werden und Raketensysteme. Einen besseren Mann an seiner Stelle kann sich Roland nicht vorstellen, mobil effektiv Denker Mann der Praxis. Seht seine Denkmäler vor den Rathäusern, Roland sichert euch Marktfreiheit und die Privilegien des Handels. Solange Roland steht, kann euch nichts passieren, und wenn es Bomben regnet, wird Roland eingemauert und überlebt alle mittleren Apokalypsen. Im Aufschwung, im Abschwung, Roland bleibt euch treu.

Geburtstagsgeschenk. Was bringt Roland Diehl dazu, zum Geburtstag seines Herrn und Meisters freiwillig am Abend zu Hause einen Artikel zu entwerfen? Warum reizt es ihn, dem lieblosen Text der Medienabteilung eine eigene Variante mit mehr human touch entgegenzusetzen? Und warum kämpft er zwei Tage mit seinem Feind Schanz, bis es zum Kompromiß kommt: Außer dem offiziellen Verbandstext von Schanz läuft auch Diehls Artikel über die Ticker, als Würdigung des neutralen Wirtschaftsinformationsdienstes. Eins zu null für Diehl, als sein Artikel in den unabhängigen Niveau-Blättern die höchsten Zitierquoten erreicht.

Alfred Büttinger 65. Seine Stimme wirkt kräftig, aber für einen Rheinländer nicht zu laut. Alfred Büttinger, der Präsident des Verbandes der Menschenführer und am 1. August 65 Jahre alt, liebt die deutlichen Töne, die auffällige Klarheit, die durchaus zu seinem Selbstbewußtsein paßt. Büttinger trägt seine Fähigkeiten nicht im stillen Winkel aus, sondern gibt jedem Gesprächspartner gern zu verstehen, daß er nicht nur die Konjunktur und die wohlerwogenen Interessen der Menschenführer im Kopf hat, sondern auch ein Politiker und Sozialpolitiker ersten Ranges ist, der über die Grundwerte ebenso kompetent zu diskutieren weiß wie über Details der Sozialgesetzgebung.
Denn Büttinger verkörpert so gar nicht den typischen Topmanager oder was sich die Öffentlichkeit darunter vorstellt. Er ist ein Liebhaber der Jagd und des Gebirges, er ist Experte in der Fasanenzucht. Seine Mitmenschen bewundern an ihm die Mühelosigkeit, mit der er sich Neues aneignet, mit der er über komplizierteste Zusammenhänge spricht, mit der er andere für sich einnimmt – gerade auch vor den Kameras und Mikrofonen der Medien. Sein Gesicht ist gern zum Lächeln bereit, sein Körper von preußischen Idealmaßen zeigt neben allem Durchsetzungswillen auch Charme und Sensibilität. Er ist immer ein Mann der Verständigung, aber nie ein Mann der bequemen Kompromisse, denn er weiß wohl, was die Belange seines Verbandes und was die der Allgemeinheit erfordern.
Vielleicht ist die Selbstverständlichkeit, mit der er sich so scheinbar mühelos auf Menschen einstellen und sie führen kann, mit seiner Herkunft zu erklären. Alfred Büttinger ist in Duisburg in der Welt der rheinischen Kaufleute aufgewachsen, jener gebildeten, humanistisch und liberal denkenden Schicht, die entscheidend ihre Zeit mitgeprägt hat. So hat Büttinger selbst seinen Geburtstag, den 1. August 1914, den Beginn des Ersten Weltkriegs stets als einen Auftrag verstanden, daß Deutschland immer in Frieden und Sicherheit leben möge.
Nach dem Abitur studierte der junge Büttinger in Göttingen und Marburg Rechtswissenschaften. Im Krieg zunächst juristischer Referent bei der Organisation Todt, wurde er später Repräsentant der deutschen Industrie in Litzmannstadt.

Nach dem Krieg wird Büttinger interniert und findet 1949 Anschluß an die Deutsche Electricitäts AG, in der er binnen sieben Jahren zum Vorstandsmitglied aufsteigt. Bereits 1960 zum Vize-Präsidenten des Verbandes der Menschenführer gewählt, wird er 1969 ihr oberster Repräsentant.
Die vielen Jahre an der Spitze des Verbandes haben aus ihm einen erfahrenen, aber immer lernbereiten Diplomaten der Wirtschaft gemacht. Obwohl Büttinger keine Kinder hat, sucht er stets das herausfordernde Gespräch mit der Jugend. Gern zitiert er ein Wort von William Gladstone: «Der Politiker denkt an die nächste Wahl, der Staatsmann an die nächste Generation.» Alfred Büttinger ist in diesem Sinn ein Staatsmann der Wirtschaft geworden.

In den Fernsehnachrichten verschwanden die Nachrichten. Weil Neuigkeiten über Büttinger zu publizieren nicht zugestanden war, nur die dürftigen Mitteilungen vom Warten und von einer geheimen Geschäftigkeit, wurde eine suggestive Neugier auf Büttinger geweckt und wachgehalten, eine gedrückte Spannung, die Platz für alle Phantasien ließ und die Zuschauer zum Mitspielen einlud als Opfer Täter oder Befreier wahlweise. Als gäbe es nur Büttinger und sonst nichts auf der Welt, verblaßten alle anderen Geschehnisse und die Nachrichten von den Geschehnissen. Amerikaner Russen Israelis, alle die Leute mit den Stammplätzen im Nachrichtenprogramm schrumpften zu Pygmäen. Die atomaren Bomben und alle Raketen waren von ein paar Pistolen in den Schatten gestellt. Der Ärger mit dem Widerstand gegen Kerntechnik war endlich weggeschoben, eine Nebenfrage des Terrors. Die ohne Arbeitsplatz winkten nur noch von fern aus dem hintersten Gang, unsichtbar wurden die Drogen, jeder unerwünschte Lärm war leicht zu verschweigen. All das bot nicht die Erregung, die Büttinger bieten sollte.
Um dem Live-Krimi noch mehr Action zu geben, um die lüsternen Schrecken des Terrorspiels noch zu steigern, wurde jedem Zuschauer zusätzlich eine aktive Rolle zugewiesen als Fahnder

oder Verdachtsperson. Jeder auf seinem Gebiet hatte einen besonderen Beitrag zu leisten, die Briefträger Augen und Ohren offen zu halten für alles Außergewöhnliche in ihrem Zustellbezirk, die Hausverwalter alle Auskünfte allen Behörden zu geben über alle Mieter, Autofahrer die Kennzeichen ihrer Wagen auf Echtheit prüfen zu lassen, Fernmeldetechniker die Telefone umzuschalten, Wünschelrutengänger sich in Bewegung zu setzen, Journalisten und Lehrer hatten ihre Programme zu ändern, und Akademiker Erklärungen abzugeben, und Beamte aufzustehen, und die Tankwarte ihre Blicke zu schärfen, alle waren dabei. Und weil jeder auf neue Hinweise und Regieangaben wartete, waren die Fernsehnachrichten, trotz der Dürre der Fakten, von einer ungekannten Spannung.
Am Abend, als Diehl sich eingeschlossen hatte in seinen Bau, nicht mit dem BMW hinaus wollte, nicht hinter Tina hertelefonieren, kein Bier mit Poll, kein klärendes Gespräch mit Vierabend oder sonstwem, und nur den Fernseher laufen ließ, durch Zeitungen blätterte und den Calvados lobte, an diesem Abend, nach den Andeutungen von Moos und nach dem Verhör, war er plötzlich nicht mehr sicher, welche Rolle er wählen mußte, die des Opfers oder des Täters, des Fahnders oder Verdächtigen oder Befreiers. Die Fronten waren heimtückisch verschoben. Es gab neuerdings Gerüchte, Büttingers Leben könnte getauscht werden gegen die Leben von mehreren Verurteilten, aber nicht das beschäftigte ihn, das war eine klare Sache für ihn, Büttinger ist unersetzlich, da gibt es gar nichts abzuwägen.

Der Kampf um den Kopf. Von der Bezirksregierung als makabrer Brauch verboten, von Veterinärmedizinern und Tierschutzvereinen abgelehnt, aber von vielen Buchheimern stürmisch bejubelt: das traditionelle Hahneköppen. In diesem Jahr versammelten sich weit über hundert Buchheimer an der Kirche Wipperfürther Straße zum Auftakt ihrer Kirmes. Wer nun erwartete, hier die klassische Ausführung des Hahneköppens bestaunen zu können, sah sich enttäuscht. Ursprünglich wurde ein lebender oder schon getöteter Hahn in einem offenen Korb so aufgehängt, daß sein Kopf nach unten herausragte. Dann versuchten die Bewerber um die Würde des Hahnenkönigs, mit verbundenen Augen einen Säbel so zu schwingen, daß der Hahn geköpft wurde. Damit wollte man in der Zeit der französischen Besatzung symbolisch die Wut an dem Hahn als dem gallischen Wappentier auslassen. Doch die Buchheimer Variante ist zivilisierter: Der Kopf des ordnungsgemäß geschlachteten Hahns wird in einen Plastikbeutel gesteckt und auf die Erde gelegt. Dann schlagen die Bewerber mit einem Dreschflegel um sich – wer den Beutel trifft, ist König und darf am nächsten Tag als erster in die knusprig gebratene Keule des Vögelchens beißen.

Familienfilm. Auf dem Wasser, auf einem Schiff stand ich, abends auf einem breiten Fluß, der Rhein vor Köln. Die ganze Sippe auf dem Schiff, zwei ältere Brüder, Mutter in einem langen schwarzen Kleid, Onkel Günter in seiner gescheckten Weste fotografiert, und die Toten: der Vater, Paul oder Dietrich, in Landseruniform, die taube Großmutter und eine unbekannte, längst gestorbene Tante, die frisch gebackenen Eierkuchen verteilte. Ich stand allein am Bug, zwischen den Hochhäusern der Stadt hatte sich die rote, untergehende Sonne festgesetzt. Es war so still, daß ich nicht einmal die Bugwellen hörte, ich dachte, ich träume. Da wachte ich von einem Knall auf, eine Explosion im ganzen Schiff, es begann vorn zuerst zu sinken und sank immer tiefer, aber ich blieb stehen auf meinem Platz. Alle Passagiere sprangen ins Wasser, ich begriff die Panik nicht, ich war schon im Wasser und sah die andern mir entgegenspringen und starrte ihre hastig strampelnden Glieder von unten an. Noch eine Explosion, der Druck riß mich weg, ich hatte keinen Boden mehr unter den Füßen, steckte tief, nah am Grund und zappelte mit den Beinen wie ein Nichtschwimmer und konnte meine Beinbewegungen nicht koordinieren. Darüber mußte ich so lachen, daß ich an die Wasseroberfläche hochstieß.
Es war stockdunkle Nacht geworden, ich konnte wieder richtig

schwimmen, aber kein Ufer war zu sehen. Mal dachte ich, da muß es sein, und schwamm in die Richtung, aber da war das offene Meer, und ich schwamm in die Gegenrichtung, aber auch dort war kein Ufer zu erkennen. Ich hatte noch Kraft, aber ich wußte einfach nicht wohin, ich schwamm in immer größeren Kreisen und wußte nicht mehr, ob es noch Kreise waren. Plötzlich wird meine rechte Hand gepackt, ich werde aus dem Wasser gezogen und ans Ufer gestellt.

Am Ufer eine Gruppe von Leuten, alle sehr bedrohlich, feindselig, es könnten auch Anhänger des Verbandes sein. Es ist sehr eng am Ufer, die müssen noch mehr zusammenrücken, um mir Platz zu machen, denke ich, aber sie rücken von mir weg, ich rücke ihnen hinterher und gehe mit in einen großen Raum, in dem wir alle gelangweilt herumstehen. Ein Empfang, aber es gibt nichts zu trinken. Sie sprechen von Autos, freie Fahrt, Kraftfahrzeugbenutzungspauschale, Führerscheinberechtigungsschein für Führungskräfte, die Wörter werden immer länger. Da merke ich, meine Kleider sind noch naß, ich habe eben einen Schiffsuntergang überlebt. Ich spreche die Leute an, es sind alles Männer, und erzähle, eben einen Schiffsuntergang überlebt und alle Angehörigen verloren zu haben, ich nenne sie alle beim Namen und zähle sie an den Fingern ab, sieben aus meiner Familie, sieben, da fällt mir ein, mein Alter, der war doch auch auf dem Schiff, und auf einmal höre ich mich rufen: Er hat mich ins Wasser geworfen, er hat mich rausgezogen, wo ist er denn? Ich schämte mich, daß ich laut geworden war und über die nassen Kleider, lief zwischen den Männern herum, die immer noch in Gruppen herumstanden und über Autos redeten, suchte einen Mann in Landseruniform und fand ihn nicht, fand keine einzige Uniform. Da kam ich zu den Toiletten, da stolperte mir endlich einer in Uniform entgegen, aber keine Soldatenuniform des Zweiten Weltkriegs, es war ein Bundeswehrgeneral, der mir freundschaftlich zulächelte. Es war der Chef, und mit seinem Auftritt wurde es totenstill im ganzen Haus, alle drehten sich ihm zu, er sagte in die Stille hinein: Ich habe Sie einen Augenblick allein gelassen.

In der Stille hörte ich das Surren von Kameras und merkte, daß ich die ganze Zeit gefilmt worden war, meine Kleider getrocknet von den Scheinwerfern. Die Fernsehleute zeigten uns den ganzen Film rückwärts, jetzt sahen, beachteten mich alle, und mir war es recht, daß alles ohne Ton lief.

3

Geschlossene Ortschaft Köln im zweiten dritten Gang. Wieder die Lust, Vollgas zu geben, weite Strecken zu fressen, Richtung Süden. Wenn du den Fuß auf dem Gaspedal läßt, bist du nachher in Frankfurt, morgen in Italien, übermorgen Sahara, da kannst du dich und die Maschine ein bißchen abkühlen lassen, in der Wüste kein Ärger mit Tina, kein Gerangel mit Vierabend, kein Büttinger.

Im Verband war es ihm an diesem Mittag zu eng geworden. Das Diktat war wieder ein paar Absätze weiter, aber die Aussicht, daß nichts passiert, lähmte alles. Außer den Reden gab es nicht viel Arbeit, in die er geschäftig hätte fliehen können. Da er nicht wie ein Arbeitsvortäuscher seine Nachmittagsstunden auf Ellenbogen gestützt abzusitzen brauchte, ging er und mußte als Chefdenker Frau Majonika nur sagen Bis morgen! und das Büro ohne auffällige Eile verlassen.

Halt in Rodenkirchen, unter dem Haus, in dem Diehl ein paar Quadratmeter gemietet hatte. Als er den Wagen abschloß, wußte er nicht mehr, was er oben in seinem Bau wollte. So streifte er erst einmal durch den Supermarkt, ohne viel einzukaufen. Im Fahrstuhl wurde ihm wohler und müde, und als er in der achten Etage ausstieg, wollte er nichts weiter als schlafen.

Diehl packte die Lebensmittel aus und öffnete die Balkontür. Das Bett war nicht gemacht, es war nie gemacht, wenn er in seine Höhle zurückkam. Das Bettzeug strich er glatt, warf die Decke darüber, legte die verstreuten Illustrierten zusammen, stellte drei leere Bierflaschen in die Kochnische. Er streckte sich hin. Aber nach einer halben Stunde hatte er noch keinen Schlaf gefunden, nervös gemacht vom Tuckern der Schiffmotoren unten auf dem Fluß, das ihn morgens oft angenehm weckte. Ohne die Schiffe zu sehen, wußte er, ob sie stromaufwärts oder hinab fuhren, deutlich am Tuckertakt zu unterscheiden. Diehl war das Nachmittagschlafen nicht gewöhnt, also Zeitungen her, einen Calvados zum Anfassen und die elfte Zigarette des Tages.

Nachrichten und Kommentar. Auch über diese Sitzung wurden keine Einzelheiten – Wie auch immer das Drama ausgeht – Die Mauer des Schweigens wurde lediglich – Am Abend versammelte sich dann erneut – Durch Veröffentlichungen dieser Art Emotionen geweckt würden die den Verantwortlichen die Entscheidung nicht erleichtern – Und niemand vermag zu sagen – Auf die an- und abfahrenden Dienstwagen – Wie ein Mann müssen jetzt alle – Ansonsten machen wir uns vor aller Welt lächerlich – Auf Bundesebene bei den Sicherheitsorganen 5000 neue Stellen – Von dem reinen Stundenlohndenken abkommen – Das Geld soll wieder im Windhundverfahren – Versuchten draußen die Fahrer sich die Zeit zu vertreiben – Welthandel wird nach Darstellung des Währungsfonds – Vorurteile gegen den Golfsport abbauen – Auch in diesem Herbst Maßstäbe für kombinierte Kleidung – Terence Hill Marschier oder stirb – Und der achtzehnjährige arbeitslose Matthias G. mit Schußwaffen in der Hand die Bankfiliale – Ein europäischer Wappendienst – Kinder mit einem Flakgeschütz das als Karussell dient – Erstmals Zugang auf den Markt für Knabbergebäck – Die Bluttat wurde erst vier Tage später – Den Ehrengästen mit einer neuartigen Laser-Light-Show – Hat die urkölsche Figur des Spaßmachers keine Zukunft mehr – Bunte Welt der Tapete werktags 9–18 Uhr – Und Erfahrung mit dem Rhein sollte er auch – Wir haben Abschied genommen Wir trauern um Heute entschlief Plötzlich und unerwartet Gott der Herr nahm heute – Film der weder ja noch nein zur Bundeswehr – Die Geschichte beginnt als friedliche Urlaubsreise durch Italien – Eine der größten Markisen überspannt bei Staatsempfängen die Terrasse von Schloß Brühl – Danach verfünffachte sich der tägliche Chloroform-Durchfluß – Wechselnd überwiegend stark bewölkt gelegentlich Schauer.

Spekulationen Verdächtigungen Volksrezepte, immer die gleichen Fotos und die gleichen Bildunterschriften in allen Zeitungen, aber nichts Neues von Büttinger, was schreibt er, wie gehts ihm, wo ist er. Kein deutliches Wort, alle schleichen um ihn herum. Wenigstens eine Zeitung könnte jetzt eine große Büttinger-Story bringen, sein Leben sein Aufstieg seine Verdienste ausführlich, aber kein Mensch traut sich an ihn ran. Nicht mal ein Buch gibts. Das sollte mal jemand machen, ungeheure Nachfrage, ein nie dagewesener Hunger nach Informationen – und was wird geboten, nichts. Oder sollte ich das machen, dachte Diehl, ich, warum nicht ich.

Er stand auf, ging im Zimmer hin und her, riß fast die große Aluminiumbogenlampe um, dann auf den Balkon. Das Büttinger-Buch, das kann ich, das kann außer mir vielleicht noch Freund Schanz und sonst keiner, und keiner der schnellen Sellerschreiber hat so viel Büttinger-Wissen parat.

Aufgescheucht von seiner Idee verließ er die Wohnung, entschied sich im Fahrstuhl, das Auto warten zu lassen, und lief los. Er mied die Geschäftsstraßen und steuerte nach kurzem Zögern gleich auf die Cafés und Restaurants am Ufer zu, erst mal einen kippen und in Ruhe über alles nachdenken. Aber er wollte nicht sitzen und schlug doch den Weg zu den Uferwiesen ein.

Im allmählich milder werdenden Nachmittag erschienen immer mehr Leute, paarweise oder einzeln verstreut auf asphaltierten Gehwegen oder auf dem Rasen. Kaum jemand saß auf den Bänken, alle bewegten sich unauffällig und behutsam in irgendeine Richtung. Nur Radfahrer Sportläufer, Bälle und Hunde störten die bedächtigen Bewegungen. Im Gras auf Decken hockten Türken geheimnisvoll im Kreis, niemand wagte, sich ihnen zu nähern. Auch nicht die Eis lutschenden zwölfjährigen Mädchen, die Diehl nachguckten und kicherten, als hätten sie einen bekannten jungen Filmschauspieler erkannt, der mit hastigen Schritten durchs grüne Gelände fegt und von seinen Fans nicht entdeckt werden möchte. Er versuchte sich zu konzentrieren. Jetzt ein Seller über Büttinger, genau das Richtige, ein Riesenbedarf und eine Riesenchance fürn Verband und für mich eine anständige Arbeit, ich mach das.

Es war nicht warm, aber heller geworden, sogar die Sonne zeigte sich für einige Minuten und sorgte für ein frühes Abendlicht, in dem die Unterschiede der Grünfarben deutlicher hervortraten. Die Sonne leuchtete schräg, fast von unten in die Baumkronen. Immer mehr Bäume auf den Wiesen, der Park zwischen dem sachten Ufer und der Front der Villen wurde allmählich breiter.
Die reichen Häuser und ihre Panoramafenster zeigten den trotzigen Stolz ihrer Besitzer an, daß niemand außer ihnen ein Recht auf Ausblick über Park und Fluß habe. Deshalb der Abstand zu diesen Villen. Die Spaziergänger hielten sich so nah wie möglich am Ufer. Manche schlurften über die schwarznassen Sandflächen, als wollten sie eine winzige Erinnerung an eine Meeresküste auffrischen. Andere standen dicht am Wasser still und beobachteten, wie drüben am anderen Ufer belgische Soldaten friedfertig mit Amphibienfahrzeugen manövrierten. Ein alter Mann sah Möwen nach, wie sie auf einer Mole kurz anhielten und dann wieder im leichten Wind aufstiegen und hoch oben abdrehten, er sah den Möwen nach, den Lachmöwen, als gäbe es im Vogelflug irgend etwas zu deuten. Wenn ein Schiff vorbeituckerte, blieb manchmal jemand stehen, bis die Bugwellen die Gänse und Enten in ihrer Bucht ins Schaukeln brachten und dann zwischen Treibholz, Plastikresten und Steinschutt verebbten.
Die Leute hier waren Diehl fremd und gleichgültig. Er vermied es, ihnen in die Gesichter zu sehen. Erst bei einem jungen Paar wurde er aufmerksam. Sie und er sichtbar teuer in der eben gültigen Herbstmode mattbraun gekleidet und Goldschmuck und Make-up offen zur Schau gestellt, beide unter dreißig und so schick, daß sie es offenbar auch schick fanden, als Hund den häßlichsten aller Möpse zu halten und dem Publikum vorzuführen. Diehl überlegte einen Moment, ob er sich auch so zeigen würde, wäre er mit Tina verheiratet. Und ob sie sich auch einen Hund zulegen würden. Es schien ihm nicht unmöglich.
Über dem Park lag nicht die leiseste Panik. Die Herbstluft war nicht einmal vom verdächtigen Bratkartoffelgeruch durchsetzt, den chemische Fabriken, die vor dem Westwind lagen, ihren Giften und Gasen beimischten. Sogar der Geruch des Rheins

war bei diesem Wind gut zu ertragen. Alle Bewegungen hatten etwas Friedliches, wie Feierabend. Ein weiches, gemächliches Bild, als gebe es den für allgegenwärtig erklärten Terror gar nicht, als finde der nur im Fernsehen statt. Nichts war zu sehen von der täglich ins Bild gesetzten Erwartung neuer Schußwechsel, nächster Opfer, gefaßter Täter.
Und doch wirkten viele Leute so, als seien sie gar nicht anwesend, nicht hier im Uferpark von Rodenkirchen am Rhein. Als seien sie eben aus dem Kino getappt, als brauchten sie eine Pause, ein paar Minuten frische Luft zwischen zwei Filmleichen, so kamen sie daher, noch ein wenig benommen und die Jungen mit nicht übertriebenem Mißtrauen beäugend. Jeder unter vierzig verdächtig, jedes Gesicht kann verstellt sein, jede Kleidung Verkleidung. Der Film im Kopf lief noch weiter, und sie sahen sich manchmal halb ängstlich um, als wüßten sie noch nicht, ob sie alles möglicherweise Bedrohliche immer noch auf ihren Helden oder schon auf sich selbst beziehen müßten.
Diesen stillen Belagerungszustand nahm Diehl nicht wahr. Er dachte nur an seinen Seller. Ein Hubschrauber knatterte über Trauerweiden neben den Villen und flog schräg über den Rhein, vielleicht Richtung Flughafen. Da kamen plötzlich die Skrupel. Nein, Büttinger gefangen, und ich spekuliere mit dem Terror, das geht nicht.
Er lief langsamer und wünschte sich das Auto her. Und doch, gebraucht wird so ein Buch auf jeden Fall. Der ganze Verband wird profitieren davon. Wer spekuliert denn mit ihm, ich doch nicht. Die Terrorleute spekulieren mit ihm, die Politiker auch, und die hohe Polizei spekuliert mit, die spielen sich die Bälle zu, die machen doch alle ihren Schnitt. Spekulation oder nicht, wir müssen den Chef aus der Tabuzone holen, sein soziales Anliegen, Staatsmann der Wirtschaft, ist schon richtig. Egal wie die Sache jetzt ausgeht. So eine Chance für mich. So eine Chance, die Menschenführer populär zu machen, kommt so schnell nicht wieder. Wir wären Idioten, wenn wir uns das entgehen ließen.
Nur die Termine. Wenn ich schnell bin, brauch ich fünf sechs Wochen. Dann der Verlag noch ein paar. In drei Monaten aber ist der Fall Büttinger gestorben, so lang zieht sich das nie. Ent-

weder ist er längst wieder da und die Illustrierten haben das Thema Büttinger bis zum letzten Blutstropfen ausgeweidet, nun reichts aber mit Büttinger, oder er ist begraben vergessen, niemand möchte den Fall noch anrühren, kein Umsatz mehr mit ihm zu machen, und längst steht ein anderer Präsident im Rampenlicht, vielleicht Gorkweiler oder Felder, Fritz Tolm oder Justus Cassin oder der junge dynamische Unbekannte. Oder ich bin schon längst weg vom Verband, entlassen oder rausgeekelt oder abgeworben zur Chemie, ich weiß das alles nicht. Was weiß ich von Büttinger, was soll ich mir noch Arbeit machen mit Büttinger.

Das Laufen war er nun leid, die Äcker und Kläranlagen und Gewerbegebiete da hinten zogen ihn nicht an, er ging zurück. Weil er unschlüssig war über seinen Plan, fühlte er sich beobachtet. Als wären all die neu installierten Alarmanlagen in den Villen auf ihn gerichtet. Geh zur Chemie, laß die Finger von Büttinger. Obwohl er nicht viel von sich wußte, spürte er doch, daß eine Entscheidung anstand, entweder mußte er sich ganz auf Büttinger einlassen oder er mußte Büttinger endlich fallenlassen, vergessen, laß die Finger von Büttinger. Der Chefdenker hilflos und schutzlos und ohne den sicheren Wagen, er wünschte wenigstens einen Leibwächter.

Alle Knabenträume werden wahr. Leibwächter müssen her, jeder kleine Junge von dreißig bis achtzig möchte einen breiten Gorilla vor sich haben, der Leibwächter als neues Statussymbol, und in weiten Kreisen, sagt der Experte, herrscht die Meinung, der Leibwächter müsse sein wie der Muskelprotz aus Hollywood, körperlich und nervlich extrem belastbar, ein Kerl, der ohne Mucken reagiert, Körperdrehung, Karatehieb, Feuer frei. Das sind, sagt der Psychologe der Polizei, romantische, ja höchst gefährliche Vorstellungen. Al Capone und seine Männer in Ehren, aber das waren Offensivkämpfer, die ihre Gegner kannten, der Bandenkrieg heute ist gefährlicher, weil wir den Gegner nicht kennen, er aber uns. Der Leibwächter unserer

Zeit, am besten sagen wir heute Sicherheitsbegleiter, braucht alle diese traumhaften Eigenschaften, und die kriegt er nicht ohne ein paar Jahre Bund oder Grenzschutz, in erster Linie aber muß er ein hellwacher Defensivkämpfer sein und hoch intelligent weil hoch gefährdet. Und er braucht klare Einsatz-Grundsätze. Denken Sie auch an die komplizierte arbeitsrechtliche Lage und die Kosten, zirka 250000 im Jahr, und rechnen Sie bitte nach: Bei Vierzigstundenwoche brauchen Sie für eine Rundumdieuhrbewachung sechs Mann, anderthalb Millionen für den nicht einmal sicheren Schutz einer Person. So viel Angst, sagt der Experte im Vertrauen, haben die Firmen dann doch nicht, daß sie sich das leisten wollen. Trotzdem, der Leibwächter kommt in Mode, die Nachfrage steigt, meine Herren, bitte betrachten Sie sorgfältig den Nutzen, den Sicherheitswert des Sicherheitsbegleiters. Sein Wert liegt, wie bei allen derartigen Sicherungen, hauptsächlich darin, die Risikoschwelle für potentielle Täter so hoch zu halten, daß daraus eine Abschreckung wird und der mögliche Angriff aus diesem Grunde unterbleibt. Eine Risikoschwelle, die diese Abschreckung nicht erreicht, kann sich ins Gegenteil verkehren und zu einer Eskalation der Täter-Aktivitäten führen, zu noch mehr Brutalität. Ein unzureichender Sicherheitsbegleiter verschlechtert die Sicherheitslage für den Gefährdeten eher.
Sie glauben gar nicht, so die Mitteilung des Sicherheits-Experten, wie schwer es ist, in dieser Frage Schutz vor dem Terror ein wenig Vernunft walten zu lassen. Die einfachsten Dinge, Sicherheitschecklisten für Betrieb und zu Hause, für Geschäftsreise und Urlaub, sind den verantwortlichen Herren am schwierigsten anzugewöhnen. Wir dürfen, sagt der Psychologe, die Menschenführer mit ihrem besonderen Risiko nicht allein lassen. Aber wir werden sie aus ihren Knabenträumen reißen müssen, denn sie lieben nun mal ihre Leibwächter, verständlicherweise. Das Bedürfnis zu fast hautnahem Kontakt zum Normalmenschen, noch dazu, wenn er Überlegenheit und Sicherheit ausstrahlt, ist voll begreiflich, sind ja auch prachtvolle Kerle darunter bis hin zu Feldjägern und Fallschirmspringern der Reserve, zu denen jeder schnell ungezwungenen Kontakt findet. Es gibt eine noch wenig erforschte soziale Isolation unserer Führungs-

kräfte, Kontakte nur in in-group und Familie. Die Sehnsucht nach Alltagsbegegnungen läßt herzliche Freundschaften zu Chauffeuren und Kellnern entstehen, die Sehnsucht nach einer leistungsfreien Kommunikation, zum ohne Berechnung getrunkenen Bier, zum ausgewählten Mann von der Straße erklärt auch den Traum vom Leibwächter, und das ist der Traum von Unsterblichkeit.

Kaum aus dem Lift, mußte Diehl schon wieder aufpassen, ausweichen. Longerich trat ihm entgegen, der Nachbar vom Apartment nebenan, und fragte lüstern:
– Na, gibts was Neues?
– Nein! sagte Diehl und war rasch an seiner Tür. Er wollte Ruhe haben vor dieser Frage und Ruhe vor diesem Herrn Nachbarn, dem geschwätzigen Gerichtsvollzieher, dem schwulen Gerichtsvollzieher.
Kurz nach dem Einzug hatte der mal angeklopft, ob der neue Nachbar nicht mal rüberkommen wolle auf ein Bier. Und schon sitzt Diehl einen ganzen Abend träge besoffen auf einem karierten Sofa vor breitgestreiften Tapeten. Longerich erzählt ständig von sich, Arbeit des Gerichtsvollziehers, die ruhige Kugel der mittleren Beamtenlaufbahn, und nachdem er Diehls Beruf erfahren hat, behauptet er in wirren Sätzen, seine Zunft arbeite auch nach den Regeln der freien Wirtschaft. Zum Beispiel, hört Diehl, werden Gerichtsvollzieher zum Teil nach dem Wert bezahlt von dem, was sie pfänden und versteigern, und sie kriegen mehr, wenn sie zwischen 18 und 6 Uhr pfänden, dazu braucht man eine richterliche Genehmigung, und die kriegt man leicht, wenn man dem Richter sagt, die Schuldner seien nur abends anzutreffen. So kommen wir auch an unser bißchen Geld, grinst Longerich und holt Bier nach und setzt sich in den Sessel rechts neben ihn statt wie vorher gegenüber. Er ist anbiedernd, schmierig, paß auf, denkt Diehl und animiert ihn wenigstens zum Weiterreden. Vielleicht will Longerich einem Mann aus dem Stab Büttingers mit seinen Stories imponieren, vielleicht ist er einfach froh, daß

ihm ein intelligenter Mensch zuhört, vielleicht will er sich wirklich so plump an mich ranmachen, oder er muß mich für einen Komplizen halten, daß er so freimütig auspackt. Von den vielen Anekdoten, in denen immer von gedrehten Dingern die Rede ist, bleibt allein die Schnapsgeschichte hängen, weil auch Longerich immer Schnaps nachkippt. Ein Kollege, erzählt der schon schwer angeschlagene Beamte, pfändet einen Laden mit Spirituosen, die werden in einer Garage zwischengelagert, die Garage gehört einem guten Freund, der dafür Miete von Vater Staat kassiert. Der Kollege schreibt ins Protokoll vorschriftsmäßig zum Beispiel Whisky 42 Prozent, aber nicht die Marke, dann tauschen die beiden die teuren Scotch-Flaschen mit deutschem Whisky-Fusel aus und machen halbe-halbe und immer noch ein Geschäft, und den Kollegen nennen alle Kollegen Johnny Walker. Plötzlich sitzt Longerich neben Diehl auf dem Sofa und sagt, ich heiße Ewald. Da steht Diehl auf und wankt wortlos aus der fremden Wohnung. Seitdem hatte er den Nachbarn nur flüchtig gezwungen gegrüßt auf dem Flur, im Fahrstuhl. Und er hatte ihn in Verdacht, selber der Johnny Walker zu sein, wie kann er sich sonst dies Apartment leisten.

Nein, mit dem wollte er sich auf kein Gespräch einlassen, jetzt schon gar nicht. Vor Longerich und allen andern verrammelte er die Tür.

Dann breitete sich der Chefdenker auf seinen 48 überschaubaren Quadratmetern aus, hockte auf Lederpolster, bedeckte sich wie ein Penner mit Zeitungen, schirmte sich ab von der Welt mit Fernsehbildern, verschanzte sich hinter Stahlbetonwänden, die bedeckt waren von einer Schrankwand und von Rauhfasertapeten, dekoriert mit dem Plakat des grimmigen Fingerzeigers Uncle Tom I want You, mit einem BMW-Kalender und dem Großfoto eines kurvenden Rallye-Alfa zwischen Schneewällen auf der Straße in den Bergen hoch über Monte Carlo. Diehl stieg um auf den Fernsehsessel und drehte sich mit dem Sessel zur einzig offenen Seite hin, zur Fensterfront zum Rhein. Sitzend konnte er den Fluß nicht sehen, immer nur den verschieden grauen Himmel Richtung Ost. Manchmal ärgerte er sich noch, daß er sich ins achte Stockwerk eingemietet hatte. Zwei oder drei

Etagen tiefer wäre das Wohnen nicht nur zweihundert Mark billiger gewesen, er hätte dort auch noch im Sitzen den Schiffsverkehr, das andere Ufer und den Horizont des Siebengebirges im Auge behalten.
Diesen Abend war er mit Tina verabredet, aber er igelte sich noch weiter ein, starrte in die Dämmerung und machte alle Anstrengungen, Büttinger zu schlagen.

Ich werde Zeremonienmeister sein und werd es ihnen allen zeigen, Chef des Protokolls bei einer Jahresversammlung, mein Auftrag, Schwung in den freudlosen Haufen bringen. Ich werde den Saal zu einem Bankett herrichten lassen und die Tischordnung festlegen. Büttinger soll im Zentrum sitzen wie ein König an einem herausgehobenen Tisch, die anderen in Halbkreisen um ihn herum. Ganz außen lasse ich mehrere Tischreihen für die Rangniederen aufstellen, für die neunhundert Vorsitzenden und stellvertretenden Vorsitzenden der einzelnen Unterverbände des Verbandes. Diese Herren werde ich erst dann an den zugeteilten Platz lassen, wenn sie im Trikot ihres heimatlichen Fußballvereins erscheinen.
Besondere Mühe werde ich mir geben mit den zwischen Rangniederen und der Chef-Tafel gesetzten Tischen für die hundert Herren Vorsteher und Top-Leute der Branchen. Sauber nach Würde und Bürde werde ich sie aufreihen, die Obrigkeiten der Energiewirtschaft neben die Häuptlinge der Baubranche, die Sprecher für Bekleidung und für Zeitungsbesitz werde ich neben die Marktführer der Autohersteller setzen. Die Spitzenfunktionäre der Binnenschiffsbesitzer und der Küstenschiffseigner und aller anderen Reeder werden wieder einmal in Kontakt kommen mit den Herrschern von Chemie, Bergbau und Bierbrauerei. Die Bahnbrecher des Druck-Metiers und von Erdöl und Erdgas werde ich mit dem Top-Manager der Land- und Forstwirtschaft zusammenbringen, die Exponenten der Holzchefs und der Glaschefs mit den Kapitänen des Einzelhandels und den Admirälen des Großhandels und Außenhandels. Die Herren über Kali

Kautschuk Keramik und Leder und über alle, die mit Kali Kautschuk Keramik und Leder arbeiten, die Prinzipale des Maschinenbaus und der Metallmenschenführer und der stärkste Mann der Ölmühlen werden die menschliche Seite der regierenden Menschenführer des Bankwesens kennenlernen. Die Avantgarde des Bundes der Zigarettenindustrie und der Zuckerindustrie und die Wortführer der Inhaber der Sägewerke und Schuhfabriken werden einträchtig in der Nähe des Großmeisters aller Versicherungsgeneraldirektoren sitzen, der neben dem Chefdirigenten von Nahrung und Genuß und neben dem Aufseher über alle Geschäfte mit Papier und Pappe Platz finden wird, und schräg gegenüber sollen die Meister des Vorteils im Handwerk und das Oberhaupt der Chefs über alle verkäuflichen Steine und Erden thronen. So wird sich dieser etwas erhöhte Tisch nach und nach mit den Vorstehern füllen. Auch diesen allen werde ich andere Oberbekleidung befehlen, ihnen soll der Fundus aller Karnevalsvereine zur Verfügung stehen.
Im Zentrum dann Büttingers Tisch, erhoben über den anderen. Außen an der Cheftafel werde ich die Mitglieder der engsten Runde plazieren, die zehn obersten Menschenführer der wichtigsten Konzerne, all die bekannten großen Namen. Dann zur Mitte hin um Büttinger herum seine sieben Vertreter von Appelmuth bis Gorkweiler. Auch diese Herren werden ihre grauen und blauen Einreiher ablegen müssen und die Farben ihrer akademischen Verbindungen tragen. Diese Anordnung gilt auch für Büttinger, der zuletzt erscheinen und an der Mitte des Tisches, im Zentrum des Ganzen Platz nehmen wird. Von seinem erhöhten Sessel aus kann er alles überblicken, die Repräsentanten seines Reichs übersichtlich nach Macht Rang Reichtum geordnet.
Nach dem Begrüßungsritual werde ich jedem eine Flasche Wein vor die Nase setzen lassen, damit die Augensäcke der Herren nicht ganz so traurig zu Boden hängen. Dann wird das Menü serviert, an das sie noch lange denken sollen, Hauptgang Löwensteak, rund siebzig Löwen für das traditionelle Löwenessen des Verbandes der Menschenführer, auch das ist bezahlbar absetzbar bekömmlich, schön mit Kartoffelbällchen Preiselbeeren Ro-

senkohl und Mandelsplittern. Als Kellner werde ich die Partner engagieren, die Spitzenmänner aus dem Partnerverein und ihre Referenten und höheren Vertreter, die werden die Speisen austeilen, Wein nachschenken, fragen, ob unsere Herren mit allem recht bedient sind, und bringen, was verlangt wird. Verlangt werden Erfrischungstücher Zweitservietten Zahnstocher Maniküre, alles sollen unsere Kontrahenten eifrig und zufriedenstellend erledigen, als hätten sie es so gelernt.
Ich könnte noch weitergehen, ein Unterhaltungsprogramm. Schauspieler und Gaukler von Film und Fernsehen werden auf die Bühne treten, Moderatoren Ansagerinnen Nachrichtensprecher, die teuersten Sängerinnen und Musikanten des Landes, die nacktesten Tänzerinnen aus Paris, sie alle werden ihr Können vor Büttinger und den endlich enspannten, Nachtisch schlürfenden Menschenführern zeigen. Danach wünschen die meisten der Herren befriedigt zu werden, auch da werde ich vorsorgen, sie sollen wählen können zwischen Mädchen und Knaben, sie sollen wählen können zwischen afrikanischen indischen oder polynesischen Leibern, und neben den Tischen werden Matten ausgerollt werden für alle, die nicht passiv bleiben wollen.
Eine Stunde Pause, dann den Puff lüften und die Berichte und Beginn der Aussprache, so stelle ich mir das weitere Programm vor. Vielleicht noch eine Überraschung, ich lasse eine Meute ausgehungerter Löwen in den Saal hetzen und die Türen schließen. Vielleicht werde ich froh sein, die Fernsehleute engagiert zu haben, sie könnten das Geschehen live nach draußen übertragen und kommentieren, bis auch sie dran sind.
Nimm dich zusammen, wie kannst du nur so was denken, so kannst du mit Büttinger nicht umspringen.

Was weißt du von Büttinger? Diehl machte alle Anstrengungen, Büttinger wieder zum Leben zu bringen. Was Büttinger so alles erzählte, wenn er bei Laune war, das mußt du ernst nehmen wie du Büttinger ernst nehmen mußt. Wozu hat er dir das alles erzählt, nachts im Chefwagen zum Beispiel. Damals, neulich die

Rückfahrt von Göttingen, die Gegend Kassel, der Chauffeur hält stur die 150. Was weißt du von Büttinger? Der Sprung von den Studenten- zu den Nazijahren, der Spruch von der Herausforderung, plötzlich war er bei 45 und bei den Geschichten von seiner Internierung und kam ins Erzählen.

Auf einmal sollten wir alle Kriegsverbrecher gewesen sein. Zwei Jahre war ich zusammen eingesperrt mit waschechten Nazis, den braunsten der Braunen, und kleinen Nazis und vielen gutwilligen Leuten. Gerade auf uns Männer der Wirtschaft hatten es die Amerikaner am Anfang ja besonders abgesehen, die konnten sich als saubere Demokraten überhaupt nicht vorstellen, daß wir nur Diener eines Zwangssystems gewesen waren.
Das fing so an, erst sperrten sie uns ein paar Tage in Zelte, dann wurden wir auf Lastautos verladen, schwerste Bewachung, und mit unbekanntem Ziel in Marsch gesetzt. Ich hatte gar kein so schlechtes Gefühl, im Gegensatz zu den meisten Kameraden. Ich wußte, sie werden uns nicht aufhängen, mich jedenfalls nicht. Hauptsache, es geschah überhaupt etwas, desto eher konnte ich klarstellen, daß ich mit irgendwelchen Kriegsverbrechen nichts zu tun hatte.
Aber dann, als wir mit dem LKW durch ein schwer mit Stacheldraht gesichertes Tor kamen, auf einen Fabrikhof, irgendeine abmontierte Lederfabrik, wie wir später hörten, da bekam ich es doch mit der Angst zu tun. Aus den Fenstern starrten uns wilde Gestalten an, verwahrlost und hager, furchtbare Kerle, und ich weiß heute noch, wie ich dachte, denen möchtest du nicht im Dunkeln begegnen. Aber ich ahnte schon, bald wirst du so aussehen wie die, bald wirst du zu denen gehören. Und in dem Moment nahm ich mir vor, mich nicht unterkriegen zu lassen, ich hab schließlich noch mehr gelernt als Partei und Schutzstaffel.
Aber es war schlimm, sag ich Ihnen, primitiv und schwer zu ertragen. So zehntausend Mann in diesem Lager, auf engstem Raum, alte PGs, Gauleiter, Ortsgruppenleiter, Kulturwarte und alle möglichen anderen Warte und Räte, alles nach Schema F

eingebuchtet, sogar einen Blockwart der Eisenbahn hatten die mit uns eingesperrt. Unser Saal ganz bunt gemischt, eine ganze Botschaftsbesatzung, ein Erbgroßherzog, Bischöfe beider Konfessionen, viel Abwehr, viel SS, Kollaborateure aber auch, sehr ordentliche Franzosen zum Beispiel. Dann Polen und Tschechen, teilweise unangenehme Menschen, was mich nicht verwunderte nach allem, was passiert war, und dann noch frühere Kapos aus den Lagern, üble Verbrechertypen die meisten. Und alle diese Leute auf engstem Raum zusammengepfercht, tausend Mann in einem Fabriksaal, ein einziger Waschraum, und ein Auslauf so ungefähr 10 mal 100 Meter, dick mit Stacheldraht umgeben, versteht sich. Die Verpflegung wirklich unter aller Kanone, ich hatte den Eindruck, absichtlich so mies, als wollte der Amerikaner auf diese primitive Weise Rache an uns nehmen und jetzt uns mal zeigen, was ein Lager ist. Die Behandlung war jedenfalls ganz danach, sehr verächtlich und von oben herab. Gut, ich fand das ungerecht, aber irgendwie verständlich, schließlich waren sie die Sieger, und nicht wir.
Am schlimmsten war die Jammerei meiner alten Parteigenossen. Darunter waren viele von diesen Hauruck-Nazis, die aus hohen Stellen tief herabgestürzt waren und nun nichts anderes kannten als Verbitterung und Jammerei. Meine Devise war immer: Nicht jammern, nicht passiv in der Ecke stehen, aktiv werden, Gesprächskreise organisieren, Kurse und Vorträge, den Laden in Schuß halten, an die Zukunft denken, das Leben muß weitergehen. Sie lachen, Diehl, aber das war lebenswichtig und leider nicht sehr verbreitet, diese Haltung. Die alten PGs, die immer noch der alten Herrlichkeit nachtrauerten, gaben immer den anderen die Schuld am Zusammenbruch, mal den Offizieren der Wehrmacht, mal den Verrätern in der Partei und oft genug uns Männern der Wirtschaft. Es gab da ja immer noch die Gerüchte von Rivalitäten zwischen Partei und Wehrmacht, Partei und Wirtschaft, Wehrmacht und Wirtschaft, die Auseinandersetzung um das Speer-Programm und diese Dinge. Und die alten, scharfen PGs wurden durch die Nürnberger Prozesse noch mehr verhärtet, von denen wir natürlich nur ganz einseitig unterrichtet wurden.

Mir war es wirklich ziemlich egal, wer uns den Zusammenbruch eingebrockt hatte, die ganze Sache war eigentlich schlimm genug, da konnte sich niemand hundertprozentig reinwaschen. Deutschland war zerschlagen und zerstört und zerrissen, und die meisten Leute in dem Lager zerstritten und verbissen sich in der Schuldfrage. Wenn ich vielleicht noch ein Nazi war, als ich in die Internierung kam, so hab ich mich da doch entschieden geläutert. Ich habe viel diskutiert damals und viel gelernt, und ich habe diese verhärmten, jammernden und verbohrten Parteileute, alles verbitterte Ideologen im Grunde genommen, die hab ich verachten gelernt. Nicht weil sie in der Partei waren und zu dumm oder zu langsam, sich innerlich von ihr loszusagen, sondern weil mir ganz klarwurde, daß diese Ideologen alle diesen Leistungsekel haben, diese Unfähigkeit, in jeder Situation etwas Vernünftiges auf die Beine zu stellen. Und diese PGs, die sich doch mit Stolz Nationalsozialisten nannten, hatten die soziale Komponente der Partei, die doch am Anfang ihr Erfolgsgeheimnis war, schon völlig vergessen. Meine Rede, daß nur Leistung uns die Zukunft sichert, ich hab vielleicht ein bißchen groß getönt mit meinen gut dreißig Jahren, das haben die meisten nur für Sprüche gehalten. War ja auch schon absurd, hinter Stacheldraht von Leistung zu reden, aber ich hab mich nicht entmutigen lassen, war ja auch nicht der einzige, der so dachte.

Wir waren eine richtige Clique von Aktivisten, ein Major, einer von den wirklich großartigen Diplomaten, ein Pater und natürlich ein paar andere, die aus der Wirtschaft oder Wirtschaftsverwaltung kamen und wirtschaftlich dachten. Wir organisierten Sprachkurse, Englisch und Französisch, abendliche Kulturvorträge, Rezitationsabende, ein Gesangverein tat sich durch unsere Initiative auf. Wo wir konnten, verbesserten wir die Zustände im Lager oder gaben Anregungen, vor allem die hygienischen Zustände, Sauberkeit ganz allgemein. Und wir gingen regelmäßig zur Messe, die unser Pater las, und ich muß sagen, auch wenn Ihnen das sehr altmodisch klingt, mir hat der Zuspruch von dieser Seite sehr geholfen, und der feste Halt vieler Kameraden im Christentum hat mir sehr imponiert. Ich glaube, ich habe damals

zum erstenmal begriffen, wie sehr unser praktisches wirtschaftliches Denken in der christlichen Nächstenliebe wurzelt.
Von heute her gesehen ist es schon erstaunlich, wie sich alles regelte, wie dieser zusammengewürfelte Haufen sich an den Zustand von Lager und Gefangenschaft gewöhnte und leidlich verträglich miteinander lebte.
Irgendwann wird dann alles normal und man gewöhnt sich. Am Anfang war es mir ja wirklich unfaßlich gewesen, daß ausgerechnet ich, der ich nun wahrlich nicht der Braunste der Braunen war, daß ausgerechnet ich in dieses entsetzliche Lager gekommen war. Und auch unter meinen SS-Kameraden im Lager galt ich als Außenseiter, das kann ich heute mit Stolz sagen, weil ich weder ein Scharfmacher noch einer von den tristen Grüblern war. Wenn ich heute darüber nachdenke, ich muß irgendwie gefühlt haben, ich werd die Zukunft nur überstehen, das Endlichdraußensein, wenn ich diese schlimme Situation überstehe, wenn ich sie meistere, eine Bewährung sozusagen, im Umdenken, im Nüchternwerden, im Abschleifen aller ideologischen Versuchungen, im Neudurchdenken der Dimension des Sozialen, der Leistungswerte, der Freiheit. Keine Sorge, Diehl, ich werd dem Erhard die Erfindung der sozialen Marktwirtschaft nicht streitig machen, dem guten Müller-Armack auch nicht, aber manches von dem, was er in dieser Zeit und danach gedacht und formuliert hat, das haben wir auch schon diskutiert auf unsern Pritschen im Lager. Wir waren weniger theoretisch und auch gar nicht systematisch, wir hatten noch kein Konzept und keine Schlagwörter sozusagen, wir wußten aber die Richtung, wo es langgehen sollte.
Schlimm war natürlich die Absperrung von der Außenwelt, keine Besuche, selbst die Briefe kamen nicht immer durch. Auch wenn ich immer versucht habe, aus der Situation das Beste zu machen, das altmodische Wort Bewährung trifft das ganz gut, ich sehnte mich natürlich heißen Herzens nach der Befreiung wie jeder. Ab und zu kam es zu kleineren Entlassungen, nach ganz undurchsichtigen Kriterien, und jedesmal war die Spannung unvorstellbar groß, ob man vielleicht diesmal dabei sein würde, und dann die Enttäuschung und dann die Hoffnung auf das

nächste Mal. Und so kam der Winter und Weihnachten, dann der Frühling, der Sommer und wieder der Herbst. Da wurde das ganze Lager verlegt, und wir hatten natürlich die Hoffnung, daß das nächste Lager wenigstens angenehmer und besser sein würde. Aber dann im neuen Lager, da waren wir wie vor den Kopf geschlagen. Das war in Heidenesel bei Würzburg, ein früheres russisches Gefangenenlager, mit lauter grauen häßlichen Nissenhütten, die Türen und Fenster zum großen Teil zerstört, Waschgelegenheit im Freien, Wasserhähne nur unter offenem Himmel, und alles so schmutzig und verwahrlost wie nur irgend möglich. Man hat ja viel mitgemacht damals und war an den Dreck und an die Not gewöhnt, aber das war wirklich niederschmetternd. Dagegen hatten wir vorher fast wie in einem Hotel gewohnt, sag ich Ihnen. Aber auch hier hätten Jammerei und Beschwerden nicht geholfen, es gab nur eine Devise: anpacken. Und auch die alten Nazis, die sich immer noch mit der Schuldfrage herumschlugen, fingen allmählich an, das zu begreifen. Und so ging die ganze Belegschaft ran, alles sauber, ordentlich und, soweit uns die Amis Material gaben, alles freundlicher zu gestalten. Die Initiativen, Diehl, die Motivationskraft und die Leistungsbereitschaft, die ich da erlebt habe, das tiefe Bedürfnis der Menschen, ihr soziales Umfeld zu verändern und zu verbessern, das hat sich mir für mein ganzes Leben eingeprägt damals, Leistung als soziales Bindemittel sozusagen.
Das klingt vielleicht sehr beschönigend jetzt. Ich hatte natürlich auch die Schnauze voll von diesem Leben. Bei den Verhören hab ich mich ganz offen gegeben, nichts zu verbergen, hier spricht der Fachmann, wenn Sie wollen, meine Herren Offiziere, können Sie von mir lernen, so diese Haltung, die hat ihnen imponiert, und sie haben mich nur drei- oder viermal rangenommen. Den Winter in Heidenesel mit der Wäsche im Freien hab ich noch mitgemacht, dann wurde ich endlich entlassen.
Das war ein seltsames, fast beängstigendes Gefühl, auf einmal vor dem Lagertor zu stehen, den Stacheldraht hinter sich zu wissen, aber auch die Sicherheit der Gruppe, die Freundschaft der Kameraden. Erst in diesem Augenblick wurde mir bewußt, daß ich vor dem Nichts stand. Ich hatte zwar meine Familie, und ich

hoffte meine Freunde von früher wiederzufinden, einige immerhin. Trotzdem glaubte ich regelrecht am Nullpunkt zu sein, als sei in dem Augenblick erst der Krieg zu Ende gegangen.
Und als ich dann unten in Würzburg die fast leeren Züge sah, die die Besatzungsmächte für sich reserviert hatten, und daneben unsere Züge, vollgestopft mit Menschen und meistens ohne Fenster, und die zerbombten Bahnhöfe, die zerschossenen Lokomotiven, da kamen mir beinahe Tränen vor Wut in die Augen über die Arroganz der Besatzer, Sadismus würde man heute sagen, die Wut über unser so grausam zerstörtes Land, und überall die verhärmten Gesichter der Menschen. Ich fühlte mich aufgerufen, ja, Diehl, das hört sich heute ein bißchen pathetisch an, aber ich wollte es wirklich besser machen als vorher, Neuaufbau, aber ohne die Exzesse von vorher, wie gesagt.
Das war ja eine der grundlegenden Lehren von damals: nicht mit Worten überzeugen, sondern mit Taten, nicht lang debattieren, sondern Tatsachen und Beispiele schaffen, von Ideologien wollen die Menschen nichts mehr wissen. Die Gemüter waren abgestumpft von der pausenlosen Propaganda des Nationalsozialismus, die sich am Ende doch als trügerisch erwiesen hatte. Und auch die oft ungeschickte Art der Entnazifizierung hat dazu beigetragen, daß die Leute von höheren Werten, von großen Worten und Versprechungen nichts mehr wissen wollten. Das war ein Segen, würde ich heute sagen. Deshalb nämlich konnte unsere Idee von der Marktwirtschaft und vom Leistungsprinzip zur Singgebung der Gesellschaft und des Lebens allgemein so Entscheidendes beitragen.
Diese Zusammenhänge, der Motivationsschub der Stunde Null, und ich würde sagen, auch der moralische Kern des Leistungsgedankens, das alles rückt in unseren Kreisen immer mehr in den Hintergrund. Ich finde das sehr bedauerlich und ich frage mich manchmal, Diehl, ob die Motivationskraft ausreicht, die unser heutiger Nachwuchs hat, ich frage mich oft, wo die heutigen jungen Führungskräfte eigentlich ihr 45 haben.
Ja, das ist Büttinger, wie er lebt.
Diehl machte alle Anstrengungen, Büttinger zu finden.

Vor einer Fertigungshalle wartete Diehl mit Abteilungsleitern und anderen Verbandsmanagern, alle versuchten lässig zu sein, distanziert interessiert. Ihr Auftritt, meine Herren, sagte ein kleiner, dicklicher Mittelstandschef und riß eine Tür auf. Und hier, meine Herren, arbeiten unsere Frauen. Was tu ich bei einer Betriebsbesichtigung, dachte Diehl, diesen lächerlichen Ritualen weiche ich sonst immer aus. Was machen die hier, Fernseher Staubsauger Pralinen Fernschreiber Schuhe Halbleiter Automotoren, immer das gleiche, und immer kriegen wir die Bewacher an den vollautomatischen Anlagen zu sehen oder die Frauen am Band. Aber Diehl sah keine Frauen, auch weiter hinten saßen nur Männer an den Bändern, alte Männer, die nicht aufblickten die bohrten die schweißten, Sechzigjährige und Ältere montierten feilten packten schraubten stanzten. Seit wann ist das Männerarbeit, das sieht doch nach Leichtlohngruppe aus, dann diese Alten, wollte Diehl fragen, die Männer geschweißt an ihren Platz, die weißen Haare hingen manchen über das Werkstück, gichtige Finger feilten vorgeschriebene Bewegungen nach, Blikke ins Material gebohrt.
Der Inhaber war mit den anderen Herren schon voraus. Diehl versuchte Anschluß zu halten, obwohl er jetzt gern stehen geblieben wäre, es wunderte ihn so vieles. Er konnte die Geräte auf den Bändern nicht identifizieren, ich bin doch kein technischer Idiot, ich werde doch noch die Bauteile eines Fernschreibers von denen eines Automotors unterscheiden können. Aber es paßte nichts mehr zusammen. Durch die Milchglasfenster war nicht zu erkennen, ob Sonne draußen schien oder nicht. Er konnte die Geräusche nicht unterscheiden, ob Lärm der Maschinen oder Lärmmelodien aus dem Lautsprecher, seine Lungen wollten die Luft aus Hitze Öl Staub Schweiß nicht annehmen. Er fand es diskriminierend, daß nur Männer in der Halle saßen, und wollte sich endlich den Ruck geben, den er den Personalchefs immer empfohlen hatte, den Ruck zu einer spontanen, das Interesse nicht verratenden, niemals von oben herab formulierten Frage an den Kollegen von der Fertigung, die Frage, was hier und wie und wirklich nur Männer? Aber es half ihm niemand zu diesem Ruck, ist ja auch scheißegal, dachte er. Die Gruppe schon weit vorn.

An einer Ecke wurde er wieder aufgehalten, als er ein großes Gestell sah mit einer runden Scheibe und Geräten daran, zwei Arbeiter montierten und drehten das Ding gleichzeitig. Er mußte an Ochsen denken, weit weg in Hinterindien oder Burma Birma, die den ganzen Tag im Kreis trabend aus primitiven Brunnen Wasser pumpen, und hier ein schäbiges Gestell, von dem alle Farbe abgeblättert ist, ein Karussell zum Selberlaufen, zum Akkordarbeiten, das kam ihm so absurd vor, daß es ihn belustigte, solch ein kümmerlicher Mechanismus in unserem technologischen Jahrhundert, die drittgrößte Industrienation der westlichen Welt und dann so was! In der Scheibe des Gestells ein Dutzend Ausbuchtungen, darin hingen sonderbare Geräte, an denen die beiden Arbeiter herumbastelten montierten schraubten und das Ding in Bewegung hielten, das Tempo noch steigerten. Jetzt hätte Diehl gern das Karussell angehalten, um sich den Arbeitsvorgang näher anzusehen oder um ihn abzustellen, aber schon die Bewegungen der beiden wiesen ihn ab, es war unmöglich, näher zu kommen, ohne einen von beiden zum Stolpern zu bringen.

Der eine, der große, dachte Diehl, könnte der Statur nach fast unser Chef sein, den Bewegungen nach nicht, aber ich kenne ja seine Bewegungen gar nicht, wenn er montiert oder schraubt. Doch, das ist Büttingers Profil. Unsinn, dies schwitzende Bündel Mensch, das die weißen Schaumgummiringe erst über den Arm stülpt und dann einzeln in die Geräte einlegt, das kann doch nicht wahr sein, der da stehend Gummischläuche reinzwängt, der das Gestell dreht und mit Plastikhauben hantiert, das kann doch unmöglich der Chef aller Menschenführer sein, der im Drehen eine Handvoll Schalter verliert, sich bückt, sie aufhebt und an die Geräte steckt und hustet und keucht, ja das ist sein Gesicht, das sich schon wieder zum Gestell wendet, schon wieder der Körper in voller Aktion, Beine rotieren, schraubende und steckende Arme greifen schon wieder fertige Geräte heraus und legen sie auf ein Band, das sind ja Staubsauger.

Da schiebt der Mann, der aussieht wie Büttinger, einen Wagen durch die Halle, holt neue Teile, die er viel zu hoch stapelt, die wackeln, und Diehl denkt, das muß der doch sehen, daß die

gleich stürzen, aber gebückt und eilig stößt der Mann den Wagen voran, da fallen die oberen Teile dem Mann auf den Schuh, und Diehl sieht im Gesicht den Schrei, aber er hört ihn nicht, keiner scheint zu hören, keiner kommt zur ersten Hilfe, der Mann humpelt einfach, den Wagen weiterschiebend, zum Gestell, wo der andere schon wieder beim Abräumen ist, und Büttinger, wenn es Büttinger ist, rennt wieder und verteilt Plastikhauben auf die Geräte, dreht und stürzt und schwitzt, wie kommt der Chef hierhin, das ist doch unmöglich, das ist doch Galeerenarbeit oder schlimmer, das hat doch mit Akkord nichts mehr zu tun. Diehl wollte etwas sagen, schreien, wollte den Hauptschalter finden, das Akkordballett, die hetzenden Bewegungen der Arme Hände Beine Füße, das schweißtreibende Bild vom Präsidenten als Staubsaugermontierer abstellen, Strom weg, Film gerissen, aufwachen, endlich wieder atmen. Aber er wußte, er kannte sich hier nicht aus, er würde niemals den Schalter finden. Er schrie, in Richtung seiner Gruppe: Halt! Hier! Büttinger! Hier ist er! und wußte, schon als er Luft holte, daß er unmöglich gehört werden konnte, er wurde nicht gehört, keiner reagierte, keiner bewegte sich zurück.
Die letzte Chance, jetzt muß ich direkt eingreifen, ihn anhauen, er muß mich doch erkennen. Und ging auf ihn zu, drei Schritte, fünf Schritte, Herr Büttinger! Aber der, wenn er es war, stieß ihn beiseite, Diehl stand im Weg. Ich bin Diehl, rief Diehl, erkennen Sie mich nicht? und kam sich so lächerlich vor bei diesem Satz, daß er ihn halb verschluckte. Der Mann arbeitete weiter, grinste nicht einmal, sagte nur etwas wie Hau ab!, und Diehl versuchte es noch einmal vertraulich mit Herr Büttinger! Wieder keine Reaktion, der montierte weiter, rannte im Wettlauf mit dem anderen an dem Gestell herum, untrennbar von den Bewegungen dieses Karussells, das er selbst antrieb, vielleicht ist er es doch nicht, dachte Diehl und verlor endlich jedes Mitleid.
Er sah sich um, sah alle die Männer, die vorher von ihren Maschinen Montageplätzen Bändern nicht aufgeblickt hatten. Diese Männer starrten ihn plötzlich an, sie waren jünger geworden, eine ganze Halle voll schadenfroh guckender Männer, sie wurden immer jünger, jünger als er. Wie in der Schule kam er sich

vor, stehend vor einer riesigen Klasse und keine Ahnung, black out und der Lehrer drohend neben ihm, und mehrere hundert Gesichter starrten ihn genüßlich an, lauter Gesichter, die er so genau kannte wie die von vergessenen Schulkameraden, wie die von den Fahndungsplakaten, wie die von Sicherungsleuten, den ganz jungen Polizisten, alle bewaffneten Kinder.
Weg wollte er, raus hier, eh sie mich ertappen und schnappen, an den Maschinen und Bändern waren noch Plätze frei, nein, nur das nicht, hier an die Maschinen. Er lief zu der Tür, vor der die Gruppe eben noch gewartet hatte, aber da war niemand mehr, die Tür verschlossen, er rannte weiter, die werden mich hier nicht einsperren, mich nicht, nur keine Panik zeigen. Er griff eine Leiter, stieg an Schießscharten vorbei zu den Oberlichtern hoch, das waren keine Fenster zum Öffnen, er schlug auf die Scheiben ein, die sich nicht rührten und fest in ihren Rahmen bockten. Nur keine Panik, dachte er, ich schaff das, ich komm hier raus. Er kletterte hinab und fühlte sich, als er unten war, wieder stark, ich hab die Sache im Griff, es ist alles ein Test mit schmutzigen Tricks. Da war ein Gabelstapler, und weil Diehl nie Gabelstapler gefahren war, brauchte er eine Weile, bis er das Ding in Bewegung gebracht hatte, er fuhr auf die breiteste Tür zu am Ende des Bandes, die Gabel in halber Höhe nach vorn gespießt, er drückte die Arme durch und duckte sich und rammte die Blechtür. Mit dem Krach die Stille. Kein Lärm der Maschinen, kein Scheppern an den Bändern, keine Stimmen. Er blickte hoch, die Tür war zu, aber verbeult, er setzte zurück und fuhr noch einmal los auf die Tür.

Betriebsbesichtigungen mach ich nicht mehr mit, sagte Diehl bei Gelegenheit. Alles Rituale, ein unzeitgemäßer Stolz der Besitzer, endlose Gänge als Beweis für die Größe der Firma, frisch geputzte Maschinen und leibhaftige Schlägertypen als fleißige Arbeiter, nur die Meister nehmen das Theater ernst. Ich kann doch nicht so tun, als merkte ich nicht, wie diese Leute unser geheucheltes Interesse verachten, unsere Anzüge unsere Hände,

die wir unauffällig verstecken, wenn wir da rumstehn. Wir tun so und spielen mit, Delegation Ausschuß oder Aktionärsgruppe auf dem Seil über dem Abgrund der Produktion, mit kontrollierten Schritten, damit nicht verraten wird, daß wir uns nichts zu sagen haben, nichts sagen dürfen. Mit nicht zu schnellen Schritten, damit der Auftritt nicht peinlich kurz wird, obwohl wir im Geist alle schon wegrennen vor dieser Arbeit hoch in die Vorstandskantine, hoch in die Konferenzräume mit Mineralwasser gegen den im Fabrikstaub geweckten Durst. Wir flanieren mit nicht zu langsamen Schritten, damit die Blicke aus den Augenwinkeln nicht gefährlich werden, damit niemand den Schlagring zieht gegen seinen Sozialpartner oder uns Messer in den Rücken wirft, besonders die Frauen, so ist es doch.
Ist doch klar, daß sie was gegen uns haben, sagte Diehl, sie beneiden uns ja nicht einmal, sie neiden uns nur das Geld, sie hassen uns beinah so wie sie die Zeitnehmer hassen. Und die eitlen Besitzer Vorstandsvorsitzer Personalchefs merken das alles nicht und wundern sich dann über das Klassenkampfdenken bei ihren Leuten. Also ich meine, je weniger wir uns da zeigen, desto besser. Wir haben allemal bessere Argumente als uns selbst und bessere Mittel sowieso. Bei aller Partnerschaft, es muß auch deutliche Grenzen geben. Wer das nicht sieht, ist für mich ein Human-Romantiker.

4

Auf der anderen Rheinseite sah die Stadt unbelebt aus, keine Menschen, wenig Bewegungen, hinter dem Ufer nur die Hülsen der Häuser und das abgetragene Grün der Parkbäume. Durch den Dunst, der wie ein schäbiger Ersatz für konturlose Wolken über der Kölner Bucht lag, blickte Diehl, den Kopf voll Kopfschmerzen, auf den unsichtbaren Bergischen Horizont. Da war nichts, was seine Augen gern fixiert hätten.
Es war kein Morgen, an dem es unter Angestellten opportun gewesen wäre, schon in der ersten Kaffeepause von Kopfschmerzen und Schwindel zu sprechen. Der Luftaustausch über den Hausfronten der Stadt, die von weit wirkenden, jeden Bewohner erreichenden Schornsteinen eingekreist waren, schien an diesem Vormittag wenig gestört. Die chemischen Partikel aus der Luft blieben im Gleichgewicht mit denen der gewöhnlichen Tabletten. Das Gemisch der Schadstoffe, das an vielen Tagen auf Nervensysteme drückte, Schleimhäute angriff und sich im Lungengewebe festsetzte, war heute in die kälteren Höhen abgezogen und nördlich der City wenig zu spüren.
Und doch ging den Mitarbeitern im Haus der Menschenführer wieder etwas auf die Nerven, es stank, fruchtig und faulig, schon wieder die Brauerei. Wenn der Wind von Südwest kam, dann hielt auch die Klimaanlage den durchdringenden Geruch nicht auf. Irgendwas fault da oder gärt, Hopfen oder Malz oder Maische, eine unerträgliche Mischung. Viele beschwerten sich, aber kein Techniker löste das Problem, auch mit den neuesten Geruchsfiltern nicht. Die im Haus fühlten sich ausgeliefert einem häßlichen Gestank von draußen, der sich lange in den Räumen hielt, auch wenn der Wind schon gedreht hatte.
Am Fenster stehend wartete der Chefdenker auf Erleichterung durch Kopfschmerztabletten. Der Redeentwurf war fast fertig, und Diehl sah keinen Grund, sich zur Arbeit zu zwingen. Er nahm sich vor, so bald wie möglich das stinkende Büro, das Haus zu verlassen. Der Dunst draußen, das vom Dreck und Schweiß der Stadt gefärbte Hellgrau kam ihm näher und wärmer

vor als alles andere, die Bewegungslosigkeit des Himmels stärker als die Bewegungen auf der Straße unten und auf dem Wasser. Nicht drückend war der Dunst, keine Glocke, nur beruhigend leer und anziehender als alle von Menschen bewegten Objekte. Diehl war neidisch auf die Flieger, die in diese nahe Unendlichkeit hineintauchen konnten und immer wieder hinein und mit Funk und Radar noch weiter abtauchen und sich doch sicher dabei fühlen, keine Hindernisse mehr, alles abschütteln, schwerelos, eine innere Sicherheit, die er auf seinen schnellsten Autofahrten nie erreichen könnte.

Plötzlich befiel ihn der Gedanke an Büttingers Gefangenschaft. Diese Verbrecher, sie werden ihm die Kehle durchschneiden, gefesselt werden sie ihn in den Rhein werfen, er wird hier vorbeitreiben, hier am Haus vorbei, nachts, erst am Morgen wird man ihn finden stromabwärts im Schlamm. Diese Schweine, erschießen werden sie ihn, in den Kopf, ins Herz, sie werden ihm nicht einfach in die Beine schießen, sie werden ihn nicht laufen lassen, sie werden ihn morden ohne Affekt zu zeigen, sie werden sich überwinden müssen, sie werden noch etwas Mitleid haben mit ihm, sie werden so gemein sein und ihm das sagen, während sie die Pistole laden, und er wird noch einmal seine Freunde verfluchen, die ihn töten lassen, um ihre eigene Haut zu retten. Sie opfern ihn, die eigene Haut, wo bleibt er denn dabei, Büttinger mein Beschützer, wo bleib ich denn dabei.

Zum erstenmal in diesen Tagen war er ganz sicher: Sie werden ihn ermorden. Willenlos ließ er sich in Vorstellungen treiben, die nicht zu seiner Rolle gehörten, die ihm nicht zustanden. So kam es, daß er zum zweitenmal den Gedanken zuließ, wo bleib ich denn dabei, ich werd mich hier nicht halten können ohne ihn, ein neuer Chef bringt neue Leute mit, ich werd überflüssig, ich hab keine Hausmacht, ich sitz auf dem Ast, der schon abgesägt ist, und merk das nicht, Vierabend versucht mich schon wegzuekeln mit Gerüchten und Verhören, auf deine Kündigung kannst du Gift nehmen, was willst du noch hier, stehst am Fenster und verplemperst die Zeit.

Wenn sie Büttinger verhören, was wird er sagen, wenn er was sagen wird, er wird seinen Bewachern klarmachen wollen, daß er nichts zu verraten hat. Später wird er ihnen erzählen, was in den Zeitungen stand und in den Verbandsnachrichten. Da sie keine Ahnung haben, wird er ihnen, wenn er gefragt wird, längst Bekanntes als Neuigkeit und Geheimnis verkaufen. Mit wem wann getroffen, welche Rahmenbedingungen für welche Geschäfte wie eingeleitet, Knigge und Kniffe für die Lobby aus jeder besseren Wirtschaftszeitung. Da sie von Büttinger und vom Verband nichts wissen, werden sie sich auf die Antworten viel einbilden. Er wird ihnen haushoch überlegen sein. Sie werden ihm leid tun, und vielleicht wird ihm das helfen, sein Todesurteil zu ertragen. Dreimal am Tag die Henkersmahlzeit, Büttinger immer wieder entsetzt über die Eile, mit der eine Seite in Eintracht mit der anderen sein Ende beschließt. Er wird keine Interna verraten, er wird in den Gesprächen noch einmal seine Aufgabe spüren, jungen Leuten auf den richtigen Weg zu helfen, und wird wissen, daß er nichts ausrichten wird. Die ihm ahnungslos gegenübersitzen und die ihn übermorgen oder nächste Woche oder in vier Wochen töten werden, die werden ihm noch einmal das Gefühl geben, nicht nur ein Machtmensch gewesen zu sein.

Die Nachrufe werden schon gedacht notiert entworfen. Nachrufe auf den Märtyrer der Freiheit, was werden sie alles aus ihm machen. Die Redner von Vorbild und Beispiel werden neuen Schwung kriegen, für andere Redner wird der noch Lebende gefallen sein wie ein Soldat im Kriege für sein Land für seine Familie für uns alle, Corpsbrüder werden ihm Ehrenmitgliedschaften verleihen und Stadtplaner seinen Namen für neue Straßen vormerken. Seine Sittlichkeit Toleranz Bescheidenheit werden ans Licht gezerrt werden, seine Klugheit Ausgewogenheit Herzlichkeit Humanität gepriesen, sein fühlendes christliches Herz wird Schlagzeilen machen, und Freunde werden versichern, daß sie ihn über das Maß üblicher Freundschaften hinaus geliebt haben.

Marktwirtschaftler werden ihn als treuesten Marktwirtschaftler feiern, Bischöfe werden ihn zum Vertreter der Grundwerte ernennen, Vertreter von Interessenverbänden werden ihn als über den Interessen stehend einordnen, für die jungen Menschenführer wird er Ansporn für die Zukunft sein. Gesprächspartner werden seine Fairness sein Verständnis seinen Mut seine Hingabe hervorheben, Demokraten sein Eintreten für die Demokratie, die gegen ihn kämpfen, werden seine Gestalt als groß und kämpferisch und sein Ende als tragisch bezeichnen. Parteien werden sich in aufrichtigem Mitleid zusammenfinden, die national Denkenden werden feststellen, daß das deutsche Volk durch ihn seine nationale Identität zurückgewinnen wird.
In die Geschichte der Großen der deutschen Wirtschaft wird er eingehen, Studenten werden seine Schriften lesen, Präsidenten werden den Menschen in ihm wiederfinden und versprechen, sein Wirken in Zukunft in ihrem Verein oder Bund oder Club oder Corps weiterleben zu lassen. Nur wenige werden verdächtig schweigen. Er wird zum Märtyrer zum Helden zum Vater der Nation werden für einige Wochen, er wird die Mutigen mutiger, die Ängstlichen ängstlicher, die Wachhaber aufmerksamer, die Menschenführer härter im Geben und die Partner weicher im Nehmen machen, er wird noch einmal die treibende Kraft sein und plötzlich ganz rasch verschwunden und vergessen sein. Wir werden ihm ein ehrendes Andenken.

Der Mann der Freiheit als Gefangener, der Mann des Eigentums als Geisel, der Mann des Rechts in der Hand der Verbrecher, Diehl konnte diese Vorstellungen nicht abschütteln, als er die für Büttinger diktierten Sätze noch einmal abhörte. Wenn er je wiederkommt, dann wird hier anders geredet und in Goslar anders, dann werd ich andere Töne auftragen, dann werden wir Forderungskataloge aufstellen, daß die Wände wackeln in den Ministerien und Wirtschaftsredaktionen. Diese Rede hier ist für die Katz, so oder so, ich weiß auch gar nicht, wozu unsere Leute immer wieder diese billigen Sprüche brauchen, das ist doch alles nicht neu, was wir ihnen erzählen, das können sie doch alles in ihren abonnierten Blättern lesen, warum wollen sie das immer vom Chef persönlich und in gewählter Rhetorik hören, die Ermunterungspredigt aus dem Mund des obersten Menschenführers? Geht ihnen die Gewinnverteufelung wirklich so ans Herz, die Aushöhlung des Leistungsgedankens oder die Angriffe auf das Menschenführerleitbild? Was ist es, was bewegt meine Zuhörer, wenn sie so ergeben auf unbequemen Saalstühlen nach vorn schauen, hören sie überhaupt zu, haben sie schon die nächste Vorstandssitzung im Kopf, die nächste Frau, den Bericht ihres Rohstoffeinkäufers, den nächsten Segeltörn? Vielleicht warten sie auf einen merkbaren Gedanken, den sie in ihrer nächsten Rede verwenden können. Vielleicht auf ein neues Losungswort, auf ein bewußtseinerweiterndes Gemeinschaftsgefühl, auf einen überraschenden Appell zum Sturm auf das Wirtschaftsministerium oder auf Investitionsanreize aus Ostpreußen. Ob einer investiert oder fusioniert oder exportiert oder nicht, dafür gibts den besten Beratungs-Service aus allen unseren Abteilungen jederzeit, da kann ich auch nicht helfen mit meinen aufrüttelnden Sätzen, da ist es egal was geredet wird, da helfen diese Reden nicht, höchstens eine markige Geste von Büttinger. Aber mit Zahlen und Paragraphen und Soft-ware allein ist auch kein Umsatz zu machen, wenn die Schmiere fehlt dazwischen, die Wörter. Ich liefere ihnen die Schmiere, die sie brauchen, das Schmierfett gegen Geräusche und Korrosion, gegen Reibung Verschleiß, die Schmiere der Grundwerte Freiheit Ordnung Eigentum Wachstum Sicherheit Wohlstand, damit die Maschinen laufen, damit die Rechner die richtigen Zahlen ausdrucken, damit die Karosseriepressen donnern, damit die Fernkabelrollen sich drehn, damit der Strom fließt. Und je mehr die Bilanzmeister verstecken und verteilen, je weniger Gewinne sie ausweisen lassen, desto mehr muß ich hier ran, desto mehr muß sich der Verband einfallen lassen, ich muß schmieren diktieren parieren. Roland Diehl an der Fettpresse, Leutnant Diehl hält die Moral der Truppe in Schuß, was wären wir ohne Diehl, was wäre ich ohne den Verband, wie komm ich eigentlich dazu, mich für die Menschenführer ins Zeug zu legen. Nur weil ich es leid war, in den

Studios des Rundfunks überparteilich sein zu müssen, weil ich es satt hatte, Objektivität auch da vorzutäuschen, wo sie mir gegen den Strich ging, das ewige Einerseits-andererseits-Geschaukel, ich wollte mich endlich klar ausdrücken, für oder gegen, und mitmischen, und der Verband ist nun mal der Ort, wo meine Ideen am besten hinpassen, außerdem wird hier handfest gearbeitet, den Ideen folgen Taten, dachte ich, aber jetzt.
Jetzt hatte er die Rede abgehört ohne hinzuhören.

Aufstiege zum Chefdenker. Allein mit einer Flasche Bier, Rekrut Diehl im Kreis der Rekruten beim ersten Manöverball. Eine Ball- und Bumsnacht hatten sie erwartet, die Worte des Zugführers im Ohr: Laßt euch nicht hängen! Und nun waren keine Mädchen da, außer ein paar Dorfschönheiten, die sich nur von Unteroffizieren pachten ließen. Das Dorfgasthaus dreißiger Jahre, geizig holzgetäfelt und nicht mal Bier vom Faß. Also ein langsamer Abend mit langsam steigender Stimmung durch schnelleres Trinken und durch Singen, wenn die Musikbox still war. Und alle an langen Tischen weinten sich durchs Freddylied Junge-komm-bald-wieder, bis der Kompaniechef sein Lieblingslied befahl, Heiß war der Tag und eiskalt die Nacht, und der Refrain, Wie einst in Polen und Flandern, so sahen sie sich auf den zerwühlten Bergen von Baumholder, Zehn Tage schon in tobender Schlacht. Die Stimmung stieg, Manöverball, die Kameraden kotzten stolz und spülten nach. Dann gab es Krach in einer Ekke, der Kompaniechef gegen den Bürgermeister, der war der letzte Zivilist im Saal außer den Wirtsleuten. Diehl sah Gerangel und den Chef mit der Pistole fuchteln gegen den Zivilen. Da kam auf einmal der Befehl: Antreten draußen vor dem Saal! Die Soldaten rannten raus, da stand ihr Chef schon, wankte mächtig und schoß dreimal in den dunklen Wolkenhimmel. Männer, lallte er, ich dacht, das Biest hätt Ladehemmung, aber wie ihr seht, es geht schon wieder, weggetreten! Die Mannschaft brüllte und stürmte wieder an die Flaschen.
Als Polizisten am nächsten Morgen kamen, den Kompaniechef

verhörten und auch im dritten Zug nach Zeugen fragten, da hatte Diehl sich schon entschieden, nichts gesehen zu haben. Oder, wenn schon, Spaß muß sein.

Mit den Panzerkameraden vereint immer die ersten am Feind, so sang Diehl auf Befehl. Diehl drückte sich nicht, er hatte ein einziges Ziel, Leutnant der Reserve, wenn schon denn schon, aber dann raus aus der Uniform und von der Abfindung erst mal ein Auto kaufen. Dazu brauchst du nur clever zu sein, Disziplin Loyalität und die Spielregeln. Durchhaltevermögen kein Problem für einen Mittelstreckler. Als Offizier wird von Ihnen nur eines verlangt, die ständige Selbstkontrolle. Du wirst trinkfest, du wirst die Anzugsordnung und die Benimmregeln lernen, die Panzerteile werden dir vertraut sein in zwei Jahren und die Grundbegriffe der psychologischen Kampfführung, die Knarre von innen und die Weiber und die Kunst der Menschenführung und der Führerschein. Die Ermittlungen gegen den Kompaniechef wurden eingestellt.

Uffz Diehl lernte, daß ein Flugzeugführer seine Maschine, der Mannschaftsführer seine Mannschaft, der Menschenführer aber Menschen führt. Der militärische Führer muß in seinem Untergebenen zuerst den Menschen sehen und dann den Soldaten. Denn der Soldat muß nicht nur kämpfen können, sondern auch kämpfen wollen. Schlechte Allgemeinbildung und innere Leere durch fehlende Lebensziele, lernte Diehl 1963, erschweren Menschführung ebenso wie gesteigertes Selbstbewußtsein und Unterschätzung der Autorität.

Als Leutnant der Reserve, der zum ersten Semester in der Universität Frankfurt antritt, ist er schon gewohnt, taktisch zu denken. Erst Volkswirtschaft, denn ohne Volkswirtschaft hätte der Sparkassenvater kein Geld überwiesen. Erst was Sicheres, dann Publizistik, dann ab nach Hamburg. Aber Volkswirtschaft war nichts für ehrgeizige Nestflüchter, die Professoren erklärten alles nur begriffsabstrakt und schemadumm, und nur zu pauken zu rechnen nichts zu denken, also war es nach fünf Semestern Nettosozialprodukt Produktionsdauer Volksvermögensrechnungen mit der Selbstkontrolle vorbei, also in Ehren abgebrochen und das Heil in der Journalistik gesucht. Im eigenen VW

auf der Autobahn Richtung Mainz und zurück dachte der Student über ein ganz neues Leben nach, Bergungstaucher Rennfahrer Starreporter.
Das war vergessen, als auch er plötzlich ein stiller Kämpfer wurde gegen den Muff unter den Talaren und für eine antiautoritäre Belebung, zwei Semester lang. Auch er gegen Demonstrationen, das schadet nur, sagte der Leutnant in ihm. Auf einmal traut er sich bei einer Vollversammlung in Frankfurt mit zitternden Knien nach vorn, und schneller als ihm lieb ist, steht er vorm Mikrofon. Tausend oder mehr Studenten und vor allem Studentinnen sehen dich an, in diesen Sekunden entscheidet sich alles, du bist kein Revolutionär, das weißt du, du bist für die Vernunft, man kann nicht nur destruktiv sein. Die Stimme kratzt dir weg, es bringt nichts, hörst du dich reden, den Rektor so frontal anzugreifen, damit ändern wir nichts, die ganze Resolution muß konstruktiver. Da fangen einige an zu lachen, und du Idiot sagst: Das meine ich ernst. Da lacht der ganze Saal, und du weißt nicht mehr, wie du argumentieren wolltest, der Mut verflogen, dir fällt nichts mehr ein, kein Witz, keine sachliche Formulierung, keine aggressive, du wirst ausgelacht, vom Mikrofon weggelacht, ironischer Beifall, du bist geschlagen.
Diese Niederlage hatte er nie verwunden. Die mich auslachen sind meine Feinde. Denen werd ichs zeigen. Er studierte weiter, aber mit der Politik der Studenten wollte er nichts mehr zu tun haben, Vernunft ist gefragt und der Fachmann emotionslos. Und ein Jahr später: Was soll die Studiererei, was kannst du in Mainz noch lernen, da ist eine Volontärstelle beim Rundfunk in Köln.

Um die Mittagszeit war Tina manchmal zu erreichen. Diehl rief ungeduldig an, er hatte Glück. Aber sie wollte nicht hochkommen in sein Büro, und nicht mit zum Essen.
– Keinen Hunger, sagte sie.
Er traute sich nicht zu sagen, ich will dich sehen, und sagte:
– Komm wenigstens was trinken.

– Keine Lust jetzt. Ich ruf dich heut abend an.
– Wann heut abend?
– Auf jeden Fall vor acht.
Er scheute sich zu fragen, was los sei, er hatte keine Lust auf Gefühlsdebatten.
– Wie wärs denn mit Kino? fragte er, weil ihm nichts anderes einfiel.
– Vielleicht, sagte sie, aber ich weiß noch nicht, laß uns doch heut abend drüber reden.
Erst als er aufgelegt hatte, stieg der Ärger in ihm hoch. Er wollte sie doch einfach nur sehen und hatte das nicht sagen können. Idiot, so einen einfachen Satz zu Tina, warum geht das nicht.

Gedankenstress Kopfstress Nichtspassiertstress, bis jetzt hatte Diehl nie an seiner Stress-Stabilität zu zweifeln gehabt, auch bei Flucht oder Angriff, bei Notbremsung Überholbeschleunigung triumphierte stets der kühle Kopf. Aber was jetzt mit ihm vorging, was ihn immer wieder stundenweise aus der Bahn warf, war das Stress? Wenn jedes Ausweichen von Tina ihn verletzte, wenn jede Nichtnachricht über Büttinger die Spannung vergrößerte, wenn jeder Blick aus dem Fenster zu bedrohlichen Abschweifungen führte, jede Autofahrt eine Beschattung, jeder Schlaf traumschwer Strapaze und jedes bißchen Arbeit die Ungewißheit wachsen ließ, war das auch Stress? Adrenalin-Output, Kalkablagerungen an der Innenwand der Blutgefäße, vegetatives Gleichgewicht, darum brauchte sich der Herr Chefdenker bis jetzt nicht zu kümmern. Vielleicht war die Stille das Anstrengende, dieser schwer erträgliche akustische Reiz, das Unerwartete als Bedrohung und Druck in der Luft, das Warum und Wann und Wielangenoch, das die Kölner Bucht beherrschte, kann das Stress sein?
In den Anti-Stress-Büchern und in den Anti-Stress-Seminaren war von solchen Erscheinungen nie die Rede, und doch dachte Diehl daran, daß er etwas unternehmen müßte. Die zehn Gebote zum Abschalten.

Erstens, emotionale Regungen auf ein Minimum einschränken, cool werden, ich habe keine Angst um Büttinger, ich habe keine Wut auf Tina, Vierabend und seine Polizisten können mir gestohlen bleiben, ich bin ganz ruhig. Zweitens, nichts persönlich auffassen, keiner hat mich beleidigt, im Grunde hat niemand was gegen mich, es sind halt schwierige Zeiten. Drittens, keine Gedanken über Dinge, die mich nichts angehen, was geht mich Tina an, was geht mich Büttinger an, was geht mich Vierabend an, was geht mich Roland Diehl an. Viertens Tapetenwechsel, Kurzurlaub, weg hier paar Tage, schön wärs. Und weiter: Ablenkung, Wechsel der Gehirnreifen, ruhen Sie Ihren Geist aus, indem Sie Ihren Körper arbeiten lassen. Sprüche, dachte er, alles Sprüche, bin doch kein Stressopa, dem sonst nichts mehr einfällt, ich schalte ab, wanns mir paßt, ich drehe auf, ich rege mich auf, wenn ich will.

In der Kantine forderte er zum erstenmal seit Monaten die Große Salatplatte. Er mochte diese dekorierte Essigspeise für Sekretärinnen nicht, aber er hatte einen Moment lang die Vorstellung, von Vitaminen belebt zu werden, Aktivität zu spüren, mehr Schwung zu kriegen in die erlahmenden Schreibtischarme. Eine Sekunde lang glaubte er, die Frische einkaufen zu können, die der Kopfsalat versprach, die auffällige rote Beete. Doch als er die schwachgrünen, am Rand ein wenig welken Blätter sah und daneben das schon bröckelnde, zu lang gelagerte Eigelb, wollte er den Teller nicht anfassen. Aber er nahm sich zusammen, nimm dich zusammen, hob den Teller mit Schwung aufs Tablett und dazu Orangensaft. Er suchte bekannte Gesichter an den Tischen, etwas weiter hinten saß Schanz der Bayer, aber zum Glück entdeckte er näher Jucknitschke, zögerte und setzte sich dann doch zu ihm, zu Human-Rudi, der immer etwas steif nach vorn gebeugt am Tisch hockte, was wenig einladend aussah. Ein Granatsplitter hatte Jucknitschke ein Knie zerschlagen, und so zog er seit über dreißig Jahren sein rechtes Bein nach und hatte es aufgegeben, seine Schwierigkeiten beim Sitzen zu verbergen.

Ein wunderlich freundlicher Alter trotz seiner Koreapeitsche, zwei, drei Jahre hat er noch, dann ab in Pension, Jucknitschke schon jenseits von Gut und Böse.
– Na, Diehl, sagte er, nachdem sie eine Weile über nichts geredet hatten, Sie wären jetzt auch lieber draußen auf ner Wiese oder auf der Autobahn als hier im Haus?
Diehl war so überrascht, daß er schnell ja sagte und sich gleichzeitig ertappt fühlte. Er versuchte seine Verlegenheit wegzulachen. Er wußte nicht, ob Jucknitschke ihm irgendwas ansah oder ob er nur den Brauereigestank meinte. Der Alte hatte etwas Unberechenbares, man mußte aufpassen vor seiner Freundlichkeit, aufpassen auch vor den eigenen Vorurteilen gegen ihn, ein Beinnachzieher, ein Fastbehinderter, der muß ja den Humanisierungstick haben.
Dr. Rudolf Jucknitschkes Härte als Interessenvertreter war bekannt. In den Staatsgeld für Humanisierung verteilenden Ausschüssen sorgte er dafür, daß solche Projekte gefördert wurden, die sich als Rationalisierungsprojekte ausbauen ließen. Und gerade sein demoliertes Bein wurde ein zusätzliches Argument, wenn er sagte, daß die Verpflichtung zur Einstellung von Behinderten gegen die Leistungsprinzipien verstoße, wenn er auf Symposien zur Humanisierung niemals den Satz vergaß, Wobei wir nicht so tun als ob die Arbeitswelt bisher inhuman gewesen sei, und dann den Kongreß-Standpunkt der Menschenführer vertrat, der Mensch solle in der Arbeit seine Wünsche mehr befriedigen und damit aus innerer Bereitschaft zur Erreichung der gemeinsamen Ziele beitragen.
Jucknitschke hatte nichts Schnittiges, Glattes. Jetzt zerquetschte er seine letzte Kartoffel im Soßenrest und fing an, von Farben zu schwärmen, bis Diehl allmählich verstand, daß es um Farben in Fabrikräumen ging.
Neue Einfälle auf dem Humanisierungsgebiet ließ Jucknitschke sammeln und für die weitere publizistische Auswertung präparieren. Wenn ein Betrieb Arbeiter gewann, sich zu Lerngruppen zusammenzufinden, wenn ein Chef durch Psychotraining mit seiner Mannschaft wieder das Gutenmorgensagen gelernt hatte, wenn eine bekannte Maschine leiser geworden war, Kinder den

Arbeitsplatz ihrer Eltern besichtigen durften, dann ging die Meldung an Jucknitschke.

– Wußten Sie, Diehl, daß man enorme Zufriedenheitsquoten erreicht, wenn man in Fabrikhallen, wo Frauen arbeiten, kantige Formen, möglichst in Orange und Braun, an die Wand malen läßt? Und für Männer runde Formen, möglichst Blau?

Diehl wußte das nicht. Der hat Sorgen, dachte er nur. Nichts wußte er von der beruhigenden, zorndämpfenden Wirkung grüner Wände, wußte nichts vom Einfluß der Farbe auf Ordnung und Sauberkeitswahrung im Betrieb, wußte nichts über die Fähigkeit der Farbe, Lärm und Kunstlicht zu kompensieren.

– Was glauben Sie, sagte Jucknitschke, was man für die Humanisierung noch alles tun könnte, wenn in unseren Fabriken nicht immer an Farbe gespart würde.

Er ließ nicht erkennen, ob er das ironisch meinte. Dieser Eifer ging Diehl auf die Nerven, erst recht an diesem Mittag, an dem er nicht einmal sich selbst zusammenzuhalten wußte. Er sah zu den anderen Tischen, als wolle er Hilfe holen. Human-Rudi wurde still, und Diehl überlegte, ob er wirklich an das glaubte, was er da erzählte, oder ob er nur beflissen über das Thema Nummer eins hinwegreden wollte oder ob es dieser freundliche Tonfall war, hinter dem sich irgend etwas verbarg. Da steckt was dahinter, der verbirgt mir was, so wie er in seinen Tresoren immer was versteckt.

Jucknitschke grüßte und ging, Diehl sah den Humpelschritten nicht lange nach. Die Tresore. Jucknitschke hatte die Aufgabe abzugrenzen, wo Humanisierung systemfördernd ist und wo systemsprengend, und die Untersuchungen über die als gefährlich eingestuften Experimente rückte er nur ungern heraus, berichtete aber manchmal im kleinen Kreis davon.

Am meisten belustigt und irritiert hatte Diehl ein Versuch aus einem Betrieb von einigen hundert Leuten, Teil eines niederländischen Konzerns. Den Arbeitern sollte einmal Gelegenheit gegeben werden, ihre Arbeit selbst zu organisieren – damit sollte unter anderem auch einer dieser sozialistischen Mythen empirisch widerlegt werden. Die Beschäftigten verteilten also die Ar-

beit neu, veränderten die Arbeitsplätze nach ihrer Ansicht von Funktionalität, übernahmen auch die Qualitätskontrolle und so weiter. Die meisten hierarchischen Stufen wurden beseitigt, weil sie den Arbeitsfluß hemmten. So wurde die Hälfte der Vorgesetzten wegrationalisiert. Bei der Instandhaltung wurden ein Drittel, bei der Qualitätskontrolle zwei Drittel der Kosten gespart, gleichzeitig soll die Produktion um mehr als zehn Prozent gestiegen sein. Hätte man das Experiment weiterlaufen lassen, wären noch mehr Vorgesetzte überflüssig geworden – vermutlich deshalb bremste die Konzernleitung rechtzeitig.
Wie viele solcher Studien Jucknitschke im Giftschrank hatte, wußte niemand genau, das war sein Geheimnis, es fragte ihn auch keiner danach, die Menschenführer haben wahrlich andere Sorgen.
Diehl hörte Gespräche mit an den Nebentischen. Sachbearbeiterinnen und Sekretärinnen, ganz im Gegensatz zu Jucknitschke spekulierten sie über Büttinger, wiederholten die Nachrichten zum dritten- oder achtenmal, als spürten sie noch seinen wohlwollenden Blick, seine Nähe, seinen Händedruck, wahrscheinlich hatte er den meisten niemals die Hand gegeben. Fast war zu sehen, wie Geschichten und Legenden entstanden.

Vorbild Büttinger, wie er in Anekdoten lebt, ein Liebhaber des Gebirges. Er bestellt, vor Jahren, zu seiner Zeit als Electricitäts-Vorstand, einen seiner Nachwuchsleute zum Termin frühmorgens nach Bozen, empfängt ihn im Wagen vor dem Bahnhof, befiehlt den Wagen ein Tal hoch Richtung Sella-Gruppe und läßt nah am Fels halten. Büttinger zieht die Montur eines Bergsteigers über, holt Seil und Pickel aus dem Kofferraum, sagt dem Fahrer bis heut abend 18 Uhr Lebwohl und nimmt mit den Worten Dann wollen wir mal! den Pfad Richtung Gipfel. Der verwunderte Jungmanager, der von einer Bergtour nichts gehört hat, trabt hinterher. Die beiden steigen höher und höher. Der Jungmann, in Halbschuhen im Konferenzjackett ohne Handschuhe und am Berg völlig unerfahren, denkt, das wird wohl eine Überraschung oder ein Test werden. Er nimmt sich zusammen, blickt nicht hinunter, konzentriert sich aufs Steigen, auf die Kräfte in den Beinen. Jeder Stein wird ihm zuviel. Die Knie brechen weg, denkt er. Er steigt und friert. Die dritte Stunde ist die schlimmste. Kampf gegen den Schwindel, als Büttinger ihn an einer Felskante mit dem Seil hochzieht. Auf dem Plateau setzt Schneetreiben ein, der junge Mann, durchfroren und langsam durchnäßt, ist fast am Heulen, aber traut sich immer noch nicht, Büttinger um eine Erklärung zu bitten, kämpft sich weiter hinter Büttinger her. Auch der denkt nicht daran, dem Nachwuchsmann mit einem Wort entgegenzukommen. Endlich auf der Hütte, bricht Büttinger das Schweigen und fragt, ob ihm der Aufstieg Spaß gemacht habe. Der andere kann nur sagen: Naja. Mehr könnte er nur unter Tränen sagen, deshalb verdrückt er sich schnell in den Waschraum. Dann Besprechung des Geschäftlichen. Bald steigen sie wortlos ab, noch einmal zwei Stunden. Ein lohnender Ausflug, der damals junge Mann ist Topmann geworden, Vorstand Großbank, und erzählt diese Geschichte gern.

Wie betrübt müssen die Angestellten gewesen sein, daß sie verschont in Frieden gelebt haben so lange Zeit, so dankbar griffen sie auch jetzt noch das einzige Thema auf. Sie konnten sagen, daß sie fast dabei waren, sie waren erleichtert über die neue Spannung in den Nachrichtensendungen, hier war endlich eine Sache, die sie direkt betraf, die sie verstanden und mitfühlten und nach der Wetterkarte nicht gleich wieder vergaßen.
Den Gesichtern war der Stolz abzulesen, daß der Verband in aller Munde war. Seit sie hier arbeiteten, waren sie nie recht beachtet worden, Verband der Menschenführer, was ist das schon gegen Lufthansa Siemens Gerling, gegen Ford oder 4711 oder Köln-Düsseldorfer Schiffe. Jetzt aber jeden Tag in den Zeitungen im Fernsehen, im Gespräch der Nachbarn und wildfremden Brüder nebenan am Biertisch. Sie zeigten Wut, wenn auch nicht mehr so heftig wie in den ersten Tagen, Büttinger austauschen,

Terrorbande aufhängen, Büttinger muß frei. Aber er war immer noch nicht frei, deshalb wuchs das Mitleid, sie waren ihm dankbar, daß er das Mitleid in ihnen weckte, dankbar für die winzige Erlösung, daß sie wieder menschliche Regungen zeigen durften, die einengende Routine endloser Arbeitstage war einmal durchbrochen. Sie waren sogar bereit zur Trauer, aber Büttinger war noch am Leben, das machte alles so schwierig, Trauer um einen Lebenden, wir hoffen für ihn, wir kämpfen für ihn, wir beten für ihn, wir werden ihn retten.

Von alldem hatte Diehl nur den Eindruck, daß denen hier die Entführung irgendwie guttat. Es hörte sich alles so an, als identifizierten sich auch die unteren Mitarbeiter mit dem Verband, so beteiligt und so einig schienen sie. Vielleicht zum erstenmal so engagiert, als sei das hier kein Job mehr, sondern eine Aufgabe, eine Mission.

Schanz stand auf, und Diehl fürchtete, er werde unter dem Vorwand einer Tasse Kaffee an seinen Tisch kommen und wieder von seinen Reserveübungen bei der Bundeswehr schwärmen oder irgendwas Lästiges vorbringen, also floh er unauffällig zum Ausgang.

5

Zwischen Schallschutzwänden trieb Diehl den Wagen vorwärts zum Autobahnkreuz, über die breit klotzenden Betonschlingen hinweg und weiter Richtung Ost Olpe, weg von den Mauern und Hochbauten der Stadt, die im Dunst der Ebene aufgelöst jede Bedeutung verlor. Auch die linke Fahrbahn in die Bensberger Berge war von vielen Autos besetzt, aber es ging zügig die Kurven hinauf, keine zwängenden Kolonnen. Obwohl er den Wagen nicht ausfahren konnte, fühlte er sich stark, den Radiosound stereo im Rücken, und locker im vierten Gang.
Den Vormittag wollte er vergessen und die letzten Tage alle. Diesmal hatte er Frau Majonika gesagt, er müsse zum Zahnarzt. Eigentlich hätte er sich vorbereiten müssen für die Sitzung des Zwölferrats morgen, die neuen Offensiven von Moos, die Kabel-Frage, die Gunst der Stunde. Er wollte in Fahrt kommen wieder, Auslauf, Bewegung, einen Nachmittag mal andere Luft. Nach dem Verkehrshinweis hatte er sich rasch für die Olpestrecke entschieden, die Nordsüdstraßen waren wie immer überfüllt, und Richtung West zu den Grenzen, das gibt wieder Ärger.
Es störte ihn nicht, daß es bald regnen würde, in dieser Ecke hängt der Regen immer zuerst. Diehl nahm sich den Spaß, die Profile der Überholten zu mustern und jedesmal auf den empörten Anti-BMW-Blick zu warten. Alles Neid, alles höhere Verwaltungslümmels, Beamte die sich gleich nach der Geburtstagsfeier verdrücken, lauter Zahnarztpatienten und Frühfeierabendmacher unterwegs, alle schon heim zu Mutti gute Stube warmes Essen eigen Heim in einem der bergischen Riesendörfer da oben. Mit all denen wollte er nichts zu tun haben, das dachte er ohne Verachtung, sie waren ihm gleichgültig wie Rollstuhlmenschen.
Vor Overath ging es abwärts, er kam endlich auf 170. Als bei der nächsten Steigung die Tachonadel wieder zurücksackte, wünschte er in einem schnelleren Auto zu sitzen, im Super-BMW oder Porsche. Du fährst ein aussterbendes Modell, Ro-

land, die letzten Exemplare der 2002-Serie, was taugt die Kiste noch, du fällst zurück, Rallyefahrer Diehl unter Fernerliefen, du wirst bald umsteigen müssen. Der Motor blieb kraftlos, so sehr er jetzt auch Gas gab, er kam bergauf nicht an die Geschwindigkeit heran, die ihm die Vorstellung des Fliegens erlaubt häte. Der alte Gedanke, warum hast du nicht Pilot gelernt, wenigstens Segelflieger im sichersten Element Luft, du Angsthase. Nur Panzerfahren, das kannst du, den Kampfpanzer mit 65 durchs Gelände jagen, das kommt dem Fliegen schon sehr nah und ist allemal sicherer, von Panzergrenadieren überrannt überrannt durchs Gestrüpp, durch Manöveräcker, durch zitternde Dorfkulissen, das Lied, wie fing das an, wie haben wir das gebrüllt, ja heiß war der Tag und eiskalt die Nacht und die Heimat so weit.
Er fing an, das alte Lied vor sich hin zu brummen, Zehn Tage schon in tobender Schlacht und zum Rasten da blieb keine Zeit Tage und Nächte stand nie der Motor wir stürmten und schlugen uns kämpfend vor. Ein bißchen genierte er sich, daß das so ungebrochen aus dem Gedächtnis und über die Lippen kam. Aber hier darf ich doch noch singen, was mir einfällt, in meinem Auto, mit den Panzerkameraden vereint immer die ersten am Feind. Das Lieblingslied des Kompaniechefs, und alle Rekruten schmetterten auf Befehl aus freier Brust den Refrain, Diehl stellte das Radio leiser, Wie einst in Polen und Flandern und im heißen Wüstensand wird ein jeder Feind gestellt bis die letzte Festung fällt und im Sturm drauf und dran von Panzergrenadieren überrannt von Panzergrenadieren überrannt Panzergrenadieren überrannt. Ja die Lieder blieben im Kopf, weil sie so schön schaurig übertrieben und halb verboten waren, aber was wir sonst auswendig lernen mußten beim Bund, alles weg wie Latein.
Steiler die Kurven, und die Wolken waren dichter zusammengedrängt. Hinter jedem Waldbuckel längs der Autobahn ragten Baukräne hervor. Die Berge wurden schwarzgrün, und da sie halb besiedelt waren und die Siedlungen unter Grauschiefer zugedeckt, wirkte alles noch abweisender, schon besetzt, verkauft. Rasch wollte er zwischen den Bergen hindurch, höher hinauf, wo die Gegend vielleicht weniger verteilt oder kahlgefressen aus-

sah. Er hatte noch nicht vergessen, daß er über seinen Seller nachdenken wollte, in aller Ruhe. Diehls Büttinger-Buch, das sollte entschieden werden, pro oder kontra, jetzt oder nie. Am liebsten wollte er einfach nur auf dieser Piste bleiben über Talbrücken fetzen über Täler springen sich mit den Kurven an die Berge schmiegen und weiter weiter die endlose Piste verschlingen hinter sich lassen nirgendwo ankommen außer in der Bewegung.
Jetzt lauter, sang er das Lied noch einmal, das ihn belebte, Tage und Nächte stand nie der Motor. Mit dem linken Fuß schlug er den Takt, streckte die Arme, lehnte den Kopf weit zurück in die Stütze und war mit der Geschwindigkeit zufrieden. Was brauchen wir Panzer, wie einst in Polen und Flandern, ich fahr doch lieber in meiner Kiste nach Polen und Flandern, lächerlich diese vorsintflutlichen Kriege um Landgewinn, wird ein jeder Feind gestellt bis die letzte Festung fällt. Leutnant Diehl ist froh, daß er nicht in diese ungemütlichen Schlachten ausrücken muß, die Wintermanöverkälte hat ihm schon gereicht, kein Bedarf in Feindesland zu frieren oder auf alles ballern zu müssen, das geht an die Eier. Die Festungen sind geschleift, und der Feind ist drüben hinter seinen Mauern und Drähten verschanzt. Wird ein jeder Feind gestellt, zum erstenmal fiel ihm diese Formulierung auf, ein jeder. Da bleibt kein Auge trocken, ganz schön radikal, unsere alten Kameraden.
Der erwartete Regen fing an. Nichts Neues aus den 15 Uhr-Nachrichten. Ich sollte doch den Seller machen, dachte er. Alle fragen nach Büttinger, ich sitze an der Quelle und fahre hier wie ein Idiot spazieren. Das muß eine ganz fixe und solide Sache werden, Büttinger Bündler der Interessen und Verbände, der über allen Branchen und Interessen steht. Das muß eine ehrliche Sache werden, Nazi-Jahre nicht verschweigen, Darstellung des Engagements gerade in schwerster Zeit, immer schon Sinn für Kameradschaft Menschenführung Verantwortung. Das muß eine mitreißende Sache werden, die Story der Karriere Wunderkind der Ruhr Vorstandslöwe Aufreißer der Auslandsmärkte Freund des Fuchses von Rhöndorf und der Füchse von Düsseldorf und des kleinen Mannes vor der Theke, ehrgeiziger Entflechter Verflechter, Büttinger der gewiefte Partner im sozialen

Dialog, Pionier des Personalwesens, Kämpfer gegen opportunistischen Anpassungskurs, Leitbild Integrationsfigur Identifikationsfigur Feindfigur, unser aller Büttinger.
Was weiß ich von Büttinger?
Diehl faßte das Lenkrad fester und fuhr gelassen in den Regen hinein. Die Herbstfarben draußen hatten jeden Glanz verloren, gingen in Grau über, nichts zum Hinsehen. Die Landschaft wie auf Schwarzweißfotos mit wenig Kontrasten.

Büttingers Gesichter. Wie schrumpfte er zusammen, wenn er die Geschichten seiner Freunde hören mußte oder lesen im hämischen Stil der Illustrierten, wenn sein Freund Kliffer wieder mal von einem schreibenden Gangster beobachtet und an den Pranger gestellt war und mit ihm alle Menschenführer. Büttinger schrumpfte zusammen, er wußte, daß diese Geschichten nicht erfunden waren, Kliffer in seinem Stammlokal mit der extra für ihn abgestellten Kellnerin, die ihm das Bier nachreicht, eine Sekunde mit leerem Glas, und schon würde der Herr explodieren, und dann klatscht er nervös in die Hände, und seine Leute wissen, Kliffer verlangt bessere Laune, Kliffer verlangt Musik, in seinem Stammlokal wird exklusiv gespeist und ohne Musik, aber Herr Kliffer verlangt Musik, und aus der Nachtbar um die Ecke kommt dann doch die Spitzenband herbei, 3000 Mark für eine halbe Stunde, die Laune ist gerettet. Kliffer hat seinen menschenfreundlichen Tag, mit seinem Taschenspiegel mustert er unauffällig die Gäste und schickt seinen Sekretär aus, die unterhaltsamsten Damen und Herren an seinen Tisch zu holen, und dann kommt die lang entbehrte Stimmung in die Bude, Kliffer der Rundenschmeißer, Kliffer mit dem Ständer in der Spendierhose, Kliffer der nach alter Väter Sitte die Trinkgläser der frohen Stunde an die Wand wirft oder einfach vom Tisch schiebt, Kliffer der Zecher, Kliffer erbricht sich und läßt sich von seinem Masseur wieder aufmöbeln und in den Rolls-Royce schieben, und das alles hält einer dieser Fotohaie im Bild fest, und die ganze Nation sieht den kotzenden Kliffer.

Da brauchen unsere PR-Chefs wieder Millionen, um die Bilder in den Hintergrund zu drängen, und dann kommt die nächste Story. Wie oft hab ich Kliffer gesagt, sagte Büttinger, er soll sich zusammenreißen in der Öffentlichkeit, er kann von mir aus in Acapulco den Playboy spielen, aber doch nicht hier. Wir müßten für imageschädigende Anhänger eigentlich Konventionalstrafen einführen für die gröbsten Restaurierungsarbeiten an unserm Image. Trotzdem nennt Büttinger Kliffer seinen Freund. Wenn er nicht so reich wäre, sagte Büttinger, wäre er ein besserer Menschenführer.
Diehl wußte nicht genau, ob Büttinger seinen Kliffer nicht doch verachtete. Diehl merkte nur, wie er sich die Wut verkniff und dabei so klein geworden aussah, den Artikel und die Fotos vor sich auf dem Schreibtisch, Büttinger verriet sich mit keinem weiteren Wort.

Was weiß ich von Büttinger? Reicht das, die bekannten Fakten ausschmücken, mit seinen Freunden sprechen, seine frühere Frau interviewen, seine jetzige, seine Vorzimmerdamen, reicht das, seine Reden und meine Reden auswerten und die Privatgespräche? Breit ausmalen die Persönlichkeit, den Charakter, im Vordergrund immer die menschliche Seite, Arbeitsalltag, Ringen um Verständigung mit dem Partner und Gegner, hart in der Sache, aber immer menschlicher Mensch. Das ist es, was wir brauchen, was die Leute brauchen.
In voller Fahrt, im Vertrauen auf die Zuverlässigkeit der Reifen und der Scheibenwischer, dachte Diehl zu merken, daß es nur irgendeine Angst war, die ihn an diesem Projekt hinderte. Vielleicht die Angst, sich den Chef genauer anzusehen, seinem Blick seinen Ansprüchen seiner Sympathie nicht auszuweichen, oder die Angst vor dem Leitbild, vor der Autorität Büttinger.
Aber die Termine, ich muß so schnell sein wie der Markt, unmöglich.
Er beschloß, noch an diesem Tag sich zu entscheiden, für den

Plan oder dagegen, wenigstens das mußte entschieden werden. Erinnerungen zusammenkramen, Büttingers Gesichter, Büttingers Leben.

Büttinger bester Laune im Verbands-Jet von Hamburg nach Düsseldorf. Nachmittags hatte er mit Menschenführern aufgeregt verhandelt, die von Orientierungsrichtlinien abweichen wollten, abends eine zornige Rede in Reeder-Club gehalten, nun nachts im Flugzeug geriet er ins Plaudern über das Stiftungsfest seiner Verbindung, Hasso Rhenania, das ein paar Tage zurücklag.
Sie werden das nicht verstehen, Diehl (klar versteh ich, dachte Diehl), Sie sind ja ein Fink, Sie haben da was verpaßt, mein Bester, Sie glauben nicht, wie gern ich ab und zu in den Kreis der Farbentragenden zurückkehre (Diehl sah die weißen Hosen, die Kanonenstiefel, Jacken mit Schärpe und die Mützen, die schülerfrech schräg gesetzten, leicht vom Kopf zu wischenden Mützen auf erwachsenen Studenten Räten Händlern Investoren). Vielleicht werd ich im Alter ein bißchen sentimental, aber es ist wirklich so, wenn ich der Corona der Alten Herren einsitze, das ist wie ein Vollbad. Klar auch Wehmut und die schönen Erinnerungen, da können Sie von mir aus kritisch gucken, Diehl, aber das war die schönste Zeit im Leben. Vielleicht gerade, weil es auch unruhige Zeiten waren (Diehl versuchte sich vorzustellen: er als Student in den dreißiger Jahren, wieviel hätte er mitgemacht?), das waren Kameradschaftserlebnisse früher, das kann man jungen Menschen heute gar nicht mehr klarmachen. Und wenn wir heute so in der Runde sitzen, was haben wir alles mitgemacht und was sind wir schon durch dick und dünn, da haben wir ein bißchen Sentimentalität verdient, meinen Sie nicht? Da dürfen wir auch mal wieder schamlos ehrlich sein und uns versichern, was wir für prächtige Kerle waren und bierehrliche Burschen (Diehl sah die verkleideten Alten Herren hundertfach aus Altstadtkneipen treten und bei einer Jahresversammlung auf Stühlen sitzen oder bei der Eröffnung der Frühjahrsmesse drei

Viertel der Gäste korporiert bemützt in Farbe – zugegeben attraktiver für Fernsehzuschauer, weg vom graublauen Muff unter den fetten Gesichtern, PR-Gedanke, mal festhalten). Aber mal im Ernst, sagte Büttinger, für menschliche und berufliche Versager war bei uns wirklich kein Platz. Und das hält uns zusammen, auch heute noch.

Das ist ja alles kein Selbstzweck, auch die Sauferei nicht, das ist ja nicht alles. Das Wichtigste für mich ist das Gespräch mit den Jungen, nicht nur wenn ich da Vorträge halte, da lern ich oft mehr als aus unsern Bildungsexpertisen. Wenn wir den Draht zur Jugend verlieren, machen wir Politik im Elfenbeinturm (Büttinger wußte nicht, daß Diehl diesen Draht nicht hatte, weil er sich selber für jung hielt, und Diehl störte dieser Gedanke). Ich versuch den jungen Corpsbrüdern immer klarzumachen, so in vollem Wichs seht ihr schön und stattlich aus und Allgemeinbildung auch in Ordnung, aber damit seid ihr noch gar nichts, wenn ihr nicht wißt, wos lang geht. Sie glauben gar nicht, Diehl, wie naiv die oft sind. Und weil sie ja heute eine echte Minderheit darstellen, geraten sie leicht in einen akademischen Dünkel, den sie als Ärzte oder Professoren von mir aus haben können, aber nicht, wenn sie als Manager und Menschenführer Karriere machen wollen. Ich provoziere sie gern mit Fragen zur Sozialpolitik, null Ahnung haben meine bierehrlichen Burschen, ich rede mit ihnen über Humanisierung und Grenzen des Wachstums, und immer bin ich linker als meine jungen Freunde, und die staunen, sag ich Ihnen. Und dann reiben sie mir zu Ehren noch einen Salamander und kramen ihre Fotos aus der Brusttasche, richtig rührend die Mensurfotos, man sieht übrigens nur noch Farbfotos von den Mensuren, noch so schüchtern und schon so stolz auf das bißchen Blut, die Bengels. Sind schon Prachtkerle. Verzeihen Sie meine Schwärmerei, Diehl, natürlich gibts auch außerhalb der Verbindungen Prachtkerle, ich meine zum Beispiel Sie, Diehl, hier, nehmen Sie noch einen Cognac. Aber ich kann Sie schon verstehen, daß Sie zu Ihrer Zeit das abgelehnt haben, das ist ja nicht leicht heute mit den alten Bräuchen. Vielleicht würde ich mich heute auch nicht mehr drum reißen, meine Bestimmungsmensuren so blendend wie möglich zu absolvieren.

Und dabei war ich immer Feuer und Flamme und hatte alle Ränge und Ehren.
Na prost, sagte Büttinger, der fröhliche Student, und lachte Diehl ganz offen an.

Die christliche Sülze der fünfziger Jahre konnte Diehl an Büttinger nicht ausstehen. Dieser Ton à la Der Menschenführer sollte ein Mensch mit Herz sein, das hat Büttinger doch nicht nötig. Der konnte plötzlich vom Redemanuskript abweichen und ausschweifen, Herz läßt sich nicht lernen, man muß es eben haben, Wohlwollen Verständnis Toleranz. Diese Soße servierte er nicht nur vor Sozialfunktionären, nicht nur im Angesicht der Vertreter beider Konfessionen. Vor jeder Handwerkskammer konnte er ins Philosophieren geraten, wie richtig die Härte in der Sache und wie wichtig im menschlichen Miteinander das Band der Menschlichkeit.
Immer noch ärgerte sich Diehl, daß die berühmteste Büttinger-Rede immer noch die Führungs-Grundsatzrede war, ganz in dieser ethischen Terminologie gehalten. An der Rede hatte Schanz mitgepfuscht, Diehl war damals noch nicht entdeckt als Ghostwriter, aber das meiste hatte wohl Büttinger selber zusammenphilosophiert, Tenor: Führen sei Dienen, Führungsneigung gehe aus der Bereitschaft zum Dienen hervor. Führen heiße nicht befehlen, sondern eine gemeinsame Willensanstrengung hervorrufen. Wer führe, müsse mitreißen. Das verlange Passion und Pflicht, die Einheit des Handelns des Betriebes herzustellen, ja zu verkörpern. Das verlange innere Würde, die den Führenden im Erfolg zügelt und vor Übermut bewahrt. Führen sei Dienen, die Bereitschaft, die Person unter eine Idee zu stellen und so weiter.
Wenn er, überlegte Diehl, damals schon oben gewesen wäre, was hätte er mit diesem Rede-Auftrag gemacht? Vielleicht hätte er kurz versucht, Büttinger die Sache auzureden, das klinge alles so nach Rechtfertigungen, als ob die Menschenführer Anlaß hätten, ihre Führungsaufgaben zu legitimieren. Dann hätte er, still

fluchend, die Rede zusammengebaut. Er hatte schließlich schon als Volontär gelernt, wie man über Ereignisse hautnah berichtet, die man nur aus dem Fernschreiber kennt, wie man Formulierungen von anderen präzisiert, wie man Überzeugungen leidenschaftlich vertritt, auch wenn man sie nicht hat.

Das große A. Der Regen ließ nach, und Diehl erreichte die Höhe, von der man endlich Aussicht nach beiden Seiten hatte, hinab auf die umliegenden Berge. Als der Regen plötzlich ganz aufhörte, bremste er vor einer Parkplatzeinfahrt und bog rechts ein.
Er stieg aus, rauchte und blickte wie zum erstenmal auf die nahen und vom Regen grau verschlossenen Buckelberge und auf das Gefleck der Baumwipfel, über die aufgerissene Wolken hinwegstreiften. Diehl ist kein Mensch, der sich in Landschaften vertieft. Er liebt die leeren Gegenden als Rallyemann, sucht die optimalen Durchfahrtswege ohne Rücksicht auf grüne schöne Strecken und braucht auf den kurvigen Landstraßen durch wellige Täler die volle Konzentration für die Ideallinie. Die Täler hier waren menschenlos, Wolken drückten sie zu, nicht einmal Straßen zu sehen.
Dahinten irgendwo war er im vorigen Jahr seine letzte Rallye gefahren, Herbstrallye der Amateure des Gaues Köln, und hatte den Alfa in einer dämlichen Kurve im vollen Drift, in einem mißglückten powerslide-Manöver gegen eine Bergische Steinwand gesetzt. Die Serviceleute hatten die Kiste nicht mehr flottbekommen, das war ein klägliches Aus im Bergischen Nieselregen. Nur mit einem vorderen Platz hätte er für die nächste Saison wieder Sponsoren finden können und einen Autohändler, der den Wagen stiftet. Ohne Geldgeber bist du verloren, und Freund Poll, mit dem er lange gefahren war, steckte sein Geld nur in die eigene Kiste. Wenn er doch, dachte er jetzt, wenigstens einmal bis zum großen A gekommen wäre, das für Abandon, Aufgegeben, auf der riesigen Namenstafel vor dem Sporting Club Monaco stand, aber er hatte es in seiner Karriere nicht einmal zur Starterlaubnis für die Monte gebracht, nie genug Punkte auf deutschen Straßen

erkämpft, und nach Jahren Training, nach ein paar beachtlichen Plätzen und viel Pech nun dieser Abgang. Auf den Siegerlisten im Club war der Name Roland Diehl nicht mehr zu finden, auch nicht unter Fernerliefen.
Eine unwirtliche Gegend, angefressen vom Regen und vom unerbittlich aus Westen zubeißenden Wind. Nichts, was ihn hier festhalten könnte, auch nicht bei Sonne Frühling Himmelblau. Erst jetzt fiel ihm ein, daß Büttingers Jagdrevier hinter den Bergen im Süden lag.
Es war still. Nur auf der Autobahn zischten Reifen über den nassen Asphalt, aber diese Geräusche paßten in die allgemeine Reglosigkeit, ohne diese Geräusche und den entspannten Ton der Motoren im Hintergrund hätte er es hier nicht ausgehalten. Tief in der Talsenke entdeckte er Scheunen unterm Grauschiefer. Wie erschossen lagen Kühe auf einer Wiese. Scheunen sind Verstecke. An Büttingers Versteck wollte er nicht denken, lieber an Büttinger den Jäger, den Schützen, Büttinger der sich wehrt.

Büttingers Revier. Auch Diehl war schon mit Büttinger auf Pirsch gewesen. In der Freizeit spielt Büttinger gern den Patriarchen, lädt für Samstag oder Sonntag früh einen Abteilungschef oder einen jüngeren Aufsteiger zur Jagd. Eine Gewohnheit aus seiner Zeit als Vorstand bei der Electricitäts AG, Tests für Führungsverhalten, Persönlichkeitsmobilität, das weiß jeder im Haus, deshalb sind die Einladungen nicht sehr beliebt. Mit dem Chef auf dem Anstand sitzen während der besten Schlafzeit und meistens schweigen müssen, um das Wild nicht zu verscheuchen, das halten viele mehr für Strafe als für Stress. Büttinger geht es nicht nur um den Test, ein guter Menschenführer ist auch ein guter Waidmann, sondern er will, da seine besten Freunde zur gleichen Zeit in ihren eigenen Revieren sitzen, einfach nicht gern allein sein, auch nicht Alleinherrscher einsam in seinem Jagdbezirk. So herrscht er gesellig übers Wild und über den noch von der Frühe schockierten Mitarbeiter. Offen sagt er, er wolle auf der Fahrt, beim Anmarsch oder auf dem Ansitz flüsternd mehr mitkriegen von seinen Leuten als in der täglichen Routine. Dabei ist der Anmarsch nur kurz, dank Sondererlaubnis zur Benutzung der Forstwege wird der Chefwagen bis kurz vors Revier chauffiert, und die Bewacher bleiben beim Wagen im Gebüsch.

Büttinger guter Schütze, Jäger mit der Doppelbüchse, mit dem guten Auge in der Dämmerung, in seiner Nähe hatte Diehl ein sicheres Gefühl. Er hörte dem Chef gern zu, sogar über Rehkitzen und chinesische Ringfasane, wenns sein mußte. Dieser Chef denkt nicht Schema F, jedesmal tun sich neue Gedanken neue Horizonte auf, kreatives Binnenklima auch auf den Waldwegen. Dafür, redete sich Diehl ein, steh ich zweimal im Jahr in der Nacht auf, pirsche um vier oder halb sieben mit meinem Herrn und Meister, der mir eine seiner Flinten leiht, durch den Wald, dafür friere ich auch mal aufm Hochsitz. Büttinger der Fachmann der Waidmann sagte, kein unsicherer Schuß, das ist Prinzip, erst müssen Sie ganz sicher sein, Diehl, auch ein Jäger hat die Technik völlig zu beherrschen.

Sogar mit Pistolen hatte Büttinger Erfahrung aus Verbindungszeiten, wer hatte die Story erzählt, Büttinger nicht. Der sprach zwar von hoher Ehrauffassung im Corps, von Mensuren als Bestandteil eines stark von Idealen geprägten Erziehungsprogramms, das Mut Bewährung Sportsgeist verlange, aber von Pistolen sprach er nicht und selten vom Corpsbruder Stock. Der hatte damals Satisfaktion zu verlangen und forderte Pistolen, und Büttinger trug Stock die Waffen in Herbstesfrühe die Lahnberge hinauf, der Gegner, ein Glück, nur am Arm verletzt.

Auf dem Hochsitz, Büttinger sah dösend aus, völlig entspannt, Augen geschlossen, aber er schlief nicht. Wenn ich auf ihn anlegen würde, wär er sofort hellwach. Und als sich im Gebüsch, für Diehl unhörbar, etwas regte, waren Büttingers Augen schon auf. Verständigung durch Nicken, als auf der anderen Seite der Lichtung der Rehbock stehenblieb und nur die Lauscher bewegte. Büttinger gab dem Tier die Chance, mit Reflexen und Instinkten auf die Gefahr zu reagieren, doch als es sich nur äsend langsam fortbewegte, legte er die Büchse an. Jetzt muß er die Überlegenheit in sich spüren, dachte Diehl, die Überlegenheit des Menschentieres Steinzeitmenschen Schützenkönigs. Das Tier in Büttingers Fadenkreuz, und Büttinger ganz locker genießt jede Zehntelsekunde. Vielleicht haben die Jäger recht, hier kannst du dich anders verhalten als in deiner normalen lärmenden hektischen Umgebung, der Rehbock in reiner Anmut sich bewegend lebend, der Belastung des Alltags dich für kurze Zeit völlig entziehen. Büttinger sah das Tier atmen, Diehl durch den Feldstecher sah das Tier atmen. Jetzt wird er abdrücken. Der Mensch als Jäger ist der wertvollere Mensch, weil er den Gedanken an den Tod nicht verdrängt, hat Büttinger einmal Ortega zitiert. Drück ab, warum schießt er nicht. Er muß erst ganz sicher sein, zu früh schießen verdirbt alles, vielleicht ist die Entfernung doch zu groß. Er muß erst ganz sicher sein. Es war die Geschichte überliefert, mündliche Büttinger-Anekdoten, als Büttingers Vorgänger Büttinger fragte, ob er das Amt des stellvertretenden Menschenführerführers übernehmen wolle, Gespräch in einer Nische im Palais Schaumburg, da sagte Büttinger grundsätzlich zu, bat aber um vier Tage Bedenkzeit, er müsse zuerst mit Gattin nach Indien fliegen, zu einer Tiger-Jagd geladen, und der Vorgänger witzelte, gar keine schlechte Vorübung, lieber Büttinger. So kam er ins Amt, so kam er auf diesen Hochsitz, so kam Diehl zu diesem Erlebnis. Schießt er lieber Tiger, warum schießt er immer noch nicht? Kein unsicherer Schuß, Prinzip des Waidmanns. Da wollte Büttinger endlich das Tier besitzen, sein Wille entschied, ein saftiger Knall. Der Bock sprang ins Dickicht, sah nicht verletzt aus, nicht getroffen. Auch der junge Rauhhaardakkel konnte ihn nicht finden, Büttinger entschuldigte den Hund, der ist noch jung, der ist noch nicht spursicher.

Einmal auf dem Rückweg fragte Diehl, was seinen Chef so fasziniert an der Jagd. Da besann der sich und sagte: In meinem normalen Leben bin ich gewohnt, Anweisungen und Ratschläge zu geben, und die Leute richten sich im allgemeinen danach. Aber hier muß ich mich daran gewöhnen, daß sich auf meine Anweisung hin nicht das geringste ereignet.

Eine Bewegung schreckte Diehl, auf der leeren Wiese unterhalb des Parkplatzes, etwas Weißes. Aber es war nur eine Zeitung, die der Wind trieb, über Maulwurfshügel, lauter Maulwürfe, hier ist ein Maulwurf Amok gelaufen. Doch die Zeitung sah trocken aus, auch hier hat es eben geregnet, die muß doch naß sein, außer mir ist niemand auf dem Parkplatz, da stimmt was nicht. Weiter rechts lagen aufgeforstete Parzellen mit winzigen Fichten, die wie schwarze Bartstoppeln ins Freie ragten. Unten kroch auf einmal ein Zementlaster über einen Hügel, rund ein Kilometer Luftlinie, die Aufschrift Readymix Zement war zu erkennen, dann tauchten drei Männer mit weißen Bauhelmen auf der Kuppe auf, und weithin leuchteten ihre gelben Jacken und Gummistiefel. Diese Kontraste kamen ihm verdächtig vor, da tut sich was, auch da stimmt was nicht, wer tarnt sich da. Das Bild mit den provozierend langsam laufenden auffälligen Männern und dem näherkriechenden und immer noch nicht zu hörenden Zementlaster in einer Gegend ohne sichtbare Baustellen irritierte ihn. Er verbat es sich, länger hinzusehen und länger darüber nachzudenken, du kannst ja verrückt werden bei so was.

Er setzte sich ins Auto, ohne Lust weiterzufahren, suchte eine Cassette, warf News of the world von den Queen ein. Gleich ging es los mit dem dröhnenden Händeklatschen We will we will rock you. Die Leute da unten im Auge behalten.

We are the champions, der Hit des Jahres bei Roland Diehl, immer wieder gehört in den letzten Monaten, ein Präsent von Tina. Und jetzt voll aufgedreht im Auto, den Zementmischer im Blick, unter den regenschweren Wolken auf den bergischen Höhen, I've paid my dues – time after time – I've done my sentence but committed no crime – and bad mistakes I've made a few – I've had my share of sand kicked in my face – But I've come through. Immer wieder riß ihn der Chor des Refrains mit, das wohlige Stampfen der Bässe in den Ohren, manchmal sang er mit, We are the champions – my friends – And we'll keep on fighting – till the end – We are the champions – We are the champions – no time for losers – cause we are the champions – of the world. Immer wieder nach diesem klaren und satten Refrain, immer wieder, wenn der Leadsänger mit seiner hohen, fast fistligen Stimme einsetzte, fing bei Diehl ein Augenblick Unsicherheit an, irgendwas an diesem einfachen Text würde er nicht richtig verstehen oder mißverstehen, I've taken my bows – and my curtain calls – You brought me fame and fortune and everything that goes with it. Und das war dann wieder leicht zu vergessen in der Wiederholung, siegesgewiß, We are the champions – we are the champions – no time for losers – cause we are the champions – of the world.

Weltmeister Diehl ohne Ziel auf dem Autobahnrastplatz, jetzt hatte er die Männer draußen und den Zementlaster aus den Augen verloren. Er stieg aus, ging bis zu dem Maschendrahtzaun vor, aber er konnte sie nicht mehr entdecken. Die gebuckelte Gegend schwieg. Kahl trotz all der Bäume und Büsche und abweisend war alles.

Von dieser Düsternis wollte er sich nicht länger anstecken lassen. Schluß mit der Spinnerei, sagte er sich, immer wenn du irgendwo stehen bleibst, geht dir die Phantasie durch, Scheiß-Champion. Du mußt dich entscheiden, was du mit Büttinger machst.

Dann fuhr er los, trat wild entschlossen aufs Gas, nahm sich vor, einen Kaffee irgendwo zu trinken, wenns sein muß in Olpe.

Ob Büttinger Nazi war, wen interessiert das heute. Aber wenn man das wegläßt, sieht es nach Vertuschen aus. Natürlich war er einer, damals, das hat er immer und oft mit Stolz zugegeben und hat dabei nie vergessen, das Wörtchen damals zu betonen. Aber auch damals hat er sich schon für die Allgemeinheit eingesetzt, ist nie ein bequemer Mitläufer gewesen. Also: Wie er Nazi war, das ist wichtig. Um den ganzen Büttinger zu verstehen, müßte man da ansetzen, Diener fürs Gemeinwohl soweit die Verhältnisse es zuließen, müßte man ihn als Sozialpolitiker würdigen, der er auch damals schon war, was weiß ich von Büttinger?

Als die ersten Angriffe auftauchten wegen seiner Vergangenheit, rief er uns zu sich, angenehm kontrolliert wie immer, und gab die Parole aus: Keine Panik, ich hab nichts zu verbergen, ich stehe zu dem, was ich damals getan und geschrieben habe. Niemand im Verband braucht beunruhigt zu sein, wenn sich irgendwelche Trottel über ein Papier aufregen, das ich mit Heil Hitler unterschrieben habe.
Sie sollen wissen, meine Herren, daß ich in der Schutzstaffel war, aber an keinerlei Verbrechen beteiligt. Ich war sozusagen einer der vielen Bürovorsteher bei Fritz Todt. Wir hatten für deutsche Betriebe zu sorgen, wir mußten alles umkrempeln. Da das auftragsgemäß rasch gehen sollte, war es oft eine ziemlich gewaltsame Aktion, das würde ich nie beschönigen. Ich kann auch nicht ausschließen, was heute behauptet wird, daß einige widerspenstige Leute ins KZ geraten sind, aber das war nun wirklich nicht mein Ressort.
Es ist auch richtig, daß ich später für die industrielle Betreuung im Raum Litzmannstadt zuständig war. Wir haben versucht, Ordnung in das polnische Chaos zu bringen, vor allem den Einsatz der Arbeitskräfte zu effektivieren. Wir haben sogar Lohnerhöhungen durchgesetzt und Kantinen geschaffen. Die Leute, die mich heute mit Hinrichtungen nach Sabotageakten und mit Geiselerschießungen bei Betriebsappellen in Verbindung zu bringen versuchen, haben von der Nazi-Bürokratie nicht die geringste Ahnung. Diese Dinge waren allein Sache des SD und der zuständigen SS-Verbände, wir als Wirtschaftler hatten darauf nicht den geringsten Einfluß.
Und noch etwas, meine Herren. Ich habe keine Schwierigkeiten zuzugeben, daß ich damals ein Nazi war, damals. Es war für mich die einzige Möglichkeit, die Älteren unter Ihnen werden das noch wissen, vernünftig zu arbeiten, alles andere wäre Selbstbetrug gewesen. Daß ich einwandfrei entnazifiziert wurde und daß mir bei späteren Besuchen in Warschau und im ganzen Ostblock keinerlei Vorwürfe gemacht wurden, wissen Sie.
Meine Devise: Wir lassen die Angriffe ins Leere laufen, kein Dementi, keine Bestätigung, das verläppert sich alles von selbst. Ich

habe Sie informiert, meine Herren, damit Sie nicht nervös werden, damit Sie nicht denken, wir hätten irgendwas zu verbergen.

Das Café Jägersruh an der Bundesstraße kurz vor Olpe war ein Neubau, groß wie ein Kleinstadt-Wartesaal und leer. Alle Ecktische besetzt, dazwischen Maximalabstände. Ein bärtiger Mann hielt sich hinter einer Lokalzeitung versteckt, zwei Frauen, die unter ihren Hüten thronten, redeten mit sehr langsamen Mundbewegungen aufeinander ein. In einer anderen Ecke eine unordentliche Greisin vor einem Teller mit Kuchenresten, ein Vertreter über seinen Listen, und an den Rand gedrängt im großstädtisch dunkelbraunen Cordanzug Roland Diehl. Jeder saß für sich, damit er unberührt jeden beobachten konnte. Aus den Lautsprechern erst Musik, dann Kurznachrichten. Das Radio war so leise eingestellt, daß Diehl nur die Formulierungen verstand, die er vor einer Stunde schon gehört hatte und nun von den Nachrichtensprechern erwartete, Entführungsfall Wurde nicht bestätigt Der amerikanische Präsident Die Aussichten für Nordrhein-Westfalen Auf der A 3 zäh fließender Verkehr. Es hörte niemand hin.
Die Frau, die den Kaffee gebracht hatte, stand an der Theke herum und flüsterte mit einer älteren Frau, wahrscheinlich der Chefin. Natürlich fall ich hier auf, dachte Diehl, alle jüngeren ortsfremden Einzelreisenden fallen sofort auf, ich hab nicht mal einen Musterkoffer dabei. Alle verdächtig, die nicht im Rentenalter oder in Rudeln auftreten. Ich brauch mich gar nicht als Neandertaler verkleiden und Playboy lesen, ich fall auch so auf.
Jetzt fangen sie alle an, ihre Gedanken zu bewegen und mich mit den Terroristenbildern zu vergleichen. Warum soll ich hier nicht auffallen, es macht mir Spaß aufzufallen. Wie würde ich aussehen, wenn ich als Terrorist hier säße, im Cordanzug, gepflegter Schnurrbart, Haar gescheitelt nicht zu kurz nicht zu lang, ein schneller Wagen draußen, alles paßt, ich würde hier Kaffee trinken und so tun, als ginge mich die ganze Welt nichts an, Roland

Diehl Terrorist. Was würde ich tun, auf jeden Fall würde ich nicht so dilletantisch vorgehen, höchstens zwei Leute umlegen, ab drei setzt die Reizschwelle ein, wird Sympathiereservoir erschöpft, das kann tödlich sein, ich würde vielleicht auch Büttinger aussuchen, Büttinger ist ein gutes Objekt. Ich würde also hier im Café sitzen, mein Auftrag Gegenobservieren, die Observierer Fahndungsgruppen Mobilen Einheiten observieren, ob verdächtige Personen sich unserm Nahbereich nähern. Nein, Beobachten ist nichts für mich, langweilig, bin schließlich kein Mann, der den ganzen Tag aufs Wasser glotzt wie ein Angler und wartet bis sich was tut, ich brauche Bewegung, immer unterwegs, immer auf Trab auf Zack. Mein Auftrag, Briefe und Botschaften transportieren und unauffällig abgeben, auch das ist es nicht, Chefdenker Cheflogistiker Diehl ist doch kein Briefträger.

Mein Auftrag Bewachung und psychologische Kampfführung, ich werde mir einreden, mein größter Feind heißt Büttinger, ich bewache ihn, einmal wird es umgekehrt sein, einmal wird Büttinger von Diehl abhängig sein und wird sich verändern, vielleicht ein schwermütiger Alter, nicht wiederzuerkennen, Büttinger ist mein Feind. Zuerst werde ich ihn besoffen machen und einen Nachmittag ausführen zur Belohnung, weil er sich hat weichmachen lassen von mir, ausführen in sein Jagdrevier, da sucht ihn niemand. Wie einen Hund werd ich ihn durch den Wald führen an der Leine und an einer Lichtung anhalten und mich verstecken. Büttinger wird sich nach allen Seiten umblikken und mich suchen, mich brauchen, mich. Er wird mich rufen mit versoffener Stimme, er wird sich mehrmals drehen und schwindelnd fallen. Wenn er aus seinem Mantel eine Jagdflinte wickelt und wie ein Betrunkener lallt: Komm her, Diehl, es geht wieder los! Wo bleiben die Jagdfreunde? Immer muß ich alles allein machen! dann werde ich immer noch nicht auf ihn zugehen, dann werde ich nicht nähertreten und den Spuk beenden. Und wenn er aufsteht und torkelnd die Lichtung abschreitet, wenn er sich liebevoll den Bäumen zuwendet, als wolle er alle umarmen, wenn er sich enttäuscht wieder fallen läßt, im Sitzen einen Hasen schießt häutet ausweidet brät, Feuer im Wald, auch dann werde ich geduldig zusehen von meinen Versteck aus und endlich lernen, ich habe mit Büttinger nichts zu tun, Büttinger ist mein Freund nicht und auch nicht mein Feind, mein Auftrag Bewachung.

Wenn er einen langen Schluck aus der Cognacflasche nimmt, sich mühsam auf die Beine stellt und schleppend, in tiefen Gedanken auf den Hochsitz am anderen Rand der Lichtung zubewegt und so hinaufklettert, daß es wie Hinabklettern aussieht, endlich oben ankommt und sich hinstellt, die Arme aufs Querholz gestützt, dann werde ich wie immer, wenn ich ihn so pumpen sehe, eine aktuelle Mahnung, eine Rede erwarten, und er wird etwas reden, was nicht von mir ist und was ich kaum verstehe, dazu seine lallende Stimme und der leichte Gegenwind. Wahrscheinlich wird er sagen, werde ich hören:

Kein Tag ohne gute Tat, Pflicht rotarische Brüderlichkeit, meine Rede die Tat, solang ich lebe verlieren wir nicht, ich könnte diesen Wald anstecken und käme doch lebend heraus, ich verlaß euch nicht, ich eröffne nächstes Jahr hiermit die Messe, habt noch Geduld ihr Lümmels, ich helf euch, ich steige herab, weil du mich gesucht hast, Roland, und gefunden und mir zugehört hast als einziger hier im Wald, komm raus da hinterm Baum, brauchst dich nicht zu verstecken, oder schämst du dich, weil du mir gefolgt bist, weil du mich ernst nimmst als einziger, komm her, mein Sohn, laß uns anstoßen.

Ich werde ihm nicht entgegenkommen, ich falle auf diesen Trick nicht herein, er ist mein Gefangener, ich brauche ihn nicht, aber er braucht mich. Je länger ich seinen Lockungen widerstehe, desto stärker werde ich mich fühlen. Ich werde dem Kerl das Maul stopfen, ich kann mich nur retten, wenn ich ihn kneble, auch in den stillsten Wäldern gibt es Zuhörer, ich will keine Zeugen unseres Zweikampfes. Der ist schon gar nicht mehr Büttinger, das ist kein Menschenführer, das ist vielleicht ein alter Schauspieler, ein Landstreicher, ein Waldschrat, ich laß mich von dem nicht länger zum Narren halten, wenn ich ihn jetzt nicht erwische, kommt er morgen wieder und macht mich auch noch verrückt. Genug der Spuk, ich kann mich nur retten, wenn ich ihn töte. Ein Schuß wird sich lösen, vielleicht werde ich mich wundern,

daß ich eine Pistole in der leicht schwitzenden Hand halte. Der Waldmensch wird vornüber fallen, krachen wird das Gerüst des Hochsitzes, im Zeitlupentempo wird der Alte in die Tiefe sakken, auf weichen Nadelboden. Er wird noch einige Minuten leben, schwer atmen, kalter Schweiß, sich ans Herz greifen, kotzen, Mantel und Anzug zerrissen, keine Anstregung mehr machen aufzustehen, versoffen vergiftet erschossen ohne Kräfte. Ich werde zusehen, ich bin der einzige Zeuge. Eindeutig Herzinfarkt, eindeutig Jagdunfall, eindeutig finaler Rettungsschuß, eindeutig Alkoholvergiftung. Vierfach tot, genügt das?
Nein, Herr Kommissar, diesen Mann kenne ich nicht.

Leider bin ich kein Mörder, dachte er, wie oft hab ich schon mit ihm gekämpft, aber leider bin ich kein Mörder, vielleicht säß ich dann ruhiger auf meinem Arsch. Leider hab ich keinen Auftrag. Als Terrorist wäre alles einfacher, ja lach nur.
Er bestellte den zweiten Kaffee. Im Ernst, ein klarer Auftrag, und alles hätte wieder seinen Sinn. Ein Ziel, und alles wäre wieder im Lot. Die Wahrheit liegt nicht immer in der Mitte, hast du Büttinger mal in eine Rede geschrieben, einer deiner irgendwo abgeschriebenen und oft zitierten Allgemeinplätze. Keine Ahnung, wo die liegt, deine Wahrheit, du weißt schon nicht mehr, was falsch und was richtig ist und wo der Sinn liegt außer im Gasgeben. Du weißt nur noch, daß du oben bleiben mußt, dafür gibt es Regeln und Gesetze, an denen kannst du dich orientieren, das gibt dir den Halt. Bleib oben und mach dir nichts draus, daß du allein bist und keiner was mit dir zu tun haben will, für die einen bist du zu weit oben, für die anderen zu weit unten, niemand identifiziert sich mit dir, du bist was Besonderes, also mach was aus dir.

Als die Bedienerin den Kaffee ohne ein Wort hinschob und Diehl den Blick von den goldgerahmten Blumenstilleben und der Werbepappe für Mozartkugeln nahm und die Frau einen Moment lang abschätzig musterte, weil sie ihn sicher als Terroristen oder mindestens als Eindringling verdächtigte, da sah er sich plötzlich unter Nomaden, die gleiche Situation vor zwei Jahren in der Wüste. Die Abenteuerreise per Landrover und Kamelrücken durch die Sahara führt die Urlauber des Ocean Clubs auch zu der Attraktion Nomaden, zwanglose Gespräche mit den Wüstenhirten, die Frauen servieren Kaffee. Mit der gleichen Geste wie eben und mit diesem Blick hatte ihm die Frau wortlos und abschätzig die Kaffeeschale gereicht. Er hatte das auf einmal verstanden, denen waren einfach zu viel Menschen in der Wüste, und Fremde und Touristen erst recht überflüssig, genau wie hier, in der Olper Wüste. Ihm war es genauso gegangen, er fand die anderen überflüssig, sogar die Nomaden, denn er hatte sich gerade in die Wüste verliebt, drei Tage auf Kamelen (erst der dritte Tag fängt an Spaß zu machen, konnte er in Köln erzählen) zwischen Sandwüste und Salzwüste im Treck geschaukelt, er hatte, vom Oasenbrunnenwasser erfrischt, den Rausch der rötlich schimmernden Landschaft entdeckt, wie tagelanges Reiten über Frauenhaut, war der ständige Gedanke, und die leuchtenden Steine, der kompromißlose Sand, die zäh kämpfenden Pflanzen. Da fühlte er sich unerwartet wohl, wollte aber auch hier weiter, immer weiterreiten im Landrover nach Süden auf Wüstenpfaden ohne die Abenteuertouristen ständig vor dir oder hinter dir, alle überflüssig, ja im Landrover allein mit Beifahrerin oder Beifahrer bis ans Ende der Wüsten, Diehl der Wüstenfuchs. Jeder war hier überflüssig, kein Körper paßt zum andern, das hatte ihm die Nomadin zu verstehen gegeben.

Die ganze Woche hatte er noch mit keinem Menschen geredet, die paar Sätze mit Tina, mit der Majonika, mit Moos zählten nicht. Das fiel ihm jetzt auf, als er in Olpe saß und allein. Das war nichts Besonderes, das war oft so, redete er sich ein, was gibt es schon viel zu quatschen und mit wem. Von Tina aber wollte er mehr, vor allem mehr als reden, ihre Verweigerung seit dem

Krach neulich wurde allmählich affig. Das soll sich ändern, wenigstens das, das ist mein Programm für heute, Tina.
Sofort stand er auf, ließ sich das Telefon über die Theke reichen, wählte den Verband an. Tinas Apparat besetzt.
Nachdem er sich wieder gesetzt hatte, rief er die Bedienerin, an der er eben vorbeigelaufen war, zum Zahlen. Vielleicht bin ich nur hierhergefahren, weil ich nicht Richtung Eifel fahren wollte, genug Eifel im Kopf. Vielleicht brauch ich wirklich Urlaub, Ruhe.
Er fühlte, wie etwas von ihm abblätterte. Wenn er weitergedacht hätte, dann hätte er vielleicht gemerkt, auf welchem Tiefpunkt er sich schon bequem eingerichtet hatte. Die Unruhe seiner Erfahrungslosigkeit trieb seine Gedanken nur unsystematisch weiter, und so blieb er, wo er schon lange sich eingerichtet hatte, im Kokon seiner Omnipotenz. Er merkte nur schwach, wie er gegen irgend etwas rebellierte, vielleicht nur gegen sich selber, und wie gern er etwas gegen jede Unruhe getan hätte, etwas ganz Eindeutiges, Unwiderrufliches, etwas, das keine weiteren Gedanken erforderte. Diese Cafébesucher wegschießen, ein anständiger Amoklauf, ein Haus sprengen, mit achtzig gegen eine Betonwand, mit Tina bumsen oder mit einer andern, Büttinger auf diesen Stuhl zaubern, eine Goldmine auftun. Oder bescheiden in die liberale Partei eintreten, damit du ein paar Menschen ohne Wenn und Aber deine Freunde nennen darfst.
Es war ihm zu dumm, Tina hinterherzurufen. Eh mir hier die Räder abfallen, sagte er sich, fahr ich zurück, in die sichere Stadt.

Immer Meister der Situation war Büttinger, Diehl hatte das zum erstenmal bewundert am Abend einer Tagung. Hotel im Taunus, eine Runde von acht oder zehn Herren um den Kamintisch, an dem auch Büttinger saß, schon müde, aber immer wieder angesprochen von den jüngeren Herren, die sich in seiner Nähe sonnten und die Aufmerksamkeit des Chefs aller Chefs erkämpften und, endlich auf das Thema Studenten und Universitäten gestoßen, sich nun zu überbieten versuchten im Lamento

über die Radikalen, staatlich geförderte Systemfeinde, über erschreckenden Niveauverlust. Da räusperte sich Büttinger, schwenkte den Cognac in seinem Glas, da wurde es stiller, so erinnerte sich Diehl, und sagte ungefähr das, mit gleichbleibendem Lächeln:
Was mich angeht, manchmal kann ich die Studenten verstehen, wenn sie auf die Straße gehen, wenn sie Forderungen stellen, wenn sie nicht gleich zufrieden sind. Seien wir doch mal ehrlich, wir waren doch nicht viel anders, wir haben doch auch das Maul aufgemacht, jedenfalls unsere Generation. Viele der jungen Leute heute haben durchaus ein ausgeprägtes Sozialgefühl, und das bringt sie in Bewegung. Heute wird das nur alles fehlgeleitet, hin zu Chaos Kollektivismus Leistungsverweigerung. Unsere Politiker wissen nicht mit den Gefühlen der Jugend umzugehen und sie richtig zu steuern, die Professoren noch weniger, und wir Menschenführer offenbar auch nicht, das sollte uns zu denken geben, daß wir als Vorbilder so wenig wirksam sind.
Einer fragte Büttinger, wie ernst er das meine, daß er nicht viel anders gewesen sei als die Chaoten heute. Lachen.
Das dürfen Sie morgen der Bild-Zeitung erzählen, sagte Büttinger, jetzt ganz wach, und kostete seinen Witz aus. Also, was ich meine, sagte er, als das Lachen abgeklungen war, wir waren insofern nicht anders, als wir auch dieses Gefühl hatten, das ich Sozialgefühl nenne. Auch wir waren mit dem Bestehenden nicht zufrieden, aber, und das ist der große Unterschied, uns hat man im Prinzip in die richtige Richtung gelenkt, auch wenn es in der Ausführung dann arge Auswüchse gab und wir letztlich auch fehlgeleitet wurden, wie wir später gesehen haben. Aber besser fehlgeleitet, als überhaupt nicht geleitet, denke ich manchmal. Worauf ich hinauswollte, für uns waren soziales Denken und Leistungsdenken noch kein Gegensatz. Wir gingen als Studenten sogar in die Fabrik, aber nicht um Stunk zu machen, sondern um den Arbeitern einen Krankenurlaub zu ermöglichen, wir sind alle selber mal Fließband gewesen, gewissermaßen, keine schlechte Erfahrung.
Das war praktizierte Humanisierung, meine Herren, wir haben eben nicht nur das Maul aufgemacht. Wir haben viel gebrüllt,

aber wir waren immer auf Leistung aus, wir blieben nicht bei Gefühlen und Demonstrationen. Für uns war es selbstverständlich, daß wir die Sache, die wir für richtig hielten, auch richtig machten, insofern war es nur konsequent, daß die Studenten die Selbstverwaltung an der Universität inclusive Gleichschaltung in die eigenen Hände nahmen. Gleichschaltung, das hört sich heute alles so fürchterlich an, aber wir waren jung und wollten ein besseres Deutschland. Und man muß auch mal sehen, daß wir damals Politik für die Mehrheit gemacht haben, studentische Sozialpolitik, die wirklich revolutionär war für die damalige Zeit. Was haben wir damals für Mensen aufgebaut und Wohnheime, Arbeitsvermittlungen und Berufsberatung, Stipendien haben wir erkämpft und zum erstenmal eine Krankenversicherung! Ich sag Ihnen das, weil die soziale Komponente von damals gern vergessen wird – bei aller notwendigen Kritik am Nationalsozialismus.

Aber das Problem heute, worauf ich eigentlich hinauswollte, liegt doch darin, daß die Studenten ihre soziale Anlage – und ich behaupte nach wie vor, daß die meisten Radikalen von daher motiviert sind oder zumindest waren – daß die ihr soziales Denken von ihrem eigenen Anspruchsdenken blockiert sehen und deshalb nicht mit dem notwendigen Leistungsdenken in Einklang bringen können, weil das soziale Netz schon da ist, nicht mehr erkämpft zu werden braucht. Und da neue Ziele immer schwieriger zu setzen sind, kommt es zu dieser Radikalisierung, zum Verlust der Werte und Begriffe. Schimpfen Sie nicht so viel auf die Studenten, meine Herren, lassen Sie sich lieber was einfallen, wie wir unsere Werte und Vorbilder gerade auch in den jungen akademischen Kreisen wieder attraktiv machen können.

Die meisten Leute am Tisch, erinnerte sich Diehl, blickten betreten ins Feuer oder in ihr Bierglas. Büttinger, der alte Kämpfer gegen Selbstzufriedenheit in den eigenen Reihen, hatte ihnen wieder mal die gute Stimmung verhagelt, hatte sie noch kurz nach Mitternacht, als sie schwer und gelöst im Kaminzimmer hockten, so ungemütlich zum Denken gezwungen.

So war ihm das Fahren am liebsten, Schußfahrt ohne sich konzentrieren zu müssen auf die Finessen der Bremstechnik Kurventechnik Schleudertechnik. Auf der haarfeinen Grenze zwischen Gleitflug und Haftreibung schoß Diehls Wagen die immer noch ein wenig feuchte linke Fahrbahn nach Köln hinab.
Er wollte sich den Traum vom Rallyemeister abgewöhnen. Endlich Schluß mit dem Stress der ununterbrochenen Berg-Kurverei und der permanenten Geschicklichkeitsprüfung und des sturen Beschleunigens und Bremsens nach dem Gebetbuch, vor allem aber keine Last mehr mit dem powerslide, das er nie gut genug beherrschte und das zum schäbigen Finale seiner Renn-Karriere geführt hatte. Heck des Wagens zum Kurvenaußenrand drängen lassen, Vorderräder gegenlenken, mit dosiertem Gas die Hinterräder seitlich vorwärtstreiben, dabei Vorderräder schon wieder geradeaus einschlagen, weil sie jetzt schräg gleiten, der Wagen zeigt in die Innenkurve, und doch driftet er endlich gerade aus der Kurve heraus – diese Spielchen bis zur Präzision zu trainieren, hatte Diehl keinen Bock mehr. Jetzt bist du 37, da wirst du auch nicht mehr besser.
Du wirst nicht besser, denk lieber an deine Karriere. Also raus aus dem Verband, das ist kein sicherer Platz mehr, jetzt den Laden wechseln und Pressechef bei CBA und die Stadt wechseln und die Freundin. Und kein Buch über Büttinger, viel zu kompliziert die Geschichte, und zu spät bist du sowieso, laß die Finger davon, endgültig. Was geht dich Büttinger an? Einen deutlichen Strich ziehen, das ist die Lösung, Büttinger geht dich nichts an.
Mit jedem Tag war es riskanter geworden, sich auf Büttinger einzulassen, das spürte Diehl. Aber er vermochte nicht zu begreifen, weshalb er zurückschreckte. Büttinger war verurteilt, jeder Tag bestätigte das. Da es längst nicht mehr darum ging, den Wert seines Lebens, wie es anfangs geheißen hatte, abzuwägen gegen den Schaden des Lebens von einem Dutzend Ehrloser, war der Mensch Büttinger zum größten Hindernis bei der Lösung des Falles Büttinger geworden. Nun mußte das Opfer gebracht werden in aller einverständigen Stille, und jeder wurde suspekt, der sich mit diesem Menschen noch befaßte und sich

nicht an die vorgeschriebenen Informationen und Emotionen hielt. Ehe Büttinger tot ist, mußte er totgeschwiegen werden, das war das ungeschriebene Gesetz.

Im Rücken den wimmernden Rockgesang der Queen, näherte sich Diehl dem Kessel von Köln. Unter einem dunklen Wolkenschub von Westen wurden die ersten Wahrzeichen sichtbar. Der Dom, zwischen Gebüsch, rückte kaum näher, als hätte er nur die Funktion eine Boje, Vorsicht, da unten irgendwo liegt Köln. So kam ihm die Stadt oft vor, eine Tiefebene, auf die er gleichgültig hinabsah, auch bei klarem Wetter immer im Dunst, aus dem nur das Haus des Verbandes, die eignen vier Wände, Tinas Wohnung und der Rallye-Club herausragten, dazu noch ein paar Kneipen und Betontürme und die überall sich aufdrängenden Domtürme – alles andere blieben Durchfahrtsstraßen oder konturlose Steinhaufen oder Menschenhaufen, zugedeckt von ihren eigenen Ausdünstungen. Eine Stadt ohne Grenzen, markiert nur von steilen Schornsteinen und eingekreist vom pochenden Leben der Motoren auf den Autobahnen ringsum.

Aufwärts, war des Chefdenkers banaler Gedanke am nächsten Morgen im Lift, es geht aufwärts. Erleichtert, sich wieder lustig machen zu können über sich selber, fuhr er hinauf zum Kleinen Konferenzzimmer, monatliche Sitzung des Zwölferrats. Und als im neunten Stock Ludwig Schanz zustieg, grinste Diehl, locker wie einer, der den Sieg in der Tasche hat, den Freundfeind gelassen an. Der Chefdenker gewann das Duell, der Chef der Medienabteilung mußte sich aus seiner Verlegenheit retten mit einem Witzchen übers Wetter.
Ohne Widerstände hatte Diehl in der Nacht drei Entschlüsse gefaßt: Sofort um die Stelle als Pressechef bewerben, zweitens kein unnötiger Gedanke an Büttinger, drittens nicht länger hinter Tina herrennen. Vorsatz: Tapetenwechsel Distanz Abschied und dann ein neues Leben. Nun war ihm leicht wie seit Wochen nicht mehr. Vielleicht das letzte Mal im Zwölferrat, das geht mich alles nichts mehr an, diese Aussicht freute ihn, und er nahm sich vor, eine unauffällige Abschiedsvorstellung zu geben.
Zu Anfang der Sitzung, nachdem die Herren sich mit kurzem Händedruck und schnellen Blicken voneinander abgegrenzt und auch die Protokollantin nicht vergessen hatten, sprach Verbandsvizechef Felder über den Stand der Sache Büttinger.
Er sprach besorgt, aber so routiniert besorgt, als ginge es um einen mittleren Schadensfall, Versicherung wird das regeln, und er sagte kaum mehr als die Regierungssprecher: Meine Herren, keine neue Entwicklung, es wird alles für Büttinger getan. Einen Moment lang kam in Diehl die Empörung hoch über die Floskeln und Ausweichmanöver, selbst hier im kleinsten Kreis. Aber dann begriff er auf einmal das Spiel. Felder kann ja nicht sagen, Büttinger ist verloren, aus, sondern er hält sich an die Sprachregelungen und gibt uns damit zu verstehen, daß es falsch ist, noch mit Büttingers Rettung zu rechnen. Er hat recht, so zu sprechen wie der Dementierer der Regierung: Büttinger geht uns nichts mehr an, es kommt drauf an, sich auf die Nach-Büttinger-Zeit einzustellen.

Diehl sah in die Runde, sah in die vertrauten Gesichter hinein, keiner der Herren fragte nach, alle wahrten die Haltung der Überlegenen. Neben ihm Schamborn, der sich um Arbeitsmarkt und Bildungspolitik kümmerte, und Moritz Moos, beides beinharte Sozialtechniker, denen war es völlig egal, wer oben saß, an ihren Direktiven würde sich ohnehin nichts ändern. Professor Steinhäuser, der die Wissenschaftler auf Trab hielt, war schwer zu durchschauen, aber als Oberstratege hatte er das Planspiel auch für diesen Fall des Falles in der Schublade und würde im geeigneten Moment seine bestechend vernünftigen Vorschläge machen. Schanz paßte sich immer schnell an. Nur Rieffer schien angeschlagen, er hatte die schwere Aufgabe der Außenkontakte mit dem Partnerverein, da gab es die meisten Reibungen, Rieffer holte heute früher als sonst seinen Pfeifenbeutel aus der Tasche. Bräsig Lampe Vierabend, die drei Generäle, geschäftig führend wie immer, rotierten disponierten entschieden, standen nicht still und liefen nicht heiß, immer bei der Sache.
Ein wenig irritiert wirkten nur die beiden Vizechefs, Felder noch mehr als Gorkweiler. Sie wollten nicht Büttingers Nachfolger werden. Niemand wollte jetzt Büttingers Nachfolger werden, obwohl alle von dieser Verantwortung sprachen und gerade Felder von Stahl und Elektro gedrängt wurde.
– Die Vorbereitung der heutigen Sitzung, sagte Felder, lag in den Händen von Herrn Vierabend, dem ich nun die Leitung ... zu übernehmen bitte.
Hat er doch noch die Kurve gekriegt, dachte Diehl, den Satz von Gönner-Autorität heruntergebracht. Was sind wir doch demokratisch geworden und fein, den ich die Leitung zu übernehmen bitte. Gleich wird mir Vierabend ganz demokratisch eins reinwürgen, soll er doch, ich geh.
Vierabend gab das Wort an Moos, der seine neuen Orientierungspapiere zur Erfassung von Betriebsfriedensstörern erläuterte.
– Grundsätzlich, sagte Moos, gibt es kein vernünftiges Argument gegen die Regelanfrage beim Amt. Bei Neueinstellungen und prophylaktischen Maßnahmen sowieso nicht. Wenn das Gesetz uns und dem Amt nur die Überprüfung der Personen

gestattet, die an sicherheitsempfindlichen Stellen arbeiten, so wird dieser Begriff gerade bei der heutigen Sicherheitslage sehr extensiv auszulegen sein. Keine Frage, die Ämter kommen uns gegenwärtig bei jeder Abwehrmaßnahme entgegen, deshalb jetzt nachsetzen, Gunst der Stunde.
Während Moos vom Ausbau der Personalinformationssysteme sprach, von der Optimierung der Auswahl- und Einsatzentscheidungen und der Kontrolle über Unzuverlässigkeitsfaktoren, wurden die ersten Mineralwasserflaschen geöffnet. Ein Flaschenöffner wurde quer über den Tisch von Schanz zu Schamborn gereicht, dann von Schamborn zu Lampe und wieder quer herüber zu Gorkweiler, der Moos unterbrach, während er geduldig den Kronenkorken abhob.
– Wie sieht das mit Datenschutz aus, Herr Moos?
– Kein Problem. Wenn jemand seine Datenakte zu sehen verlangt, wird die Anlage so codiert, daß all das nicht ausgedruckt wird, was nicht bekanntwerden soll, ganz einfach.
Kurz darauf entschloß sich auch Steinhäuser zu trinken, nach ihm Rieffer und Bräsig, und immer wiederholten sich die dringlichen Gesten und Winke nach dem Flaschenöffner, die die Aufmerksamkeit für Moos ständig unterbrachen. Diehl äugte von Platz zu Platz, es war tatsächlich wieder nur ein Öffner für alle da. Vierabends Sekretärin hatte das immer noch nicht kapiert. Da halten wir die Wirtschaft des ganzen Landes auf Zack, aber hier in unseren eigenen Wänden kriegen wir nicht mal die systemadäquate Verteilung von Flaschenöffnern hin.
Die Szene belustigte Diehl. Gern hätte er jetzt herumgealbert, Verwirrung unter den ernsten Herren gestiftet. Er fühlte sich zum erstenmal befreit in dieser Runde, er war nicht mehr Büttingers Musterschüler und Zuarbeiter, er fürchtete auch Vierabend nicht mehr. Nachher würde er sofort in Hamburg anrufen, ein Diehl als Pressechef wird eingestellt mit Handkuß.

Kabel-Schmiede. Zu Punkt 4 kam Jürgen Schmiede herein, der Kabel-Experte. Flink setzte er sich, lachte schnell in die Runde, er sah immer noch aus wie ein Jüngelchen von zwanzig und wurde bald vierzig, alles ging fix bei ihm, er führte die kürzesten Telefongespräche, er sagte nie einen überflüssigen Satz. Seit drei Jahren war er auf Kabeltechnik angesetzt, und er hatte die Sache so rasch und effektiv vorangetrieben, daß manche munkelten, er müsse Kabelaktien in der Familie haben. Niemand verstand so gut wie er, die konjunkturellen mit den gesellschaftspolitischen Erfordernissen zu einem dynamischen Programm zu verbinden.

Kabel-Schmiede schüchterte die Runde zwei Minuten lang ein mit seinen Kenntnissen vom Fortschritt bei schmalbandigen und breitbandigen Netzen, bei Halbleiterschaltkreisen und Laserglasfaserkabeln. Dann referierte er in je vier Minuten den Stand der Pilotprojekte und die Fortschritte bei der Überzeugungsarbeit in den Ministerien. Er brauchte nichts zu sagen von den drohenden Investitionslücken bei den auf die Medien konzentrierten Industrien, das hatten alle im Kopf. Längst geläufig war ihnen die Parole, die Entscheidung über die neuen Medien sei bedeutsamer als die Frage der Kernenergie. In dieser Runde waren nur noch ein paar taktische Finessen für den weiteren Weg zur Vollverkabelung abzustimmen.

– Wir können davon ausgehen, daß die Weichen für die privatwirtschaftlichen Programmträgerformen gestellt sind, sagte Schmiede und lächelte, als sei das sein Erfolg. Jetzt ist der Zeitpunkt da, fuhr er fort, an dem der Verband entscheiden muß, ob er seine Forderungen nach Beteiligung an der Nutzungsebene der Kabelprojekte offener darlegen und ob er die Beteiligung an Programmen auch konzeptionell begründen will.

Schanz eröffnete die Diskussion mit Vorschlägen. Den Verlegern grünes Licht geben, Programmkommissionen bilden, Rat bei befreundeten Experten holen, Unterhaltungsstars unter Vorvertrag nehmen.

– Wir sollten, sagte er, ein Vorbild geben, ein konkretes Modell, und damit auch positiv beweisen, daß bei allen neuen Medien-Projekten niemand besser als wir Menschenführer in der Lage

ist, auf die wirklichen Interessen und Bedürfnisse der Bevölkerung einzugehen.
Fast alle im Zwölferrat waren gegen halböffentliche neue Schritte in der nächsten Zeit. Sie sagten: Voreilig, wir haben doch erst den Fuß in der Kabeltür. Oder: Mit Programmkonzepten gewinnen wir nichts, darauf kommt es doch am wenigsten an, das findet sich schon. Oder: Wenn das publik wird, fällt das genau ins Vorurteilsmuster, Propagandaprogramm der Menschenführer, ich seh schon die Schlagzeilen.
So redeten sie, und wahrscheinlich wollten sie nur sagen, wir sollten weiter in aller Stille an den Grundlagen arbeiten, wir sollten ein neues Konzept ohne Büttinger oder einen anderen Präsidenten nicht entscheiden. Sie nahmen es sich gegenseitig übel, daß keiner das aussprach, was alle dachten, uns fehlt der zwölfte Mann, uns fehlt Büttinger. Also wurde weiter diskutiert, alles sachlich verpackt.
Steinhäuser kehrte den Professor hervor, die neue Technik werde mehr verändern als die Erfindung des Buchdrucks, deshalb so lange wie möglich Diskretion, nichts überhasten.
Schmiede hielt dagegen, sprach von ausbaufähigen Machtpositionen. Bräsig ereiferte sich unnötig über die Blockierung privater Informationsführer. Und Diehl überlegte, ob er deutlich werden sollte: Wenn Herr Dr. Schanz und Herr Schmiede Kabel-Intendanten werden wollen, bitte schön, aber bitte erst in fünf Jahren, bis dahin ist noch genug zu tun. Aber er schwieg.
Die Herren verrannten sich in die oft wiederholten Kampfansagen gegen linkslastigen Bürokratenjournalismus, gegen das staatliche Leitungsmonopol und Meinungsmonopol, als wären sie hier in der Öffentlichkeit und müßten die Bedrohung ihrer Informationsfreiheit groß inszenieren. Mehrere Minuten redeten sie so, als fehle ihnen ein Halt.
Sie saßen sich gereizt gegenüber. Sie hatten voneinander nicht viel zu fürchten, standen kaum in Konkurrenz zueinander, hatten fast die gleichen Meinungen, und doch redeten sie gedämpft aggressiv aufeinander ein. Fast jeder hatte etwas gegen fast jeden. Diehl konnte nur mit Moos, Steinhäuser und Felder gut auskommen. Den andern ging es ähnlich, jeder in der Runde hatte

ein Viertel Freunde und zwei bis drei Viertel Gegner. Die einen versteckten ihre mißtrauische, herrschsüchtige Gemütsverfassung hinter den Sachfragen, die andern wollten lieber irgendwo anders sein als hier im 15. Stock. Jeder hatte seinen eigenen Ärger im Kopf, der die andern aber nichts anging und hier kein Thema war. Gorkweilers Firma geprügelt von Abwässer-Schlagzeilen, Vierabend litt unter Gerüchten vom Selbstmordversuch seiner Frau, Rieffer Magengeschwüre, was Schamborn hatte, wußte niemand, Moos eben glücklich zum drittenmal geschieden, Bräsigs Jüngster als Dealer verhaftet, und keine Ruhe für Felder wegen uralter Steuergeschichten, jeder hatte seine liebe Not, und so klammerten sich alle an die Tagesordnung.

Draußen schien überraschend die Sonne. Diehl wünschte sich jetzt die einträchtige Stimmung von Betriebsausflügen, zwanzig Fässer Bier und der Tag kann losrauschen, jemand fotografiert, das Vögelchen, brüllt einer, und alle lachen, die ersten Witze, dann legt einer der Generalgeschäftsführer, vielleicht Lampe, seine Arme auf die Schulter seiner Sekretärinnen, und die andern machen es ihm nach, kreisende Arme, glucksende Bewegungen überall, niemand scheut sich mehr, Hände auf der Nachbarin oder des Nachbarn Schultern zu legen, endlich ist Stimmung im Laden, ja wir sind eine tolle Truppe, wir haben die Übersicht und alle Kontakte, wir haben alles berechnet, alle Beweise sprechen für uns, wir kommen alle alle in den Himmel, jeder Tag gibt uns recht, wir haben keine Probleme, wir haben den Krieg nicht verloren, wir fahren im Konvoi über die neuerbaute Autobahn, wir sind die Weltmeister, wir bleiben die Weltmeister, wir lagen vor Madagaskar, unsere weißen Hemden trotzen der Sonne Afrikas, unsere Damen rühmen die Gastfreundschaft auf Bali, unseren Herren schenkt eine nackte Negerin Rum nach in einer Bambushütte auf den Antillen, wir fliegen Überschall ins Mutterland des freien Kapitals und eröffnen ein Zweigwerk in South Carolina, du eins in Cincinnati, ich eins in Illinois, ein Zweigwerk befördert das andere, wir befördern uns gegenseitig, ja alle befördert, schreit Lampe, und die Angestellten des Verbandes fühlen sich endlich geil zugehörig den Menschenführern, endlich sind wir mal am Drücker als Besitzer Hauptaktionäre eiskal-

te Investoren, ein Jubel, Karrierejubel immer kreischender, die Konkurrenz ist abgeschafft, die Stimmung treibt uns zusammen, treibt zu Umarmungen und Auslandskonten, zu mutigen Griffen auf Brüste und Hosen, zu ersten Spekulationserfolgen, zu ersten Kopulationen, wo bin ich.
Felder entschied gerade die Debatte mit der Anweisung an Schanz und Schmiede, Ministerien noch schärfer unter Druck zu setzen, Gunst der Stunde, Kommissionen bei Laune zu halten und weitere Gutachter zu beauftragen, die Verfassungswidrigkeit des Rundfunkmonopols zu bestätigen. Felder sagte zu, Gorkweiler und er würden sich stärker hinter die Politiker klemmen, das Ei von oben her knacken.
Diehl sah weiter aus dem Fenster. Längst hatte er vergessen, Vierabend im Auge zu behalten, der immer noch keine Anstrengung machte, Streit anzufangen. Von seinem Platz aus konnte Diehl draußen nichts sehen außer hellen Wolken. Ab und zu eine verirrte Möwe. Er war schon weg hier.
Als bei Punkt 5 Fritz Schamborn in einem Satz dreimal das Wort Eigentum mit liebevoll pfälzischer Betonung aussprach, da fiel Diehl der alte Friedberger Kindervers ein, Mein Sack mein Sack mein Saxophon, das ist mein Ei mein Ei mein Eigentum. Gern hätte er seine Albernheit herausgekichert, aber er hielt den Vormittag durch und war mit seiner Rolle zufrieden.

Büttingers Kinder. Mit dem Kopfjäger, der ihm neulich den Posten als Pressechef angeboten hatte, wollte Diehl nichts zu tun haben und rief direkt in der Zentrale von CBA an. Der Personalchef war nicht zu erreichen. Bitte rufen Sie gegen 15 Uhr wieder an.
Die Goslarer Rede lag, vom Schreibbüro getippt und wieder angeliefert, auf dem Tisch, aber ehe er widerwillig an die Überarbeitung ging, blätterte Diehl die Pressemappe durch, wieder viele Kommentare der Auslandspresse zum Fall, wenig Inland. In einem Artikel hatte jemand eine Stelle angestrichen, Nicht die Kinder Hitlers sind die politischen Täter, sondern die Kinder

Büttingers, nicht, was unter Hitler einmal getan wurde, motiviert sie, sondern was die Büttingers heute tun, tun dürfen. Diehl las diesen Satz halb zustimmend, dann stutzte er, dann war er empört über die Frechheit des Schreibers, Linksaußenblatt. Empört über dies entrüstete ‹tun dürfen›. Aber er wurde unsicher, fragte sich, wie derjenige, der die Stelle angestrichen hatte vor ihm, das verstanden haben könnte. Das sprach doch nicht gegen Büttinger, wenn ein paar Kinder heute Demonstranten oder Terroristen wurden – Büttinger ist doch genau der, der das sieht als Problem der Grundwertevermittlung, unsere Unfähigkeit, die Freiheitswerte plausibel zu machen, dachte er, während er schon weiterlas, was nicht mehr angestrichen war, Daß die Büttingers eine demokratisch verfaßte Gesellschaft genauso unbefangen repräsentieren, wie sie eine faschistisch organisierte Gesellschaft repräsentiert haben. Daß sie unter veränderter Verfassung geblieben sind, wo sie waren, nämlich oben, daß sie Zeugen einer Kontinuität sind, die nicht sein dürfte, wenn der Faschismus als das Verbrechen bewußt wäre, das er war.
Demagogie, sagte sich Diehl, als sei Büttinger unter den Nazis ein Verbrecher gewesen, als hätte er sich nicht mühsam nach oben gearbeitet. Die übliche Hetze, er gab es auf, darüber nachzudenken, überflog die folgenden Absätze, die im gleichen Ton blieben, Klarzumachen, daß dieser Wirtschaftserfolg diejenigen zerstört hat, die nun diese Erfolgsgesellschaft zerstören wollen.
Der kinderlose Büttinger, nur gut, daß er so was nicht mehr zu lesen kriegt.

Aktion Samthandschuh. Mit mehr Tempo mehr Druck mehr Erfolg wurde in allen Räumen des Verbandes gearbeitet. Nach den Tagen der Ratlosigkeit hatten die Generalgeschäftsführer die Parole gefunden, expansive Konsolidierung. Unter sich sagten sie: Wir haben wie nie zuvor die Chance, unsere Positionen auszubauen. Die Politiker haben ein schlechtes Gewissen jetzt, da müssen wir nachsetzen. Die Partner werden aus Anstand erst einmal in der Defensive bleiben.

Und zu den Mitarbeitern sagten sie: Es ist im Sinn von Büttinger, wenn wir diese Tat praktisch beantworten, jetzt erst recht in die Offensive gehen, aber bitte in aller Stille. Es galt, die Forderungskataloge zu erweitern, in den Ministerien die Hausmacht zu stärken, den Spielraum der Partner einzuschränken. Schon wurde den Vertretern des Verbandes in Ausschüssen und Hearings der größte Respekt entgegengebracht, die Sekretäre des Staates waren jetzt zu jedem Termin zu sprechen, und die Eingaben konnten schärfer formuliert werden. In einigen Abteilungen des Hauses begann man eine Gutachten-Offensive, Experten wurden um Reformvorschläge gebeten zum Tarifwesen zum Arbeitsrecht, Juristen untersuchten eifriger als sonst die Gesetzeslücken und die organisatorischen Maßnahmen zur Begrenzung der Handlungsfähigkeit der Partner. Überarbeitet wurden die Orientierungspapiere zur Subventionsgewährung, ergänzt die Koordinierungskataloge für die Tariftische. Die Überwachung der Funk- und Fernsehprogramme wurde erweitert, und die Auswertung der für die Menschenführer wichtigen Beiträge.
Für die Medienleute dagegen galt es, nach allen Seiten Gesprächsbereitschaft zu signalisieren, Betonung des Miteinander, des Grundkonsens, wegen des drohenden Schicksals Büttingers und der daraus erwachsenden Verpflichtung zur Gemeinsamkeit. Notwendigkeit der Kooperation im Zeichen der zu erwartenden Trauer und im Zeichen der gemeinsamen Verantwortung.
In allen Büros Fleiß, Aufmerksamkeit der Frontkämpfer, List der Strategen. Das Rascheln der Papiere übertönte alle Geräusche.

Schon in der Nacht aufgewacht, weil ihm das rechte Bein eingeschlafen war, und jetzt der rechte Fuß, schläft ein am hellen Nachmittag. Er war wütend geworden mitten in der Nacht, weil es so weh tat, das Bein wieder zum Leben zu bringen, jetzt war er nur verwundert. Den ganzen Tag nehmen die Füße ihren ange-

stammten Platz ein unterm Schreibtisch oder gekreuzt auf einem der fünf Rollbügel des Drehstuhls, parken da unten, während Diehl oben seine Geschäfte führt, werden nur in Bewegung gesetzt, wenns zur Konferenz oder zum Essen oder zum Gasgeben geht, dann wieder abgestellt, nur ein wenig hin- und herrangiert, und nun entzieht sich einer, stoppt die Durchblutung, schläft weg, stirbt ab, kleiner Abstecher ins Reich der Leichenteile, will weg von dir, paß auf, Roland. Du bist doch am Leben, und wenn die Glieder einschlafen, quatschen die Ärzte von Durchblutungsstörungen, jaja Bewegung, warum bewegst du dich nicht, was ist mit deinen Arterien los, das nimmt ein bißchen überhand in letzter Zeit, diese kalten Hände und Füße, das Kribbeln in den schmerzhaft erwachenden Händen, Absterben der Finger, hier sehen Sie, und er sah seine Hände an, die Totenfinger des lebendigen Roland Diehl. Da schläft dir was ein, da stirbt dir was ab, nächstens ein ganzer Arm, dann womöglich Kopf und Hals, und nur der Schwanz wird das Blut zirkulieren lassen bis zuletzt. Blut, er wollte sein Blut nicht sehen, schon das Wort Arterien machte jeden vernünftigen Gedanken unmöglich.
Ausgerechnet jetzt mußte der Anruf in Hamburg sein, der entscheidende.

Gerade Sie, Herr Diehl, wären uns sehr willkommen, sagte der Personalchef von CBA und sprach so verbindlich, wie man am Telefon nur sein kann. Aber über den Posten sei fast schon entschieden. Aber wir sollten auf jeden Fall in Kontakt bleiben. Es tut mir leid, aber.
Da er Mißerfolge nicht gewohnt war, weigerte sich Diehl, die Antwort als Absage zu werten. Er dachte nur, den ganzen Plan noch einmal gründlich mit Peter Poll zu bereden, und verabredete sich mit ihm für den späten Nachmittag.
Dann korrigierte er die Goslarer Rede und machte sie fertig zur Vorlage. Als Tina anrief, blieb er bei seinem Vorsatz, so cool wie möglich zu sein.
– Wie wärs mit heut abend? fragte sie.

Er machte ihr nicht einmal zum Vorwurf, ihn gestern sitzengelassen zu haben, und sagte gleichgültig:
– Ich bin leider schon mit Poll verabredet, wir müssen mal wieder reden unter Männern. Vielleicht ruf ich spät noch mal an, Tinaschatz.
Wie zwei Verhandlungspartner einigten sie sich auf den Termin am nächsten Abend und legten, da Tina insistierte, den wichtigsten Punkt der Tagesordnung fest, Urlaub.

Ja, Peter Poll, hätte Diehl gesagt, wenn ihn jemand gefragt hätte, ob er einen Freund habe. Ein Kamerad aus besseren Rallyetagen, mit dem man aber mehr konnte als Benzin reden. Poll war früher Diehls Beifahrer gewesen, und da er als Mitinhaber und Geschäftsführer einer Werbeagentur die Rennen bezahlen konnte, war der vermögenslose Rundfunkjournalist und dann Chefdenker gut mit ihm dran. Ein Beifahrer, der nicht nur verläßlich die Gebote aus dem Strecken-Gebetbuch vorlas, sondern in den ganzen Spaß auch noch ordentlich was reinsteckte, war einfach Gold wert. Für Leute mit dem Geld eines Poll war es ungewöhnlich, daß sie sich mit dem Beifahrersitz zufrieden gaben. Aber Poll hatte sich bei einem Unfall früher den rechten Fuß so gequetscht, daß der für die schnellen Brems-Beschleunigungs-Manöver unbrauchbar wurde. Und Poll der Schwärmer sagte gern: Am meisten Kitzel hast du als Beifahrer, wenn dein Kumpel den Wagen um die Ecken wirft und du ohne jede Angst vorm Ausritt und ohne Lenkrad zum Festhalten nur im Schalensitz dich traust mitzufliegen wie im Traum und doch voll konzentriert.
Und Diehl/Poll blieben Kumpel, auch als sie nach vielen Anläufen nicht über nordrheinwestfälischen Durchschnitt hinauskamen und Poll zu anderen Fahrern umstieg.
Diehl, als er am Hauseingang flüchtig das Aluminiumschild von poll + partner im Blick hatte, wünschte sich einen Moment lang auch so ein Schild, Diehl und Partner, Diehl GmbH & Co KG, Diehl und Söhne, da kam wieder der zerbombte Eigentumswunsch in ihm hoch, eine kleine zackige Firma, das wär für deine

alten Tage doch nicht das Schlechteste. Ein läppischer Neid auf Poll, auf Polls sichtbaren Erfolg. Seine Agentur gehörte nicht zu den großen, dafür ein hellwaches überschaubares Team mit kreativem Reizklima in der ganzen Etage, beste Adresse City und bestens im Geschäft.

Die Agentur hatte Aufschwung genommen mit den Anti-Kernkraft-Kampagnen, früher als andere hatte Poll den Draht zur Energiewirtschaft gesucht. Erst nach dem Wyhl-Debakel waren die Firmen richtig aufgewacht, und da war Peter Poll schon da mit dem richtigen Konzept. Nicht Negativtaktik nicht Verschönerungstaktik nicht Verschleierungstaktik, sondern Bildungstaktik war die Devise. Ängste durch besseres Wissen ablösen und bezwingen, predigte Peter Poll bei der Präsentation vor den zuständigen Vorstandsmitgliedern und beim Bier im Rallye-Club, Nichtwissen macht Angst, Wissen macht sicher, aber wir müssen dabei vom Menschen ausgehen und nicht von der Wissenschaft. Und Polls Taktik setzte sich durch, Aufträge en masse, und allmählich sprachen alle Firmen alle Agenturen alle Minister: Wir wecken Vertrauen, wir gehen auf die Menschen zu, wir treten nicht als anonyme Institutionen auf, wir informieren schon auf dem Bauplatz, wir bauen Emotionen ab, wir drücken uns verständlich aus und sachlich, wir leisten geduldig Überzeugungsarbeit, wir haben gesunden Menschenverstand Vernunft und alle Wissenschaft auf unserer Seite, wir trennen von der Herde der Gutwilligen die schwarzen Schafe, nur im Notfall greifen wir zu Polizeigewalt.

Als Bahnbrecher dieses Konzepts, hatte Diehl einmal zu seinem Freund gesagt, kriegst du noch mal das Bundesverdienstkreuz.

Aber erst mit siebzig, hatte Poll geantwortet.

Die neue Empfangs-Sekretärin wunderte sich, daß da einer einfach reinschneite und ohne Termin ihren Chef sprechen wollte. Sie rief an. Wo kriegt Poll immer diese attraktiven Frauen her? Es gehörte zu seinem Erfolgsrezept, nur Topmädchen als Sekretärinnen anzustellen, sexy müssen sie sein und offen, das schafft eine aufregende Atmosphäre in den Büros, die jeden Kreativen stimuliert, aus sich herauszugehen.

– Ein Herr Diehl möchte dich sprechen, sagte sie. Dann gab sie ihm den Hörer in die Hand.
– Was verschafft mir die Ehre, so früh? fragte Poll. Seine Besprechung sollte noch länger dauern, und sie verabredeten sich für sechs Uhr im Steakhouse.
Die Sekretärin schienen seine Blicke nicht zu stören, aber ihm fiel kein origineller Anmacher ein, deshalb sah er, um Zeit zu gewinnen, interessiert zur Wand mit den neuesten Displays und blieb hängen bei Entwürfen für Atom-Biergläser. Kein schlechter Gag, Polls Auftraggeber verteilten an ihre Belegschaften und an Gaststätten die Gläser mit dem Aufdruck «Kernenergie heute und morgen», je nach Vorliebe Gläser für Pils Alt Export Kölsch, auch für solches Werbegemüse war sich Poll nicht zu schade.
– Ich komme wieder, Tschüß, sagte Diehl zu dem Mädchen und ging so lässig auf die Tür zu, als hoffte er auf einen langen Blick von ihr.

Eine gute Stunde Zeit, Diehl betrat die Geschäftszone mit unbehindertem Zugang für Fußgänger. Autos waren ausgesperrt, damit die Kunden ohne Unfallangst von der einen zur anderen Schaufront sich treiben lassen konnten, Abgase waren umgeleitet, damit die Kunden zwischen den Käufen wieder aufatmen konnten, Hupen waren ferngehalten, damit die Beschallung der Verkaufsräume auch im Kaufvorentscheidungsraum auf der Straße die Kunden emotional ansprechen konnte.
Auch der kompromißlose Autofahrer Diehl empfand das plötzlich als Erholung. Er war länger nicht mehr während der Geschäftszeit in der City gewesen und kannte auch das Gefühl kaum noch, von den unaufhörlich blitzenden Angeboten angezogen und gleichzeitig weggestoßen zu werden. Wie die anderen Fußgänger war er erleichtert, auf der Mitte der Straße laufen zu dürfen wie Könige Erzbischöfe Demonstranten, und, dankbar über den großzügig zugestandnen Raum, näherte er sich wieder einer strahlenden Ware im Fenster, einem Lichtsignal, einigen

Discotakten oder einem diebischen Geruch von gerösteten Nüssen, ein Hauch Orient ein Hauch Paris ein Hauch Paradies, so wurde Diehl an der Nase geführt, an den Ohren gepackt, an den Augen gezogen. Kleider und Anzüge waren nach draußen auf die Straße gehängt, als seien die Vorübergehenden nackt und brauchten dringend etwas zum Überziehen. Auch die Schuhe waren so gestellt, als gäbe es ganz in der Nähe ein Heer von Barfüßigen. Sexboutiquen verkauften am Straßenrand Ketten und Perlen, Offensivprogramm gegen Schamschwellenangst. Kaffeeläden boten Gartenbücher und Pornografica an, um den ganzen Menschen zu befriedigen. Wir beobachten den Trend zur Boutiquisierung mit Gelassenheit, sagte der Sprecher der Warenhäuser. Apotheken glichen Juwelierläden. Überall leuchteten die Gesichter der Schaufensterpuppen schwarz. Wir betrachten die Vergrößerungen der Warenhausverkaufsfläche in der City mit Gelassenheit, sagte der Verband des Einzelhandels. Aus Parfümerien kamen Touristen mit Plastiktüten voll Flaschen Kölnischen Wassers, nun gefeit gegen Gicht Schlagfluß Husten Achselschweiß.

Ob sie den Kauf noch vor sich oder schon hinter sich hatten, ob sie sich gut weggekommen dachten oder Wünsche noch offen, die Leute auf der Straße taten alles, damit man ihren verschwiegenen Gesichtern nichts anmerkte. Sie gingen fast immer zu zweit oder allein geradeaus oder schräg über die Steinplatten, und zwischen ihnen trieb der ungeduldige Diehl, der nicht wußte, ob er die Hamburger Antwort schon als Ablehnung verstehen sollte. Lauter Fußgänger um ihn herum, jeder versuchte aufzupassen, nicht angerempelt zu werden oder andere anzurempeln, die Langsameren Stehenden Überholer. Und gerade weil es nicht zu Berührungen kam, war es eine ständige Beinahe-Schubserei, das stumme Lachen oder Ärgern über Mißverständnisse bei Ausweichmanövern.

So würden die Leute auch an Büttinger vorbeilaufen, dachte Diehl auf einmal, denn Büttinger geht sie nichts an, Büttinger paßt nicht in eine Einkaufsstraße, in den geschäftigen Alltag. Er ist ein Fremder, eingebaut ins abendliche Unterhaltungsprogramm, ein Tagesschauspieler, ein Star immerhin, aber mit dem

Leben der Konsumenten mit den Plastiktüten hat er nichts zu tun, mit ihrer Kaufeile, mit ihrer Müdigkeit, mit dem kurzen Feierabendstolz. Büttinger, der die Macht hat über ihre Lohntüten, ist ihnen völlig unwichtig, wem ist er überhaupt noch wichtig, Büttinger ist schon ganz unwichtig geworden.
So liefen sie an Büttinger vorbei, an den Bettlern vorbei, an dunkelhäutigen Studenten vorbei, die sich alle hundert Meter aufgestellt hatten in Parkas mit Schwarzrotgold und für oder gegen einen Krieg in Äthiopien sammelten und so laut mit ihren Geldbüchsen klapperten, daß niemand sich ihnen zu nähern wagte. Angst vor den Buschtrommeln Menschenfressern, die Mohren waschen sich nicht, Angst vor einem neuen Winterhilfswerk, dein Päckchen nach drüben und schon schlagen sie uns im Fußball, sollen sich die Köpfe doch gegenseitig einschlagen, ich will ihren Kaffee, ich kauf den Zucker, Felle und Häute 1a, wie schnell hat sich die Kiwi auf dem deutschen Markt durchgesetzt, äthiopisches Lammfleisch dagegen immer noch Geheimtip, was stehen die Kerle hier rum und machen auch noch Krach.
Die Sammler, das wußte Diehl aus der Zeitung, sind ein Ärgernis in den hohen Straßen, ein zweites sind die Musikanten und Pflastermaler, das größte Ärgernis aber sind die fliegenden Händler. Von diesem verbotswidrigen und umsatzschmälernden Treiben werden die einzig wahren, die angestammten Geschäftsleute belästigt, von den Kunden ganz zu schweigen, was sind das für Zeiten, sagt der Sprecher der Einzelhändler, in denen das zuständige Amt für öffentliche Ordnung resigniert und die Polizei nicht einschreitet, Zeit für einen Machtwechsel, wir lassen uns das nicht länger bieten.
Bettler und Hausierer störten Diehl wenig, aber das Gedränge wurde allmählich lästig, und er versuchte, auf einer Schaufensterseite zu bleiben, vorsichtig die Schultern eingezogen. So brauchte er nicht so viele Gesichter zu fixieren, ob er oder der andere Körper nach rechts oder links auswich. Zu viele Menschen auf der Welt. Kaum ein Geschäft zog ihn mehr an, und um die Kaufhauseingänge machte er einen Bogen, schon die Warmluft, die weit auf die Straßen schwappte, stieß ihn weg.
Trotzdem war er plötzlich in der Menge. Machet die Tore weit,

brüllte jemand. Der König der Hamburger aus Florida war mit großem Gefolge eingezogen und hatte sein eintausendvierhundertundzehntes Heiligtum errichtet zu Colonia Agrippinensis, Hosianna, und die ihn anbeteten, beschenkte er mit Luftballons Fähnchen T-Shirts und Krönchen aus Papier, und die ihm opferten, beschenkte er mit zerhacktem Fleisch und Fett, mit geschmolzenen Käseresten, mit trockenen Zwiebelringen und fetttriefender Kartoffelstärke und mit dem Glück der schnellen Bedienung und dem farbenkräftigen Food-Design des Jahres 2000, und wenn die Luftballons platzten, dann wußten die wartenden Jecken, Spaß muß sein, und der König der Hamburger aus Florida sprach zu ihnen allen über Lautsprecher seine Thronrede «Hier macht das Essen allen Spaß, kommt alle her, wie wär denn das!», und sie kamen alle und standen Schlange, und das Essen machte ihnen Spaß.

Auch Diehl wurde hungrig, konnte sich nur mit der Aussicht auf das Steak beruhigen und drängte sich vorbei. Respekt vor den Marketingfritzen aus Amerika, dachte er, wie sie das immer wieder schaffen, für ihren Fraß so viele satte Leute auf die Beine zu bringen, Respekt.

Vor einem Geschäft für Schuhe sah er einen Schimpansen sitzen auf einer Drehorgel, bekleidet mit Anorak und Strampelhose, und der vielleicht dreizehnjährige Drehorgelspieler küßte den Affen auf die Schnauze und drehte dabei. Sie warben für irgendeine Kinderhilfsaktion, ihre Sammelbüchsen wirkten voller als die der Afrikaner. Warum mieten die Äthiopier keinen Affen, wohl zu feige dazu die Schwarzen, statt dessen tarnen sie sich in Parkas mit schwarzrotgoldnen Streifen, wollen deutscher sein als deutsch. Ideen muß man haben, Affenverleih, Kinderhilfe, Diehl sah ein Rudel Schimpansen im Kindergarten, die große Prügelei im Affenkäfig, in der Schulklasse, Kinderhilfswerk Affenhilfswerk Afrikahilfe, an jeder Ecke wirst du angebettelt, mitten im Herzen der drittgrößten Industrienation der westlichen Welt. Jetzt störten die Sammler ihn doch.

Er wich aus dem Gedränge in eine ruhigere Seitenstraße aus. Er schielte in die Boutiquen, sah manchmal hinter den Scheiben hochgeschossene Frauen geschäftig, hielt die für die erfolgrei-

chen Einzelhändlerinnen, viele in seinem Alter, gut gepflegte Schönheiten. Aus einer Untersuchung wußte er, daß diese cleveren Mädchen an einer unerklärlichen Expansionshemmung litten, viele hätten leicht Filialen gründen können, aber sie wollten einfach nicht, wollten sich bescheiden auf ihren 40 oder 60 Quadratmetern Verkaufsfläche. Wieder ein Beweis, mit Frauen an der Spitze hätte unsere Wirtschaft niemals diesen Aufschwung genommen, wir wären ganz nett vorangekommen, aber ein Wachstumswunder hätte es mit dieser Mentalität nie gegeben.
Von einer, mit der Diehl vor drei Jahren mal ein paar Monate liiert war und die einen Laden mit farbigen Gläsern führte, kannte er die Geschichten von Managern, die sich gerne zwischen Terminen am frühen Nachmittag in einer fremden Stadt in eine Boutique flüchten zu den milden Regentinnen über ausgetüftelte Moden, über Geschenke und Tee. Die Männer versuchten persönlich zu werden und Gefühle zu zeigen. Hier den Tag verbringen und verkaufen, davon könnte ich träumen! Wie die Geschäfte so gehn, fragt er dann und merkt gleich, wie wenig sie von kaufmännischen Dingen versteht. Sie sagt, wie wenig sie das alles interessiert, solang sie über die Runden kommt. Er macht väterlich oder scherzweise oder freundschaftlich das Angebot, ihr die Dinge mal in ein kaufmännisches Schema zu bringen, und sieht sich schon beim Fick mit ihr in der Kabine. Sie lehnt ab, sie komme schon so zurecht. Sie sagt nicht, daß ihr diese Angebote von erfolgreichen Fünfzigern immer wieder gemacht werden. Was denkst du, Roland, wie langweilig die sind, deine Manager, hatte die Freundin Dörte gesagt. Aber Roland konnte das gut verstehen, was ist daran langweilig. Auch ihm gefiel der Traum der Führungskräfte, einen kleinen überschaubaren Laden und den Spaß, selbst zu verkaufen, ohne an Bilanzen Umschlagskennziffern Personalmotivation denken zu müssen, die saubere kleine Marktnische in der Hochpreisidylle Bundesrepublik, mit fünfzig überleg ich mir das auch. Aber bitte keine Schuhe oder Schuhwichse. Er lachte sich an.
Als er das Funkhaus vor sich hatte, hielt er und suchte die Fensterfront ab, bis er etwa das Fenster gefunden hatte, hinter dem er vier Jahre gehockt hatte.

Wie war das eigentlich beim Funk, wieso sind Sie da weg? Diese Frage hatte er oft zu hören bekommen, und er hatte sich angewöhnt, folgende Version zu geben:
Vier Mann in der Redaktion, ein Sozi, zwei C-Leute, und ich liberal, und dazu unser Chef Harry Miener, auch ein Mann des großen C, Zusammenarbeit einigermaßen kollegial mehrere Jahre. Dann sollte die Redaktion vergrößert werden. Miener baute plötzlich unter dem Vorwand der Mitbestimmug seine Kompetenzen aus und drückte uns an den Rand. Als wir das merkten, schwärzte er uns oben an, drei von uns seien auf dem harten Menschenführer-Flügel. Damit brachte er nicht nur seine Parteifreunde vom sozialen Flügel, sondern auch noch die Sozis gegen uns auf. Zuerst Gerüchte, dann Papiere, die wir nur auf Umwegen zu sehen bekamen. Wir konnten nun schlecht hingehen und sagen, alles gelogen, wir sind im Gegenteil auf dem sozialen Flügel, und jeder hätte gelacht, wenn wir gesagt hätten, seht doch, wie ausgewogen wir sind. Wir hatten überparteilich zu sein, und Miener argumentierte, wir seien nicht mehr überparteilich. Dabei war die ganze Redaktion und auch er mehr oder weniger auf dem Erhard-Schiller-Flügel, und das war das Blöde an dieser Auseinandersetzung, daß wir alle im Grund die gleichen Meinungen hatten. Eine reine Personalintrige das Ganze, Miener wollte allein bestimmen, wahrscheinlich Parteiauftrag, und von oben hatte er volle Deckung. Er wollte der Mühlfenzl des Westens werden. Miener war immer ein guter Taktiker und noch dazu im Haus beliebt, weil er die besten Witze über den Frühschoppen machte.
So ekelte er mich und die beiden andern raus. Aber dann dachte ich mir, lang genug beim Funk gewesen. Ich hatte nicht mehr viel Lust zu dieser komischen Auswiegerei, das ist ja kein Journalist mehr, der jeden Satz in jedem Beitrag nach allen Seiten absichert. Und dann das Klima da, einer stichelt gegen den andern, und keiner weiß richtig, was er will. Eine vernünftige Wirtschaftspresse ist in einem solchen Apparat immer noch nicht zu machen. Mein Sprung zum Verband kam genau richtig.
Aber Mieners Intrigen waren schon eine Schweinerei, das wußte er genau. Wenn wir uns später irgendwo trafen, ist er mir aus

dem Weg gelaufen, hat versucht wegzugucken oder unauffällig in einer andern Ecke zu verschwinden. Jetzt hat er sich ins Fernsehen hochgeschaukelt, vielleicht gehört er dahin.

Harry Miener, wann hab ich den zuletzt gesehn? Ein Schloß in der Wetterau, das oberste Stockwerk neu ausgebaut und verglast, da rekelte sich hinter der Glaswand in der Sonne Harry Miener. Ein schönes Leben, dachte ich, die Beamten Redakteure. Da öffnete sich unten eine Doppeltür, Miener trat heraus und rief: Schön, daß du mal vorbeikommst! Schnäpschen? Wir tranken den ersten Korn weg, und als ich das Glas abstellen wollte, sah ich hinter Miener zwanzig, dreißig Leute stehen, die mir alle irgendwie bekannt vorkamen, weitläufige Verwandtschaft, vergessene Lehrer, Kollegen und Gestorbene. Sie gruppierten sich, Miener in der Mitte, auf der Terrasse vor der Tür, à la das neue Kabinett stellt sich den Fotografen. Sie blickten stumm auf mich herab, und zwischen ihnen lag ein Sarg mit Blumen. Ich wußte sofort Bescheid, das ist mein Sarg, da lieg ich drin. Die Gruppe fing an zu singen, ich verstand aber immer nur: Wir haben es nicht eilig. Ich ging um den aufgebockten Sarg herum, ich wollte es definitiv wissen, ob darin wirklich ich lag, und fragte einen der Männer. Der antwortete nicht, machte nur ein paar langsame Schritte auf den Sarg zu und legte eine Fotografie darauf. Auf dem Bild erkannte ich mich. Die Toten zogen sich leise, einer nach dem andern zurück, als hätten sie noch andern Geschäften nachzugehen. Ehe sie die Doppeltür fest schlossen, konnte ich dahinter hohe Kirchenräume erkennen, gotisch, aber es war nicht der Dom von Köln. Also kein Staatsbegräbnis, dachte ich irritiert.

Ein vielstimmiges Gröhlen kam näher, Sprechgesänge, Anfeuerungsrufe für den 1. FC oder Abgesänge auf die Bundeswehr. Da torkelten entlassene Soldaten heran, uniform geschmückte Strohhüte schwarzrotgold bewimpelt, eiserne Kreuze aus Plastik. Die entlassenen Kinder, an ihren Schultern hielten sie sich fest, an ihren Bierflaschen, am Glotzen der Zuschauer, und außer dem Lied von der Reserve die Ruh hat kannten sie offenbar nur ein paar Melodien aus dem Werbefernsehen. Sahen wir denn auch so grün aus, als wir beim Bund waren? Sie brüllten sich den Haß auf die Kasernen aus dem Hals, Nie wieder, Wo sind die Fotzen, Alles totschlagen, Nur Fröhlichkeit für mich und alle meine Freunde. In Leutnant Diehl erwachte der Leutnant. Mit diesen Kerlchen halten wir keinen einzigen Russen auf, auch einem besoffenen Mann siehst du noch an, ob er nüchtern in Uniform was taugt oder nicht, und hier die schlappen Urenkel der Feldgrauen, die verstockten Enkel der Landser, die verwöhnten Söhne der Ungedienten, ihr sollts mal besser haben als wir, aber wie. Diehl schämte sich fast für diese Sorte Kameraden, er bedauerte einen Moment, nicht auf dem Kasernenhof in Uniform zu stehen und die Kerle zusammenstauchen zu können, fünf Runden Galopp übern Hof. Und als er sich den Befehl brüllen hörte, merkte er, es störte ihn nicht dieser wehrunwürdige, wenig werbewirksame Auftritt der Reservisten, das ist ja verständlich, das begreifen die Leute ja, daß man sich bis zum Hals besäuft, wenn man wieder raus ist. Was Diehl abschreckte, war die Leistungsschwäche, die er in den kindlichen Gesichtern entdeckte, in ihrem Gehabe, in ihren krummen Figuren, die Motivationslosigkeit in ihrem unsicheren Aufblicken. Das war der Hilfsarbeiterblick der Hilfsarbeitergang das Hilfsarbeitersaufglück, so trotteten sie ab Richtung Hauptbahnhof, zurück nach Aachen-Ost oder in den Ruhrpott, zurück in die Arbeitslosigkeit.

Er lief ihnen nicht hinterher, steuerte auch nicht auf den Dom zu, sondern sah auf die Uhr und bog ab Richtung Rhein. Nur ein abschätziger Blick hinauf die schwarze Ruine. Man durfte ihr nicht zu nahe kommen, der Zierrat rieselte abwärts. Feierabend, der Wettkampf der siebzig Steinmetze gegen den Steinfraß war eingestellt, der Stein blätterte heimlich weiter, in der Nacht ein Windstoß ein Regenguß das Aufsitzen eines Vogels, und schon wieder fallen poröse Stücke herab, und wenn in den Schlafzimmern der Steinmetze die Wecker rasseln, hat das Schwefeldioxyd an diesem Morgen schon mehr als 300 Minuten gearbeitet und Kalkbestandteile des Steins verwandelt in Gipskristalle, ab sieben Uhr dann der verlorene Kampf gegen die Vergipsung. Die größte Glocke, de dekke Pitter, hatte Frau Majonika erzählt, darf nicht mehr geläutet werden bis in Ewigkeit, weil sonst der Gips-Dom ins Wackeln kommt, eines Tages die Katastrophe und Köln steht ohne Dom da, ein Haufen Trümmer unter einem Atompilz aus Staub. Frau Majonika und auch Büttinger stifteten regelmäßig Geld für die Renovierungsarbeiten, was für ein sentimentaler Quatsch, da kann ich meine Hunderter gleich in den Schornstein schmeißen.

Es zog ihn zum Rhein hinunter, wie jeder Tourist und Ausländer wollte er immer wieder zum Strom hin. Wie ein Ausländer lebte er in Köln, zehn Jahre schon in der Stadt und immer noch ist aus Diehl kein Kölner geworden. Die Zugezogenen brüsteten sich gern damit, wie schnell sie sich hier zu Hause fühlten, Kölner werden sei keine Kunst. Aber er war immer zu beschäftigt, zu sehr unterwegs, um sich das Gefühl leisten zu können, ein Einheimischer zu werden.

Einmal war er im Dom gewesen, nie in einem Museum, den Rosenmontagszug sah er meistens im Fernsehen. Außer im Rallye-Club war er in keinem Klüngel, und es reichte ihm, daß er drei Wörter mehr verstand als die Touristen, halve Hahn, Flönz und Kölsche Kaviar. In ein paar Kneipen fühlte er sich wohl, im Verband, im Club, er kannte ein paar Wohnungen und bekam seine Heimatgefühle nur auf den günstigen Durchfahrtsstraßen.

Höchstens der Rhein hätte ihn zum Lokalpatrioten machen können, der zog ihn immer wieder an, auch hier, wo er an Baustellen vorbei, über zugeparkte Bürgersteige und von Ampeln lange gesperrte Fußgängerüberwege laufen mußte. Den Rhein sah er jeden Tag, zu Hause, im Büro, und doch empfand er den nie als langweilig. Von den Bewegungen des Wassers, auch wenn man wußte, daß nur verwässerter Dreck sich da wälzte, und von den

Bewegungen der Schiffe, von der behäbig treibenden Brühe ging immer etwas Beruhigendes aus, trotz des Lärms auf den Uferstraßen. Das graue braune Wasser erschien so souverän wie ein Relikt Natur, das sich allen Sanierungsplänen Raumordnungsverfahren Verschönerungen widersetzte und keine Deko-Farbe annahm. Ein Strom, der immer er selber blieb, sich nicht effektiver machen und nicht beschleunigen ließ, beinah wie die Wüste. Der nicht antwortete, sich nur unbeirrt fortbewegte.

Poll kam nie pünktlich, ein Kreativer kann nie auf die Minute da sein, ein Viertelstündchen müßt ihr mir schon gönnen, ein Kreativer ist immer im Dienst, sagte er, wenn er dann auftrat. Durch das Lokal flog Poll mit schnellem Schritt, und doch rechts und links alle Gäste auf Bekanntheit prüfend, kam mit aufwehendem Sakko und strich, als er sich gesetzt hatte, die dunklen Haare aus der Stirn, als wollte er damit sagen, jetzt bin ich frei, jetzt hab ich Zeit, was ist Ihr Anliegen bitte.
– Toll, Rolly, daß man dich auch mal wieder sieht.
Diehl bestellte Ochsenfilet, Draufgänger Poll ein Mini-Steak. Der war noch ganz im Drive seiner Besprechung.
– Ein toller Auftrag, Rolly, ich sage nur Wasser, sagte er, Geschäft der Zukunft. Und wie ein Vertreter zählte er mit aufblühender Vortragskunst alle Argumente für Investitionen in der Mineralwasserbranche auf. Rohstoff der Zukunft, sauber frisch umsonst, brauchst nur ne Abfüllanlage hinzustellen, nur mäßige Vertriebsinvestitionen, überleg mal, der Liter Wasser schon heute viel teurer als der Liter Erdöl, und die Quellen trocknen auch in Jahrhunderten nicht aus, das füllt sich alles aus Sickerwasser wieder auf, Geschenk des Himmels.
So spannend fand Diehl das nicht und versuchte, gleichzeitig am Nebentisch eine Geschichte mitzuhören. Da ging es um den Tag der offenen Tür bei der Stadt und den Ärger, den es für den Erzähler gegeben hatte, als ein Stadtstreicher in die Suppe gespuckt hatte, ja beim Austeilen von städtischer Erbsensuppe an die Bürger hatte ein Liederling, laut schimpfend, daß er für seine

gute Portion eine halbe Mark zahlen sollte wie jeder, in den vollen Suppentopf gespuckt. Also mußten zweihundert Liter Erbsensuppe weggeschüttet werden und der Kübel zur Desinfektion weggebracht und der Kerl zur Protokollaufnahme abgeführt, aber zum Glück, nach fünf Minuten war der nächste Suppentopf da, so brauchte wenigstens niemand zu darben.
Und Poll schwärmte weiter vom Wasser. Die Brauereien wissen schon, weshalb sie aufs Wasser setzen, jetzt die beste Zeit, den kleinen Familien die Quellen abzuluchsen. Heute schon trinkt jeder Deutsche 50 Liter im Jahr, und der Durst wird steigen, und im Export ist unser Wasser nicht zu schlagen. Ich sag nur Wasser, eine Goldmine ist nichts dagegen, sagte Poll und lachte kurz auf, weil er gerade zum Weinglas greifen wollte, dann bremste und zum Wasserglas griff und dann doch mit der Hand wieder zum Wein zurückkehrte, Prost.
Man mußte Poll erst einmal ausreden lassen, deshalb wehrte sich Diehl nicht gegen das Verkaufsgespräch. Er kannte das so von seinem ehemaligen Copiloten, so wie er seine getönte Brille kannte, die seidenen Halstücher, die leichten amerikanischen Anzüge, immer sah Poll zu dünn angezogen aus. Alle paar Wochen hatte er einen neuen Tip, über den er erst einmal wie besessen reden mußte, mal Grundstücke Florida mal Fahrradindustrie Japan mal Waffen Afrika, meistens aber saubere Sachen aus deutschen Landen, wenn ich Geld hätte, Jungs, Haustierbranche Herrenkosmetik Alarmanlagen, das hatte er schon vor Jahren gerochen, und jetzt, als alle fürs Alarmanlagengeschäft schwärmten, war er auf dem Wasser-Trip.
Ob Poll sich nach seinen eigenen Ratschlägen richtete, wußte Diehl nie genau. Wahrscheinlich war er so begeistert von seinen Ideen, daß ihn die Ausführung gar nicht mehr begeistern konnte. Wenn einer fragte, wich er aus, sein bißchen Werbegeld reichte nicht aus für wirklich lohnende Investitionen, aber er werde den ganz großen Streich noch führen.
Poll machte endlich eine Pause, und schon fühlte Diehl sich fixiert, ein bißchen professionell, unangenehm angesehen wie von einem Arzt, der gleich sagt, Schießen Sie los, draußen warten noch mehr Leute.

Nach ein paar ratlosen Sätzen rückte Diehl mit der Sprache heraus, er hänge irgendwie rum und werde wohl abhauen vom Verband.
– Ich hab da nichts mehr verloren, ich will da weg.
– Das kommt aber plötzlich. Wegen Büttinger etwa?
– Nicht direkt.
– Also doch wegen Büttinger.
– Das geht nicht gut aus, sagte Diehl. Und dann kommt ein neuer Chef und bringt seine Mannschaft mit. Da hab ich nichts mehr zu bestellen, und der Verband hängt mir sowieso zum Hals raus.
Poll sah aus, als wollte er sagen, nun gib mal nicht so an.
– Mach mal halblang. Das ist doch der ideale Job für dich. Und überschätz mal deinen Büttinger nicht, bei allem Respekt. Der Verband wird auch ohne ihn zurechtkommen, und du auch, du alter Rallyemeister.
– Aber ich hab keine Lust mehr, ich brauch mal was Neues, vielleicht Pressemann oder so was.
Der Ober brachte die Steaks und lachte Diehl an, weil er das Riesenstück bestellt hatte. Wie ein Ziegelstein lag das Fleisch auf dem Holzbrett.
– Außerdem, sagte Poll, ich bin ziemlich sicher, daß dein Büttinger lebendig wiederkommt. Die werden ihn da raushauen oder er wird freigelassen, was anderes kommt gar nicht in Frage.
Diehl stutzte, denn er hatte nicht vergessen, daß er in den letzten Tagen an Büttinger nur als an einen Toten gedacht hatte.
– Ganz klar, sagte Poll. Ich kann dir auch sagen warum. Ich geh davon aus, daß die Terroristen längst unterwandert sind. Unsre Leute wären jedenfalls schön blöd, wenn sie noch nicht so weit wären. Das FBI hat das doch auch geschafft, die haben von unten her die ganze Black Power untergraben und die radikalen Studenten und was da alles rumgespukt hat und dann im richtigen Moment ein paar Bömbchen fallen lassen, da war die Sache geritzt. So viel dümmer können unsere Leute doch nicht sein. Nein, beweisen kann ich dirs nicht, aber es wäre logisch. Überleg mal, die paar Kerlchen sind doch inzwischen völlig isoliert

und so blöd sind die auch nicht, das heißt, die wissen genau, daß sie ihre Genossen nicht freikriegen auf diese Weise. Also sitzen da andere Interessen hinter, konkret gesagt, andere Leute. Anders hat die Geschichte doch keinen Sinn, und irgendeinen Sinn muß der ganze Aufwand doch haben. Ergo kann er nur darin liegen, daß da ein paar Profis reingekrochen sind, die jetzt stellvertretend das letzte Gefecht ausfechten, damit dieser Scheiß ein für allemal aufhört. Das hat schon seinen Sinn, daß sie so viele Leute auf einmal umlegen, Abscheu und so weiter, das alles ist doch werbemäßig voll durchkalkuliert und technisch perfekt. Und das hat seinen Sinn, daß sie Büttinger kapern, das kann für die Menschenführer nur von Vorteil sein, eine echte PR-Arbeit. Und da Büttinger nicht irgendwer ist, wird man ihn nicht draufgehen lassen dabei, das kannst du mir glauben.

– Das hört sich gut an, sagte Diehl.

Polls Gedanken waren immer schlüssig knapp. Rasch hatte er seine Kunden und seine Freunde überzeugt, vielleicht weil er selber keine Überzeugungen hatte, nur Ideen, immer wieder neue Ideen. Werbung ist die Kunst des Überzeugens, predigte er gern, deshalb dürfen wir die Verbraucher nicht für dümmer halten als uns selbst. Bei den Schlußfolgerungen, die er eben gehört hatte, fühlte sich Diehl an diese Grundsätze erinnert, Werbeerfolg nur bei Respekt vor dem Menschen. Poll zeigt Respekt, er geht auf mich ein, aber er soll mir doch nichts verkaufen.

Diehl kaute am Fleisch, er wollte gern noch einmal auf seine Zukunft als Pressemann zu sprechen kommen und Poll befragen, aber plötzlich fragte er:

– Was hältst du von einem Seller über Büttinger?

– Wie schnell bist du?

– Na, so schnell auch wieder nicht.

– Dann laß die Finger davon. In ein paar Wochen ist der Fall Büttinger doch out. Sorry, wenn ich dir da zu nahe trete, aber wie die Geschichte ausgeht, so oder so, du hängst immer hinten nach, und das hast du nicht nötig. Heute kannst du Büttinger noch verkaufen, aber morgen ist das der Schnee von gestern,

nichts Peinlicheres für einen kreativen Kerl als der Schnee von gestern.
– Das mein ich auch, sagte Diehl. Das war auch nur mal ein fixer Gedanke. Außerdem bin ich viel zu faul dazu.
– Und dann, sagte Poll, wen interessiert denn Büttinger? An der ganzen Geschichte ist Büttinger doch am wenigsten wichtig. Ich glaube nicht mal, daß viele Leute Mitleid mit Büttinger haben. Guck dir die Leserbriefe doch an, und was du in den Kneipen hörst. Die Leute wollen nur eins, klare Verhältnisse, Ordnung, ein MG im Arm und ein anständiges Finale, so siehts doch aus. Büttinger ist völlig unwichtig, ums mal hart zu sagen, ein Statist.
Das hatte Diehl vorhin selber gedacht, und er wollte seinem Freund recht geben, aber kein Wort brachte er heraus. Dieser Freund, wenn er wenigstens ein Komplize wäre.
Poll bestellte noch eine Karaffe vom roten Wein und fragte nach Tina. Diehl gab ein paar allgemeine, oft wiederholte Bemerkungen, er hörte sich selbst nicht zu.

Ich stehe mit Tina auf einer Wiese hinter einem Wochenendhaus, es ist das von Schanz dem Bayern in der Eifel. Wir sehen uns in die Augen, ich möchte sie ins Gras legen. Sie sträubt sich, dann gibt sie doch nach, und ich ziehe sie mit langsamen Bewegungen aus. Dann fange ich an, mich auszuziehen, aber plötzlich ist Peter Poll da, schon nackt, und legt sich neben Tina, legt seine Hände auf ihren Bauch, auf die Brüste, versucht sie zu küssen. Ich immer noch in Unterwäsche geniere mich, weil ich noch angezogen bin, aber ich gehe dazwischen, schiebe Peter zur Seite, besetze mit den Händen den Körper von Tina. Peter bettelt, wenigstens mitmachen zu dürfen, er lasse mir ja gern den Vortritt. Ich sage, hau ab. Tina sagt, du hast doch deine Frau. Poll antwortet, immer noch bettelnd, seine Frau sei krank, und immer nur mit Männern mache ihm keinen Spaß. Wir ziehen uns wieder an, ich bin wütend auf Poll, alles gestört. Poll bleibt allein auf der Wiese stehen.

Kurz danach lese ich im Wirtschaftsteil, daß die Agentur Peter Poll ihre Räume für eine Begegnung zwischen Tina Schweizer und Ludwig Schanz zur Verfügung gestellt habe. Darauf habe Schanz Familie und Arbeit verlassen und sei mit Tina nach Madrid gefahren. Die Zeitung meldet, daß ihre Schamhaare farblich gut zusammenpassen. Außerdem soll Dr. Schanz inzwischen gelernt haben, weniger bäurisch – das kann auch ein Druckfehler sein für bayrisch, denke ich beim Lesen – zu vögeln. Deutlich das Gefühl, eine gute Nachricht zu lesen.

An der Wand, mit billigen Fichtenbrettern rustikal verdunkelt, waren bemalte Holzplatten angebracht, da ein Gitarrenspieler, da ein Eselreiter, an anderen Ecken hingen Masken Teller Vasen und getrocknete Maiskolben. Wo die beiden saßen, war ein Papagei aufs Holz gemalt, fast ganz rot, und die langen roten Schwanzfedern zogen sich bis an die Tischkante herunter. Hier kocht der Chef nicht, dachte Diehl, im Steakhouse Montevideo malt der Chef.

– Was meinst du, Peter, fragte er, wo die Büttinger verstecken?

– Na, irgendwo in dem berühmten Neubau, hier oder Bonn oder Frankfurt, was weiß ich.

– Glaub ich nicht, die sind irgendwo auf dem Land.

– Wie kommst du denn darauf? fragte Poll.

– Diese Neubauten, die Hochhäuser hat die Polizei längst im Griff. Da wären die schon längst gefaßt – mal angenommen, deine Theorie von der Geschichte stimmt nicht, und das ist kein gezinktes Spiel. Dann sind sie also da, wo niemand mit ihnen rechnet, auf dem Land, strategisch günstig an Schnellstraßen und Grenzen, nimm mal die Eifel zum Beispiel, wie geschaffen für gute Verstecke.

– Wie kommst du auf Eifel?

– Nur so. Intuition. Oder Spinnerei. Aber die Eifel wär ideal.

Mehr sagte Diehl nicht, auch vor Poll konnte er nichts von seinen Träumen und Spinnereien sagen. Der schien am Thema Büttinger nicht weiter interessiert, wurde beim Stichwort Eifel ganz unruhig und legte ohne jede Schweigeminute mit einer neuen Rede los.

– Mensch, Eifel, das ist überhaupt ein weißer Fleck. Eifel, da fallem mir ganz andere Sachen ein. Ich hab neulich mal so ein Tourismus-Exposé entworfen, ein geiles Sanierungsprogramm, sag ich dir. Touristik, aber mit Hand und Fuß, nicht dieser Gartenzwerg-Tourismus mit Hobbyurlaub für Hobbygeologen oder Sammler von irgendwelchen Kräutern, auch nichts für die Hanseln, die da rumlatschen oder Wildparks besichtigen. Da muß was ganz Neues her, richtig umsatzintensiv, der Nahtourismus muß völlig umgekrempelt werden. Sieh mal, Flugtourismus ist kaum mehr ausbaufähig, Preissteigerungen und so weiter, der Null-Erholungswert der Zweiwochen-Brattour an versauten Mittelmeerküsten wird sich rumsprechen, politische Unsicherheit in den Sonnenländern fast überall, und die Seychellen sind nicht für jeden Neckermann. Man muß da völlig umdenken, also hier anfangen mit unkonventionellem Erholungsmarketing.

Diehl war für die Ablenkung dankbar. Allmählich hörte er seinem Freund sogar wieder gerne zu. Das war auch sein Element, Projekte Ideen Umkrempeln. So entspannte er sich allmählich wieder bei Wörtern wie Bräunfrage klären durch Groß-Solarien, die Eifel als effektive Alternative zur Costa del Sol, Edel-Trimm und Bogenschießen, Reiten auf allen Pferderassen der Welt, alles größer effektiver billiger aufgezogen als bisher in Europa. Poll fing nun erst richtig an.

– Erholung für die Seele gehört ins Programm, der Trend ist gar nicht aufzuhalten, Meditationstraining Psychoberatung Stressbewältigungs-Schnellkurse, all das kommt. Dann gehört Selbstpflege ins Angebot, Körperpflege und Massage, nicht nur für die Dicken und Reichen, auch der Angestellte, der Arbeiter soll sich Streicheleinheiten kaufen können, dem kleinen Mann fehlt immer noch die glückliche Erfahrung, daß seine Falten gepflegt werden.

– Und aus den Wildparks, schaltete sich Diehl ein, könnte man Jagdparks machen mit angeschlossenen Wild-Zucht-Farmen großen Stils. Der Trieb zu töten will befriedigt sein, nicht nur

Hasen, auch Rehe und gegen Hochpreise Wölfe und Hirsche, Abbau der Exklusivität der Jägerkaste, dem wird sich kein sozialdemokratischer Forstminister widersetzen.

– Schön, schön, aber meine Hauptattraktion wird Las Vegas, sagte Poll, wir brauchen in der Eifel ein richtiges Las Vegas. Wenn der Spieltrieb die Leute in die Wüste treibt, dann treibt er sie erst recht ins Mittelgebirge. Wir müssen nur von Anfang an großzügig rangehen, weg von der Casino-Exklusivität, das ist doch alles 19. Jahrhundert. Der Stil von Las Vegas macht die Musik, also protzig und offen für jedermann, wir brauchen Roulette mit geringen Einsätzen, aber rund um die Uhr, Tausende von Spielautomaten, Stundenlotto, wo steht denn geschrieben, daß der Deutsche bis in alle Ewigkeit eine Woche lang jibbern muß, bis Samstagabend endlich die Lottozahlen purzeln, nein, jede Stunde wird bei uns gezogen. Alles muß stinken nach Geld und Gold, damit es den Leuten nichts ausmacht, pleite zu sein, der deutsche Geizhals, der deutsche Schnellverdiener, die aufs Sparen programmierten Dummköpfe dürfen endlich mal Mark und Pfennige verlieren, befreit vom Gewinnzwang. Der letzte Krieg ist schließlich schon lange her, und dies irre Inflationsgefühl kennen nur noch ein paar Opas. Jedenfalls darf nichts nach Geiz aussehen, der Mensch will einmal das Gefühl, anständig zu verlieren und ohne Reue, du verstehst, was ich meine. Man könnte noch so viel machen, Roland, gepflegte Hurerei gehört auf jeden Fall ins Angebot, Stichwort Potenztraining, physische Leistungssteigerung, Training mit und ohne Partner.

– Warum nicht gleich eine richtige Pimperthek, sagte Diehl, was die in New York können, das können wir auf den Höhen der Eifel allemal. Einen Abend tanzen und bumsen bei freier Partnerwahl für 80 oder 66 Mark Eintritt, darf ich auf die Matte bitten, gnädige Frau, Selfmade-Striptease und zwanglose Intimität.

– Genau, sagte Poll, die Leute wollen ja ihre Scham vergessen, den Leuten kann geholfen werden. Das muß nur alles selbstverständlich und soft organisiert ablaufen. Da könnte man noch so viel machen, Roland, Alternativprogramme, damit kannst du

die Steinzeithöhlen zu Gold machen, Steinzeitmensch für eine Woche, Höhlen vermieten, Felle Schafsmilch Wildschweinfleisch inclusive. Der neue Genuß: Verzicht auf Komfort, Genuß des Abenteuers ermöglicht nach einer Woche wieder den Genuß der Gegenwart. Also die ganze Anlage großzügig weiträumig mit Dependancen.
– Weißt du, die ganze Anlage sollten wir um die Nürburg herum bauen, fiehl Diel wieder ein, der Ring wird als Attraktion mit einbezogen, zur Spannungsaufladung ein paar Rennrunden zwischendurch im eigenen Wagen oder in Formel 1-Attrappen mit Golf-Motor.
– Jetzt mal Spaß beiseite, der Plan ist wirklich Gold wert. Ideale Lage, Autobahnnähe vorausgesetzt, Kurzstrecken zum Ruhrpott und nach Rheinmain, Massenzulauf auch aus Frankreich Belgien Holland. Fivedayfitnessprogramm oder Vierzehntagerekreation, das ist die neue Formel für den Nahtourismus der achtziger, der neunziger Jahre, für 2000 und weiter.
So ließen die beiden das Projekt wuchern, bis jeder Quadratmeter Vulkangestein in eine Goldmine verwandelt war. Die Investitionsgelüste waren nicht allein vom Wein geschürt, Poll und Diehl schienen glücklich zu sein, sich aus ihrer Wirklichkeit herausplanen zu können und sich ihren Phantasien überlassen zu können, ohne gleich von Chefs oder Geldgebern kontrolliert und gebremst zu werden. Das Glück lag in den Momenten der Nähe und in den Hintergedanken, für nichts von dem allen verantwortlich zu sein.
Erst kurz vor acht sah Poll auf die Uhr, er mußte sofort los, Termine Termine.

Zu plötzlich ernüchtert, stand Diehl auf der Straße. Gegen die schwache Dunkelheit sahen die Neonlichter noch nicht überzeugend aus. Es war kalt, er ohne Mantel.
Gern hätte er weiter geträumt geplant, aus Jux den Prospekt für das ganze Eifel-Unternehmen entworfen. Ihm graute vor dem Abend, auch er hätte gern einen Termin gehabt, Arbeit, eine

richtige Beschäftigung. So machte er den Eindruck tiefer Unentschlossenheit.
Einige Schritte, dann sah er von der Uferstraße aus Züge über die Hohenzollernbrücke kriechen. Der kitschige Gedanke, eine beliebige Fahrkarte zu kaufen, in einen beliebigen Zug zu steigen und am Morgen in einer fremden Stadt wunschlos aufzuwachen. Ein neues Leben haha. Schon über die vielen Fremden im Abteil ärgerte er sich immer, das Zunahsitzen, das Halten an Orten, wo er nie halten würde, und von den Städten nur die Dreckseite zu sehen, die unverputzte verwitterte Seite der Häuser. Das einzig Schöne war, die Autos vor den Schranken warten zu sehen. Aber sonst war ihm das ganze Schienenwesen verhaßt, alles wie Planwirtschaft, lieber stand er eine halbe Stunde im Stau als eine viertel Stunde auf einem Bahnsteig.

Eine tiefsitzende Abneigung gegen Zugfahrten, Diehl ist zu oft Bahn gefahren in melancholischen Zeiten, zur Freundin nach Kassel. Heike die Weitspringerin und Schülerliebe, einzige Tochter eines Jalousien-Fabrikanten, da durfte kein Junge ins Haus, also die heimlichen Treffen an Sonntagen, das waren die keuschen Zeiten. Fast ein Jahr lang fuhr der Primaner Diehl jeden dritten oder vierten Sonntag von Friedberg nach Kassel, morgens der Eilzug und immer das Halten auf den gottverlassenen Bahnsteigen Treysa Wabern Guntershausen, noch fünfzehn Minuten bis Hauptbahnhof Kassel, noch mal aufs Klo mit den Wasserpfützen Pissepfützen, noch mal den Kamm angesetzt, vorm Spiegel mit dem DB-Zeichen breitbeinig der an den Händen schwitzende Landesjugendvizemeister Roland, in zehn Minuten wirst du sie küssen. Er endeckt die Reste des frischen Pikkels, wegen der Pickel wird Heike dich verachten abweisen, er traut es seinem Gesicht nicht zu, daß es geliebt wird, geliebt vom schönsten Mädchen aus Kassel, aus Hessen, noch drei Minuten, er sieht nur die elenden Rückseiten der Häuser, warum muß die Frau deiner Träume in dieser weit entfernten dunklen bergigen Stadt wohnen. Sie laufen kilometerweit durch die Stadt, kennen sich aus im Park Wilhelmshöhe und erreichbaren Waldstücken, hektische und immer abgebrochene Berührungen und keine Erfahrung im Rangehn, solche Angst haben beide, daß sie froh sind über schlechtes Wetter, so brauchen sie sich im Gebüsch nicht zu vergewaltigen, vielleicht beim nächsten Mal endlich mehr. Und bei Regen und Kälte nicht mal eine Bank zum Sitzen, so starren sie sich enttäuscht an in Kneipen und verliebt bei Cola mit Cola, erzähl was von dir, und der Druck auf dem Magen, weil ihm nichts einfällt und nur eine Leere über ihn kriecht, und als Abwechslung die Cafés mit Kaffee, und immer die unnennbare Angst zwischen beiden. Und Heike darf nicht gesehen werden von Bekannten der Eltern, also wieder in die Wälder oder in die niederen Viertel ausweichen, zwischendurch muß sie nach Hause zum Sonntagsbraten antreten, dann wieder Treffen da oder da.

Endlich der Abend, die heftigste Umarmung beim Abschied, der Eilzug nach Frankfurt über Marburg Gießen steht schon auf Gleis vier, Roland weiß nicht wohin mit sich, Heike möchte wegrennen und bleibt doch, weil es nicht so aussehen soll, als renne sie von ihm weg. Der Zug hilft ihnen und fährt an, fährt weg, er spürt noch am Daumen, daß sie ihn eben beknabbert hat, es ist fast nicht mehr wahr, die Küsse halten dem Fahrtwind nicht stand, und vorhin noch ihre Brüste gestreichelt und jetzt ist alles nicht mehr wahr und wird Liebe genannt. Wieder aufs Zugklo, um den feuchten kalt klebenden Fleck in der Unterhose wegzuwischen, die hohen Gefühle von Liebe zu dämpfen, um im Spiegel sich zu vergewissern, wie der aussieht, den die unbegreifliche Heike eben vorhin vor Stunden geküßt hat. Er fühlt sich erleichtert, daß sie das Letzte wieder mal abgewiesen hat, er fühlt sich im Stolz getroffen, daß es auch diesmal nicht so weit kam. Der Eilzug klappert stur seine Stationen ab, und alle Menschen im Wagen öden ihn an, er kann sich nicht auf sein Buch konzentrieren, der ganze Zug ödet ihn an, er möchte zurück, am nächsten Bahnhof aussteigen und zurück, endlich die Eroberung wirklich erobern. Er will nicht nach Hause, der Zug tuckert durch Dunkelheit nach Süden, er möchte weit weg, weit über Friedberg hinaus und lange Briefe schreiben vom Bodensee. Der

Zug eine einzige Zumutung, kannst nicht halten beschleunigen wenden. Mit einem Auto stünden alle Möglichkeiten dir offen und Liegesitze und bei Regen und Wind endlich geschützt.
Nie wieder Zug, dachte er jedesmal, wenn er wieder im Zug sitzen mußte oder von weitem die Bahnhöfe sah.

Nachrichten und Kommentar. Die spärlichen Informationen die daneben durchsickerten – Zeichnete sich wieder Bewegung ab – Dementierte entschieden – Weg zu gemeinsamen Gesetzesbeschlüssen nicht verbauen – Darauf einstellen daß der gegenwärtige Zustand – In Neubaugebieten verkümmern die Jugendlichen – Staat wird siegen – Zusätzlich zur bisherigen Streifensicherung – Die notwendigen und längst überfälligen Entscheidungen – Auf lange Sicht darf auch – Schritte die wir für sinnvoll und geboten – Aus lauter Scham Räuber geworden – Mit einer durch einen alten Unfall versteiften Hand nicht mehr Arbeit zu finden – Kostenloser Selbstschutz-Grundlehrgang – Wehrpflichtige erhalten den Fragebogen für die Erfassung – Allein im Kölner Raum soll die Zahl der Leiharbeiter – Tauziehen hinter den Kulissen – Uneins über Tiefgaragen – Kammgarn für diesen repräsentativen Konferenz-Anzug – Polizei ist ausgelastet genug sie muß nicht auch solchen Unsinn – Farbspiel der Raumgestaltung wiederholt sich in den Sitzmöbeln – Vortragsthema Der Kampf um die Kaufkraft – Nachteile aus der Verdünnung des Tankstellennetzes – Schiffsausflüge zu den schönsten Orten – Der echte Bruce Lee Todesgrüße aus Shanghai letzter Einsatz in Deutschland – Es muß einmal ganz klar und mit aller Deutlichkeit – Von der Eifel bis zum Weserbergland – Ganz ohne Härte geht es in keinem Staat – Revolution von höheren Töchtern und reichen Bürgersöhnen – Jetzt 100 schöne Meran-Winkelhäuser – Die Fachleute für Rentenbasis – Ihr Partner für Eingangsmatten-Service – Straße der Hauptschauplatz von Kinderunfällen – Morgens dunstig sonst wechselnd bewölkt mit einzelnen schauerartigen Niederschlägen.

Die Türklingel trocken wie der Schuß im Traum, die Erschießung neben Adenauers Villa, Tina tot zu Füßen liegend, und jetzt steht sie unten an der Haustür. Endlich eine Verabredung, die sie einhält. Roland überlegte einen Moment, ob er wirklich aufmachen sollte. Aussperren sollte ich sie wie sie mich neulich ausgesperrt hat. Ach was, bleib Herr der Situation, lässig lässig. Er ging ihr entgegen zum Aufzug.

– Tag, Tinaschatz.

– Tag, sagte sie. Ihr Lächeln mißlang.

Seit die beiden, zu ihrer eigenen Verwunderung, aus ihrem monatelang geschickt austarierten Einvernehmen gefallen waren, stimmte nichts mehr zusammen, auch die einfachen Gesten nicht, jede Bewegung ein Vorwurf, jedes Wort ein Angriff. Der Streit neulich hatte alles noch einmal zugespitzt, dann das Ausweichen voreinander eine gute Woche lang. Obwohl dieser Krach noch immer knisterte, versuchten sie souverän und unangreifbar zu erscheinen.

Tina ließ sich nur kurz küssen, fiel in einen Sessel und zeigte ihre neue Hose, khakifarben und im breiten Schnitt.

– Wie findest du meine neuen Hosen?

– Schick, sagte er und dachte, wirklich ganz schick, aber abends seh ich sie nur noch in Hosen, nur weil sie als Hostess Hosenverbot hat, krieg ich abends ihre Beine nicht zu sehen, erst mal. Der Fernseher lief noch, Diehl drehte den Ton ab.

Sie ließ keine lange Pause entstehen und leitete rasch über zu ihren vergangenen Arbeitstagen.

– Gestern eine Gruppe Spanier, ach meine Ausländer, richtig rührend werden sie jetzt.

Diehl dachte, schon wieder ein Heiratsantrag von so einem Torero. Aber sie erzählte vom Sicherheitstraining im Seminar-Center in Overath, wo die Menschenführer und anderen Besucher des Auslands Einblick nehmen dürfen in die verschiedenen Programme der Weiterqualifizierung.

– Jetzt, sagte Tina, sind sie alle scharf aufs Sicherheitstraining. Wenn ich frage, welches Programm, Betriebssicherheit Verkaufstechnik Streikabwehr Produktplanung oder Terrorabwehr, dann zögern sie nicht lange und entscheiden sich für Terrorabwehr. Ja, es klingt makaber, aber es macht ihnen Spaß, Entführung zu spielen und Risk Management und Vorbeugungsmaßnahmen durchtüfteln. Am liebsten wollen sie gleich

mit Dr. Wilhelmi die Sandkastenspiele machen und die Verhaltensmaßregeln trainieren. Das hätte ich nie gedacht, wie die Büttinger-Geschichte die Leute zusammenschweißt und gefühlsmäßig so anspricht wie sonst nichts, was wir im Programm haben.
– Dann können wir ja die PR-Abteilung in den nächsten Monaten dichtmachen, sagte er.
– Hör auf mit deinen blöden Witzen. Komm, laß uns von erfreulichen Sachen reden, Rolly. Ich will allmählich wissen, wie wir das mit dem Urlaub machen. Ich möchte das heute entschieden haben, so oder so.
– Vor dem Essen oder nach dem Essen?
– Deinen Humor möchte ich haben. Nein, ich hab keinen Hunger. Gib mir einen Schnaps.
Langsam, als wollte er etwas Unangenehmes hinauszögern, holte er die Flasche Calvados.
– Ja, Urlaub, sagte er, endlich mal raus aus der Mühle. Aber ich weiß immer noch nicht, ob ich weg kann im Moment.
– Um den Moment gehts doch nicht, aber in vier Wochen oder acht.
– Von mir aus lieber acht.
– Heut hab ich zum letztenmal diese Kataloge mitgeschleppt, mein Lieber. Ich will, daß wir uns heute entscheiden.
Tina schlug einen gereizten Ton an.
– Schön, sagte er lässig.
– Willst du überhaupt mit mir fahren?
– Ich hätte nichts dagegen.
– Ich hab gefragt, ob du willst.
Er fühlte sich bedrängt. Wenn das Fenster nicht schon auf wäre, hätte er jetzt das Fenster öffnen können. Er stand auf, machte vier Schritte zum Fernseher, in dem die bekannten Gestalten herumturnten, und stellte ihn aus. Mürrisch sagte er:
– Ich sag doch, und das hab ich schon immer gesagt, ich bin dafür, wenn du auch dafür bist.
– Aber begeistert bist du nicht.
– Ach Quatsch, und wenn ich wirklich gerade mal nicht besonders begeistert bin, dann liegt das nicht an dir und nicht am Urlaub. Komm, gib mal den Katalog her, ja, den Club.

Etwas anderes als der Ocean Club kam für ihn nicht in Frage, so weit hatte er Tina schon. Im Urlaub wollte er bedient sein, und wenn schon, dann richtig. Zu seinem Traum von Erholung gehörte Anständigfressen und Sport, richtig Austoben Surfing Tennis Tauchen, und immer ein paar Mädchen zum Greifen, Mädchen, die auf einen Ferienpartner fiebern, im Bikini schon nackt auf Roland Diehl warten und am Buffet sehr langsam die Teller füllen, bis er sie anspricht.
Doch lieber allein, dachte er. Wenn ich ehrlich wär, müßt ich das jetzt sagen. Aber das kapiert sie nicht, und den Ärger kann ich heut nicht vertragen. Wie ein Ehepaar, Scheiß.
Als er den Katalog durchblätterte, die saftfarbenen Bilder von Musterstränden und den einladenden Leibern, blieb er wieder in Afrika hängen, bei Marokko-Angeboten. Vierzehn Tage hatte er im vorigen Jahr im Marokkodorf Surfen trainiert und Tennis, soviel Hitze und Frauen erlaubten, auf Teppichen am Swimmingpool gelegen, Bogenschießen neben Eukalyptusbäumen, er hatte sich im Dampfbad von seinen Erfolgen erholt und war trotzdem unruhig gewesen, denn er wollte weg, in die Wüste, eine Woche Rundreise in einer Kolonne von Selbstfahrern durch den Hohen Atlas und die Wüste. Und als es endlich losging, als sie in Marrakesch waren, interessierten ihn in Marrakesch die Paläste und Basare nicht, die Schlangenbeschwörer und Akrobaten nicht, da zappelte der immer beherrschte Rallyefahrer Diehl, bis er endlich die Zusicherung hatte, einen der sieben Wagen fahren zu können. Endlich hatte er seine Wüste wieder, auf die er seit Tunesien gewartet hatte, er drängelte sich an den Anfang der Kolonne, um nicht von Staubfahnen belästigt zu werden. Er sah die Züge des Vorgebirges des Atlas wieder wie Leiber nebeneinanderliegender Frauen, die kurzen grünen Distelbüschel wie der Haarflaum auf den Körpern. Im R4 peste er durch die Felsschluchten von Todra, bis der Tourführer drohte, er müsse den Zündschlüssel abgeben, wenn er das Tempolimit nicht einhalte. Schnell wollte er auf die Höhen und dann abtauchen in die Wüste, aber auf dieser Rundreise gab es zuwenig Wüste. Das nächste Mal, hatte er sich vorgenommen, zieh ich allein los oder mit Beifahrer.

Tina hockte vor den Schallplatten, suchte länger und legte dann Milva auf. Das war ein Wink, denn einmal hatte er zu ihr bewundernd gesagt, die Milva sieht ja genau aus wie du! Tina setzte sich wieder, blätterte in einem anderen Katalog und schien auf ein Angebot zu warten. Ach meine Beifahrerin Tina, vielleicht sollte ich doch mit ihr weg, ein bißchen versorgen, ein bißchen verwöhnen, das versteht sie ja immerhin. Paß auf, damit geht es los, mit der Fürsorge, mit dem ungefragten Schallplattenauflegen, das ist der sichere Weg zum Zusammenwohnen zur Heirat zur Scheidung, nein, das nicht noch einmal. Ich muß sie auf Distanz halten, halten will ich sie schon. Jedenfalls bis zum Umzug nach Hamburg. Er blätterte im Katalog.

– Wie wärs denn mit Senegal, sagte er, laß uns doch nach Senegal fahren, Tina.

Und er zählte die Attraktionen auf, günstiges Klima zu jeder Jahreszeit, Nähe von Dakar, alle Sportmöglichkeiten und Hochseefischen, Haifische kannst du hier holen, im Jeep durch die Savanne, was willst du mehr.

– Ich möchte lieber auf eine Insel, sagte sie. Ich brauch das Gefühl, weg zu sein von allem, etwas für mich haben, und ich will endlich mal in die Südsee.

– Insel ist mir zuwenig, da krieg ich Platzangst.

– Die Diskussion hatten wir schon mal.

– Stört dich das?

– Was willst du eigentlich immer wieder in Afrika? fragte sie.

Er wußte es selbst nicht genau. Irgendwann war ihm aufgefallen, daß er, seit er geschieden war oder seit er beim Verband war, sich immer entferntere Urlaubsziele suchte, dann immer näher an Afrika herankam, von den Küsten aus seine Vorstöße ins Land machte, vielleicht war das ein schwaches Aufleben der Entdekkerlust, die Jugendbücher Romane Abenteuergeschichten mit Livingstone und Schweinfurth Barth und Stanley ab durch die Mitte. Er sagte:

– Nach Afrika muß man jetzt fahren, da kann man jetzt noch was rausholen. Wer weiß, wie das in zehn oder zwanzig Jahren aussieht, entweder schlagen die mit den Russen uns die Köpfe ein oder wir denen.

– Schöne Aussichten, sagte Tina, und wer garantiert dir, daß die nicht früher loslegen?
– Du mußt das nicht so ernst nehmen, Sweety.
– Hör auf mit Sweety. Nach Afrika jedenfalls kriegst du mich nicht, egal ob Marokko oder Senegal. Ich hab so schon genug mit Schwarzen zu tun, ich komm mir eh wie eine Entwicklungshelferin vor, ich will das nicht auch noch im Urlaub.
– Das ist doch auf jeder Südseeinsel dasselbe in Grün. Du kannst es doch wenigstens mal versuchen, sagte Roland.
– Warum mußt du eigentlich immer deinen Dickschädel durchsetzen?
– Wieso ich? Warum bist du denn dauernd so sauer auf mich?
– Komm, komm, sagte sie scharf. Deine Marotten stinken mir langsam. Nie willst du dich auf was festlegen. Nie gehst du mal auf mich ein, immer soll ich auf dich eingehn. Und verlassen kann man sich auch nicht auf dich. Nicht mal ne Verabredung zu einem Geburtstag kannst du einhalten, du ... Egoist.
– Ich dachte, das hätten wir geklärt, sagte er.
– Gar nichts ist geklärt.
Jetzt geht das wieder von vorn los, dachte er und sagte:
– Du bist doch nur sauer geworden neulich, weil es dir peinlich war, bei deiner Freundin ohne Mann aufzukreuzen.
– Idiot, was denkst du, wie wichtig du mir bist.
Scheiße, dachte er, jetzt fängt das wieder an wie bei dem Hickhack neulich. Schon wurde Tina ganz direkt, sie schimpfte auf ihn ein, war plötzlich nicht mehr zu bremsen.
– Ich laß mir das nicht länger bieten, mein Lieber. Du springst mit mir um wie mit deinen Miezen früher. Nein, red nicht, gar nichts kapierst du. Keine Ahnung hast du von mir.
Er versuchte, sich zu konzentrieren und sie zu unterbrechen, eine Stelle zum Einhaken zu finden. Sie soll ruhig sein, das brauch ich mir nicht bieten zu lassen, was keift die auf einmal so, als wär ich ihr Ehemann. Und so hörte er nur die Brocken, die ihm halfen, sein Schuldgefühl abzuwehren.
– Du seilst dich ab in deine Chefetage, du gräbst dich ein in deine Menschenführertheorien, aber keine Ahnung hast du von den Leuten, keine Ahnung von dir selber. Und zu mir bist du so

sensibel wie ein alter Blecheimer, jawohl Blecheimer. Du hast doch nur Angst vor dir selber, du Egoist. Keine Schwächen zeigen. Keine Blöße geben. Du bist doch völlig isoliert von allem, was mit den Leuten los ist, du Pseudo-Menschenführer. Isoliert von dir selber, ja. Weißt du, was du bist, ein kaputter Typ, ein vollkommen kaputter Typ bist du.

– Was regst du dich so auf, wenn ich einmal nicht mit zu einem lächerlichen Geburtstag komme, versuchte er zu beschwichtigen.

– Hör doch auf, darum gehts doch überhaupt nicht. Ich will endlich mal wissen, was mit dir los ist, nie sagst du was von dir. Du rückst deine Gefühle nicht raus, du rückst deine Gedanken nicht raus. Du hockst da drauf wie auf Eigentum, du Eigentumsdenker. Du machst es dir bequem in deinem Bau und läßt dich von mir emotional bedienen. Bedienen, ja dazu könntest du mal was sagen.

Er hörte ihre Sätze wie von einem Tonband. Erst jetzt merkte er, daß Milva aufgehört hatte zu singen. Die Platte umdrehen, das wäre jetzt ein Verlegenheitsmanöver, ein Signal für Schwäche. Was Tina da abließ, paßte nicht zu ihrem Gesicht, zu ihren Bewegungen. Sie sah immer noch schön aus. Sie konnte giften wie sie wollte, sie sah einfach schön aus, wenn sie schimpfte, wenn das Captagon ihr Kraft gab. Sicher hat sie wieder einiges genommen, sonst wär sie jetzt nicht so in Fahrt. Oft ist sie zu lieb und zu sehr beherrscht Hostess. Nur heulen darf sie nicht, eine Frau die flennt kommt mir nicht mehr ins Bett, war die Devise seit der Scheidung. Er unternahm nichts, sie zu beruhigen, denn er brauchte ihre Wut, diese Wut gab ihm das Gefühl, frei zu sein. Ganz kühl sagte er:

– Auf diese Ebene laß ich mich nicht ein, Tina. Für mich gilt unsere Absprache noch, keine Ansprüche. Ich bin ein Blecheimer, na schön. Aber schließlich sind wir nicht verheiratet, da kann ich doch wohl machen was ich will. Da kann ich so viel Blecheimer sein, wies mir paßt.

– Aber ich soll jederzeit für den Herrn Chefdenker bereit sein, was? Auf Kommando anrücken und mich hinlegen und wieder abrücken und bei Bewährung darf ich mit dem Herrn in Urlaub

fahren und ihm den Sack kitzeln. In welchem Jahrhundert lebst du eigentlich?
Was soll ich mich verteidigen, dachte er. Ich verhandle nicht unter Druck. Auch wenn sie zehnmal recht hat, ich kann mich doch nicht ändern von heut auf morgen, ich bin nun mal ein sachlicher Mensch und kein Gefühlsheini, und wenn sie mir so kommt, dann ist das gegen unsere Geschäftsbedingungen. Sie könnte sich wirklich mehr zusammenreißen, bißchen verbindlicher wenigstens bei aller Wut, ich versteh das nicht. Plötzlich fiel ihm das Wort Abwehraussperrung ein, und er konnte ein Grinsen nicht verhindern. Das Grinsen bezog Tina auf sich und antwortete mit feindlichen Augen.
– Was bist du für ein Scheißkerl, sagte sie leise. Ein kalter Kerl wie alle andern. Ihr wollt Führerpersönlichkeiten sein, ihr seid ja noch nicht mal Persönlichkeiten, unterentwickelte Roboter seid ihr, Analphabeten, kein bißchen Gefühl habt ihr Menschenführer, für eure Frauen schon gar nicht. Krüppel seid ihr, ja ahnungslose arrogante Krüppel, völlig verblödet in euren Karriereplänen. Ihr seid mir alle scheißegal, auch du, du erst recht, dich gibt es ja gar nicht, du bist nur Fassade, nur noch Fassade.
Er fühlte nichts. Da sie nun doch weinte, stand er nervös auf, ging zur Kochecke, wollte irgend etwas holen, nahm eine Mineralwasserflasche aus dem Kühlschrank, stellte sie einfach neben den Calvados und setzte sich wieder.
Sicher denkt sie jetzt, dachte Diehl, wenn er nicht gleich auf mich zukommt, wenn er nicht gleich wenigstens was Freundliches sagt, dann ist es wirklich aus.
– Tina, sagte er sanft.
Ihm fiel ein, es mit Versachlichung zu versuchen. Er wartete noch, dann setzte er sich zu ihr.
– Ich meine, wir sollten doch erst mal über unsern Urlaub reden.
Sie antwortete nicht, aber sie hörte immerhin auf zu weinen. Nach einer Pause versuchte er es wieder:
– Wir können von mir aus auch auf die Seychellen fahren oder Mauritius oder wohin du willst.

Da keine Antwort kam, stand er auf, drehte die Milva-Platte um, setzte sich wieder und legte, als die auf Erregung der Gefühle getrimmte Stimme lauter wurde, vorsichtig einen Arm auf Tinas Schultern. Da sie sich das gefallen ließ und beinah anschmiegte, dachte er, na bitte, sie will dich ja, der ganze Männerhaß nur Theater wie immer, jetzt mutig weiter. Er wartete noch ein paar Minuten, streichelte ihr fragend Hals und Gesicht.
– Tina, sagte er, komm mit ins Bett.
Sie sah ihn an, ganz kurz und aus engen Augen. Dann stand sie auf, nahm Tasche, Mantel und schlug die Tür hinter sich zu.
Er lief ihr nicht nach.

Kikeriki, das erste Wort, das ihm draußen auf dem Balkon in den Kopf kam, war Hahnrei. Er wußte nicht mehr, wo er das her hatte, ein veraltetes, nie gebrauchtes Wort mit unklarer Bedeutung, es hatte irgendwas mit Frauen zu tun, die ihre Männer betrügen oder abhauen, oder mit Männern scharf wie Hähne, die ein Huhn nach dem andern besteigen, er wußte es nicht. Hahnrei, schon sah sich Roland Diehl als Hahn wieder, damals Anno 62 Bundeswehr, während der Grundausbildung sitzt Rekrut Diehl eines Abends auf einem Baum und muß Kikeriki schreien auf Befehl des Zugführers, und unten am Feuer fressen die ihren Hahn. Der Zugführer und drei andere Ausbilder klauten in einer Metzgerei, es war beim Truppenübungsplatz Baumholder, ein Hähnchen aus der Tiefkühltruhe und brieten es abends am Feuer, sie hatten ihr eigenes Lagerfeuer, ein andres die Muschkoten. Und doch gelingt es einem von denen, sich an die Ausbilder heranzuschleichen, einen Flügel von dem Hahn zu klauen, den sich die Ausbilder geklaut haben, und wird ertappt, noch ehe er das bißchen Fleisch vom Knochen hat. Da wird der Zugführer wild und befiehlt dem Mann, Muschkot und nichts zu sagen, auf einen Baum zu steigen und von oben zu rufen, daß es alle hören: Ich bin der größte Hahn des dritten Zugs und werde bald geschlachtet. Und während der da oben schreit, hat Diehl den Einfall, ein Hahn, wenn er ein Hahn ist, schreit doch vorher Kikeri-

ki, und er, verrückt, ruft laut ein Kikeriki. Der Zugführer, noch immer wütend, befiehlt den Kräher zu sich, staucht ihn zusammen und schickt auch ihn auf den Baum, noch ein Stück höher als den Kameraden, der brüllt immer noch, der größte Hahn des dritten Zugs und werde bald geschlachtet. Hoch oben im Baum muß der Hahn Diehl sein Kikeriki schreien die halbe Nacht. Und das gefiel dem Zugführer so gut, daß Diehl, als die Truppe wieder in der Kaserne ist, einen Monat lang an jedem Morgen früh den ganzen Zug wecken mußte mit seinem Kikeriki.
Kein Rekrut mehr, kein Kind mehr, nie im Leben wird dir noch mal einer befehlen, Kikeriki zu schreien, auch Tina nicht. Jetzt geb ich mir meine Befehle. Wenn ich wollte, dann könnte ich vom Balkon herunter Kikeriki schreien die halbe Nacht, bis die Polizei kommt, ich könnte halb Rodenkirchen aufwecken, Schiffe da unten vom Kurs abbringen, die Soldaten am anderen Ufer mobilisieren, bis sie ihre Raketen auf mich abfeuern, ich könnte, wenn ich wollte, aber ich laß mir nichts befehlen, und könnte verrückt spielen mit meinem berühmten Kikeriki und die Stadt und die Bäume und den Sternhimmel einreißen, aber das behalt ich für mich, ich laß mir nichts vorschreiben, meine Gefühle schon gar nicht, und von Tina schon gar nicht. Ich werde sowieso hier abhauen und Tina hinter mir lassen, das löst sich alles von selbst.

Roland auf der Lauer, Roland ohne Rast aktiv, immer wenn es mit einer Frau schiefgeht, läuft er los und sucht, und auch wenn alles noch im Takt ist, er ist heimlich auf Suche. Roland mit offenen Augen bei Seminaren in Bars auf Straßen bei Parties am Urlaubsbuffet beim Überholen, immer Gesichter und Körper taxierend, wo ist die Idealfrau, Roland der Träumer sieht das scharfe Klasseweib mit dem Kopf von Ursula Andress und den Beinen von Raquel Welch und der Körper dazwischen aus jedem besseren Magazin. Roland wird keine Ruhe finden, bis er die außergewöhnliche und von allen Neidern begehrte Venus im Arm hält, zu Ritter Roland paßt nur die perfekte Frau die allzeit bereite Bettgenossin die lässige Dame, die will er lieben, wenn sie anpassungsfähig selbstständig immer heiter glänzend aussehend intelligent zart tüchtig sinnlich verständnisvoll ist, du darfst die Suche nicht aufgeben, sonst gibst du dich selbst auf.

Als hessischer Vizemeister hatte er endlich bessere Chancen beim offenen Kampf um die begehrtesten Schülerinnen in Friedberg gehabt, und wenn nicht die umschwärmte Ute, dann sollte es vorläufig wenigstens ihre Freundin sein, und tatsächlich lief er neben der aus der Eisdiele Cortina, und nach einigen Verabredungen Kinogängen ließ sie ihn an die Brust fassen, und als er dachte, du bist zu schüchtern, du mußt einfach mehr rangehen, das Ding zwischen ihre Beine drücken, die Frauen wollen das so, sagten die Sportfreunde, da hatte sie ihn weggestoßen, diese Zikke hatte zu ihm, dem Vizemeister, nein gesagt. Und er wußte nicht einmal genau, was er falsch gemacht hatte, also Schwamm drüber, du darfst die Suche nicht aufgeben, sonst gibst du dich selber auf. Dann fand er Heike die Liebe, aber in Kassel und so zerbrechlich, Heike weit weg, und Roland tanzte beim Friedberger Sportlerball mit einer vier Jahre älteren Turnerin cheek to cheek, die machte keine Umstände, als er sich an sie drückte, er lockte sie aus der Halle, sie lockte ihn in den Park, und er schämte sich mit dem nackten Arsch in der Dunkelheit, und als er noch dachte, was er jetzt wieder falsch machen würde, spürte er schon den warmen fremden Griff um seinen Schwanz, schnell schoß der Samen ihm weg, schnell war alles vorbei und danach die verlegenen Küsse. Er schämte sich vor diesem Mädchen, vor Heike, vor sich selber und gleichzeitig triumphierte er, buchte die Nacht als Erfolg, die erste Frau gebügelt. Aber diese Frau interessierte ihn nicht, weil sie älter war, weil sie ländlich dicklich Bauerntochter war und viel zu schnell bereit, dir steht jetzt, wo du ein Mann bist, die Idealfrau zu, niemals die Suche aufgeben.

Und nach den dürren Jahren beim Bund und der wenig erfolgreichen Suche in den Frankfurter Hörsälen endlich vor der Mensa die Schöne Kluge Heitere, Renate und Studentin der Erziehungswissenschaft. Aber nach einem Jahr schon die hastige Heirat, weil trotz allem das Kind kam, und nach der Heirat die Fehlgeburt und nach der Fehlgeburt die Vorwürfe Vernachlässigungen und die Scheidung. Wir, behauptete er später, haben uns beruflich entfremdet, ich als Wirtschaftsredakteur, und sie bekam immer mehr den Sozialtick und dazu das Emanzengerede. Er, behauptete Renate später, hatte nur seinen Beruf im Kopf und hatte es immer mit andern, das laß ich mir nicht bieten. Na schön, dachte er und sagte er und willigte ein, mit 28 Jahren geschieden, du darfst die Suche nicht aufgeben, sonst bist du verloren.

Du kannst es dir leisten zu suchen, auch heute noch, du brauchst dich nicht festzulegen, Tina schön und Tina gut, aber das bleibt ein Zweckbündnis, sie ist zu unberechenbar, sie hängt an ihrem Valium und allen ihren Aufputschern, sie ist süchtig nach einem Halt, aber den Gefallen tu ich ihr nicht, nein, nichts weiter auszusetzen an Tina, höchstens ihr Alter, Tina ist über dreißig, du mußt aufpassen, wenn ihre Ansprüche steigen, sie will dich einspannen als Dauerpartner Fernziel Ehemann, sei vorsichtig, einmal bei ihrer Party den Wein eingeschenkt und die Gäste an der Tür verabschiedet, und schon giltst du als fester Freund verlobt und Hausherr, als der Mann von Tina Schweizer, Roland Diehl-Schweizer, so weit kommts noch, so weit wirst du es nicht kommen lassen, Abstand halten, Könner halten Abstand, du bist noch nicht im Pantoffelalter, es wartet noch manches Weib auf dich, auf Roland den Rammler, behalt dir die Freiheit.

Jetzt ein Bier von Mann zu Mann, ein Abend mit einem Kumpan wie Schorsch Kolbe, mit dem sich so gut über die Weiber lästern ließ. Aber Schorsch Kolbe ist verschollen in Angola oder Südwest. Eines Tages stand der Kumpan vom Fahnenjunkerlehrgang in der Redaktion, klein mit glänzendem Koffer und gestreiftem Anzug, großes Hallo, Tag Diehl, ich bin dein IOS-Berater, hab deinen Namen im Radio gehört und gedacht, da komm ich einfach mal vorbei. Diehl hat Mühe, den Angeboten des alten Kameraden zu widerstehen, den lückenlosen Versprechen von Riesengewinnen, das geht ihm alles zu verdächtig auf, und schließlich hat er nicht das Einkommen eines Zahnarztes. Kolbe, der im schwer umkämpften Köln-Bonner Raum hausiert, versucht es noch öfter, aber bald flaxen sie sich nur noch an und gehen einen saufen und sprechen von den Zeiten beim Bund, und Schorsch nennt Roland armes Journalistenschwein, dich krieg ich am Ende auch noch, und Roland gibt zurück, du Hausierer, wenn du wenigstens so tolle Weiber hättest wie dein Cornfeld. Mit Weibern hat der kleine Kolbe immer Ärger, das wird ein Dauerthema. Beim großen Crash 1970 ist Kolbe, der sein Geld nur in seiner Schwindelfirma angelegt hat, erst einmal verschwunden. Nach drei Jahren, Diehl hat eben beim Verband angefangen, taucht er wieder auf, abgebrannt und verbittert. Für Kolbe ist ein ganzes System zusammengebrochen, er hat den Schock nicht vergessen, ist nicht flink umgesattelt zu anderen Fondsgeschäften, zum Warenterminschwindel, zum Bankkaufmann. Aus Kolbe ist fast ein Idealist geworden, ein Gegner der Aktien der Börsen der Banken, er wittert im Geldwesen abwechselnd jüdische arabische nordamerikanische Verschwörer. Er ist auf Jobsuche und säuft. Diehl versucht ihn aufzumöbeln, nimmt ihn mit zum Rallye-Club, pumpt ihm Geld und läßt sich von Kolbes impulsiver Systemkritik anregen, als Sparringspartner für ideologische Debatten fehlen ihm leider Wissen und Theorie. Wenn er nicht lästig fällt, ist er ein guter Kumpan, und Diehl findet es wohltuend, daß er sich ausführlich nach seinen Frauengeschichten erkundigt. Diehl gelingt es, ihn als Fahrer beim Verband unterzubringen, sein Bundeswehrführerschein spricht für ihn bei der Bewerbung. Aber Kolbe der Trottel läßt sich noch in der Probezeit im Dienst beim Trinken erwischen und fliegt. Leutnant Kolbe, IOS-Berater Kolbe, der ganze Schorsch Kolbe wieder am Boden. Am liebsten möcht er wieder zum Bund. Er kommt immer öfter und wird immer weniger erträglich. Plötzlich entschließt er sich auszuwandern, Südafrika. Was willst du denn da, fragt Roland, außer Schießen und Aktien verschieben hast du doch nichts gelernt. Dann werde ich eben schießen und Aktien verschieben, antwortet Schorsch, aber ich werde jedenfalls nicht nur Sprüche machen und die hohen Herren durch die Gegend kutschen, da unten lohnt es sich zu kämpfen, ja du ver-

mutest richtig, meine Zeit beim Bund war nicht umsonst, endlich kann ich was Vernünftiges damit anfangen. Weg ist er, und Diehl erleichtert, Kolbe die Klette, Kolbe der Bettler. Ein Brief: Endlich das Land der Träume gefunden, herrliches stolzes Land, das zu verteidigen sich lohnt, viele Möglichkeiten, besuch mich mal. Und bald danach der zweite Brief, der letzte, mit deutlichen Andeutungen, daß er jetzt nach Norden ginge, näher an die Schauplätze, wo das Schicksal des Kontinents und auch eure Zukunft entschieden wird, das schrieb er verschlüsselter, aber anhänglich, lieber Roland.
Ja Schorsch Kolbe, der immer schnelle Ergebnisse haben wollte, der nicht abwarten konnte mit dem Gewinnen, Kolbe der Säufer der Hitzkopf, jetzt ist er endgültig abgetaucht, wenn er nicht gefallen ist oder hingerichtet von Schwarzen als Kriegsverbrecher, ich glaube nicht, daß er in drei Jahren wieder auftaucht. Er wollte die Schwarzen mit dem MG bekehren, der Idealist, Kolbe das arme Schwein, wollte für uns Angola retten, vielleicht mein Freund, Kamerad Kolbe im Dschungel verschollen verscharrt, mit Kolbe jetzt ein Bier trinken gehn oder zehn.

Zu spät für spontane Verabredungen. Bei allen entfernteren Freunden und Freundinnen würde er um diese Zeit nur peinlich auffallen – der ist wohl allein, der hats wohl nötig. Also beschloß er, die beiden Schnitzel allein zu essen. Er legte eine Queen-Platte auf, die von Tina. Auf dem Cover hatte sie um den Titel I'm In Love With My Car ein Herz gemalt, diese feine Frechheit gefiel ihm auch jetzt wieder. Er hörte sich ein und hatte bald das Gefühl, den Krach mit ihr schon ausgestanden zu haben. When I'm holding your wheel – All I hear is your gear – When my hand's on your grease gun – I'm in love with my car – Gotta feel for my automobile – Told my girl I had to forget her – Rather buy me a new carburettor. In ein paar Stunden oder Tagen, dachte er, wird Tina wieder ansprechbar sein, ich kenn doch meine Tina, sie kennt mich ja auch nicht schlecht, sie weiß ja, auf wen sie sich eingelassen hat.

Lustlos und hungrig briet er die Schnitzel und kaute sie weg. Den Blecheimer, den kriegt sie noch mal zurück. Aber ansonsten muß ich sie einfach etwas freundlicher an unsere Abmachung erinnern. Ruhiger überlegte er, was Tina eigentlich von ihm forderte. Sie fordert den starken Mann und gleichzeitig den lieben Menschen. Typisch, hat sie mal gesagt, das Wort lieb kommt nicht vor in deinem Wortschatz. Der Satz war auch so ein Trick, damit wollte sie nur eine Liebeserklärung provozieren. Aber er weigerte sich, deutlich von Liebe zu reden. Er mochte Tina, weil sie attraktiv und anpassungsfähig war, weil er mit ihr schlafen mochte, ein bißchen Wärme braucht der Mensch. Aber er sträubte sich gegen jede Festlegung im Privaten, er sah keinen Grund für feste Gemeinsamkeit. Länger als sieben Tage mit einem Menschen, mit einer Frau in einer Wohnung oder gar in einem Zimmer wie im Urlaub, das hielt er nicht aus, behauptete er. Unberechenbar, die Frauen haben ihre Stimmungen, auch Tina im unregelmäßigen Takt ihrer chemischen Ups und Downs, nie weißt du, welche Pille sie steuert oder welche Taktik, gefährlich die Frauen, wenn sie zu nahe kommen. Vielleicht hat Tina mit ihren Vorwürfen irgendwo recht, trotzdem verkennt sie mich völlig, sie möchte einen idealen Roland, einen Mann nach ihrem Maß haben, sie verkennt meine Arbeit, meine Funktion, was weiß denn sie schon von mir, für mich als Chefdenker interessiert sie sich gar nicht. Ich muß beweglich bleiben, ich bin wie ich bin, nur so bin ich produktiv. Nun bedauerte er, sich bei dem Streit nicht geschickter verhalten zu haben. Er hätte mehr nachgeben sollen, dann wär es nicht so elend leer hier, dann wären sie jetzt im Bett, und er brauchte sich keine Gedanken zu machen, wie dieser angebrochene Samstagabend noch gerettet werden könnte.
Da saß der Chefdenker wieder vorm Fernseher, vor den Nachrichten, und als die bekannten Formulierungen über den Fall Büttinger abgespult waren, drehte er den Ton ab, der Rest der Welt und das Wort zum Sonntag ohne Sprache. Er wartete auf den Nachtwestern und beschloß, endlich einen Telecommander für die Fernbedienung zu kaufen. Da saß ein Formulierer der Menschenführer in seinem Apartment im Stahlbeton, eingemau-

ert in seine Enklave, soff seinen Schnaps weg bei lebendigem Leib und wußte nicht, welche Sicherheit ihm fehlte. Im Bunker hoch über Rodenkirchen war er ja sicher, solange keine Bomben fielen, alle leichteren Geschosse prallten an diesen Wänden ab, störten ihn nicht auf und belästigten ihn nicht, er brauchte nicht einmal Angst vor Einbrechern zu haben wie die Hausbesitzer unten an den Ufern und Gartenstraßen mit ihren schlecht installierten Alarmanlagen.
Es war still, das einzige Geräusch das leise Tuckern eines Kahns auf dem Rhein. Roland wunderte sich einen Moment, daß er diese Stille aushielt. Denn Stille empfand er sonst als feindlich. Jetzt waren auch keine Nachbarn mehr zu hören, die alleinstehenden Hochpreismieter bei Familie beim Partner im Wochenendhaus Kino Ausgehkneipe, nicht mal beim Wort zum Sonntag rauschten die Wasserleitungen in den benachbarten Naßzellen.
Auch die Stadt lag so weit weg, das ging ihn alles nichts an. Und doch stimmte etwas nicht, er wußte nicht was. Er war zu Hause und doch weit enfernt von allem. Vielleicht doch wieder den Ton kommen lassen, aber der Pope sprach immer noch, eine solche Mimik könnte sich Büttinger nicht leisten ohne ausgelacht zu werden. Diehl spürte weder Nähe noch Bedrohung, nur die besitzergreifende Leere dazwischen. Der übliche tote Punkt am Samstagabend, sagte er sich, wenn die Woche und die Routine abbrechen und der Schwung für die nächste Runde noch nicht da ist. Endlich der Film.

Büttinger Samstagabend zu Hause versuchte sich Diehl vorzustellen, sieht er fern in Düsseldorf, spielt er Schach oder Canasta mit seiner Frau am Starnberger See, worüber könnte er mit seiner Frau reden? Vielleicht hätte er doch gern Kinder gehabt und krault nun den Rauhhaardackel, den berühmten Toni. Selten hat Diehl Büttinger so nervös gesehen wie vor Monaten, als Toni schwerkrank ganze Nächte hindurch spuckte, Tips für Tonis Gesundheit waren inoffizieller Punkt eins der Tagesordnung einer Abteilungsleiterbesprechung, hat Moos erzählt, und Büttinger, der bei Sitzungen nur für Minister und Kanzler zu sprechen ist, hat sich die Gespräche von zu Hause durchstellen lassen, bis das Bulletin kam: Toni geht es besser.

Büttinger zu Hause abends eher besinnlich, so ein Hund ist ein sorgenvoller Philosoph, sagte er. Büttingers Leben sorgenvoll ohne großspurigen Luxus, kein Bild gibt es von ihm, das ihn mit nassen Haaren, Wassertropfen am Körper, siegesgewiß nach der Leistung der Muskeln aus dem Schwimmbecken steigend zeigt, Büttinger hat kein Reitpferd, auch nicht auf der Koppel hinter dem Landhaus am Starnberger See, der Führer der Menschenführer besteht nicht auf einer Motorjacht. Nie ist bekannt geworden, daß er einen Ingenieur herbeikommandiert hätte, der ihm beim Spiel mit der elektrischen Eisenbahn als Fahrdienstleiter assistieren müßte. Und obwohl Büttinger Zigeunergeiger schätzt, die einzige Musik die mir was sagt wenn ich ehrlich bin, hat er für seine wenigen Parties noch nie Stehgeiger oder andere Künstler gemietet. Büttinger hat nur ein Hobby, die Jagd, im Wald und auf Hochsitzen hat er sich sogar fotografieren lassen, also wird er gerade am Samstagabend sehr früh schlafen gehn. Als Freizeitbeschäftigung nennt er Fasanenzucht, aber das ist mehr das Hobby seiner Frau, die eine kleine Fasanerie am Landhaus unterhält. Büttinger gibt sich gern als Fasanenexperte aus, Fasane ein immer beliebtes Thema zur Unterhaltung der Tischdamen, die alten Chinesen, erzählt Büttinger, verehrten schon den Fasan, Symbol des Donners und der himmlischen Mächte, wußten Sie, daß die Argonauten schon, so plaudert Büttinger die Zeit weg. Am Landhaus die prächtigen Luxusvögel, in der Düsseldorfer Villa sind sie wieder zu sehen in Silber und Onyx, Keramik und Glas, die von der Gattin liebevoll gesammelten Ziervögel in allen Nischen und Regalen. Da wachen am Samstagabend die steinernen Vögel, sie bewachen einen Mann, der nicht viel zu verlieren hat, einen Pflichtmenschen, wie die PR-Leute formulieren durften, mit der unmodernen Treue gegenüber einmal eingegangenen Verpflichtungen.

Der Western war entschieden, wieder siegte der Held, der zuerst bei Sonnenaufgang eingeritten war, wieder siegte der lockere Lächler mit dem besten Schuß, wieder sank Diehl zurück in den Fernsehsessel. Was ist der Mann wert ohne sein Schießeisen, so schnell wie in diesen Tagen kriegst du den Waffenschein nie wieder, auch du bist bedroht. Wir haben Stalingrad überstanden und wir werden auch das überstehen, hat neulich jemand gesagt. Aber trainieren trainieren trainieren, bis der Schuß wie im Western aus der Hüfte kommt, ein sinnvoller Sport, ein spannendes Hobby, ein sattes Gefühl von innerer Sicherheit, Kugeln knallen pfeifen treffen, wenn der Staat uns nicht schützt, schützen wir uns selbst, alle Knabenträume werden wahr, im letzten Duell mit dem Bösewicht. Und doch kam das Ende des Films zu früh.

Den Spätnachrichten stellte er sofort den Ton ab. Im andern Programm eine Kriminalstory zu verwickelt zu kostümiert, das dritte schon tot, wo bleiben die Privatsender, wo bleibt die Verkabelung. Noch mal vors Haus ans Rheinufer wollte er nicht, Müdigkeit hielt ihn fest, der Chefdenker trudelte ins Bett.

Jetzt müßte Tina hier sein.

Jetzt bei der Wirtin im Club.

Jetzt auf dem Teppich mit Polls neuer Sekretärin.

Jetzt müßte es klingeln und das gut aussehende, angenehm geschminkte Mädchen von neulich wieder in der Tür erscheinen und sagen, sie komme auf Empfehlung von Herrn Dr. Stellmacher aus dem Verband, sie sei Beraterin für Herrenkosmetik und bitte um einige Minuten Aufmerksamkeit.

Gern könnte sie erst einmal ihre Verkaufssprüche zum besten geben: Sie werden sich vielleicht wundern, daß ich Sie so überfalle, aber Sie brauchen keine Sorge zu haben. Im Gegenteil, es geht um Ihr Aussehen, Herr Diehl. Auch Ihre Haut leidet unter einem Feuchtigkeits-Defizit, davon spüren Sie heute noch wenig, aber Sie werden es mit 40, mit 45 merken – wenn Sie nicht heute anfangen, etwas dagegen zu tun. Immer mehr Herren sehen ein, daß das alte Argument, Männerhaut sei von Natur aus trocken und Falten seien charaktervoll und männlich, einfach nicht zutrifft.

Er sieht die Vertreterin genauer an, perfekt gepflegt ist sie, aber nicht so dümmlich lächelnd wie die Mädchen in den Kosmetik-Depots in den Kaufhäusern, verschanzt hinter den Theken und Barrikaden aus blinkenden Fläschchen. Nun sitzt eine geheimnisvoll vor ihm, lebendig und ganz nah. Sie spricht auf ihn ein mit der suggestiven Altstimme der Werbesendungen, nicht routiniert, sondern konzentriert nimmt sie ihn ganz in ihren Blick.

Ich kann mir denken, daß Sie Tiegel und Fläschchen in Ihrem Bad für unmännlich halten. Aber gestatten Sie mir als Frau, Ihnen zu sagen, daß Sie in dieser Hinsicht wohl ein etwas altmodisches Bild von Männlichkeit oder Unmännlichkeit haben. Sie sind ein moderner Mensch, wie ich sehe. Deshalb erlaube ich mir, Sie ganz direkt zu fragen. Warum sollen Männer sich nicht genauso pflegen, wie es uns Frauen selbstverständlich zugestanden wird, warum sollen Männer nicht einen ganz persönlich auf sie abgestimmten Duft benutzen? Sehen Sie, alles dumme Vorurteile.

Allmählich vergißt er, daß er Partner eines Verkaufsgesprächs ist, vergißt alle Tricks des Verkaufstrainings und des Verkaufsabwehrtrainings. Das Mädchen rückt näher, trägt ihm eine Probe auf, er lehnt sich zurück, atmet ihren schweren Duft ein. Sie massiert die Creme auf Stirn und Wangen, und die Nase, wenn Sie erlauben. Sie lacht, er fühlt sich in jeder Pore gestreichelt befingert belebt, längst denkt er über eine geschickte Bewegung Formulierung Geste nach, mit der er sie Richtung Couch lenken könnte. Sie sieht ihn an, als hätte auch sie nichts anderes vor, sie steht leicht über ihn gebeugt, ihre Brüste hängen ihm entgegen, sie fragt, wie er sich fühle.

Ausgezeichnet, sagt er, sehr wohltuend, und versucht, ihre Hand zu berühren, die sie nicht sofort, aber dann doch zurückzieht. Sie bietet ihm nun die ganze Herren-Serie an. Wir haben, sagt sie, ein komplettes Pflege-Programm für den ganzen Mann, eine Basis-Pflege-Serie mit einem deutlichen, eleganten Duft, und das ist die Creme, die Sie jetzt auf der Haut spüren. Sie spricht weiter von Feuchtigkeitsmasken und Augencremes und empfiehlt ihm zur Probe zunächst zwei Cremes und ein Eau de

toilette. Wenn Sie mehr wünschen, Herr Diehl, ich stehe jederzeit gern zu Ihrer Verfügung, hier meine Karte. Er zahlt mit Scheck 89 DM, und viel schneller als ihm lieb entfliegt die schöne Fee.
Auf was für einen tollen Trick bin ich da hereingefallen, dachte er, Mann, was hat es mich gejuckt, sie beim Wort zu nehmen und zu packen und kräftig zu stemmen. Auf jeden Fall werd ich die mal anrufen. Vielleicht war die Kosmetik nur ein Vorwand, ein raffiniertes Angebot der höheren Prostitution, vielleicht waren ihre Reize doch nur ein Anreiz, die Kosmetik loszuschlagen.
Ganz egal, sicher gehts um beides, wahrscheinlich eine Doppelverdienerin, von so einer Puppe laß ich mir das gefallen, die laß ich mir nicht entgehen, die müßte jetzt hier sein, genau die.

Der Mann ohne Probleme. Er wollte sich wegsacken lassen, endlich einschlafen, da sah er sich durch Wacholdergestrüpp laufen, ausgepumpt verschwitzt kam er auf einer Anhöhe an, er atmete zu schnell, wollte tiefer atmen, ruhig einatmen, endlich einschlafen, er war wach wie nie vom Kaffee vom Schlafmittel gejagt aus dem Schlaf wieder zu den Höhen und Winkeln der Eifel gescheucht, er versuchte einen festen Punkt zu finden, es beunruhigte ihn, nicht einmal die Himmelsrichtungen feststellen zu können, nur die Sterne steckten das Feld oben ab, aber er fand den Großen Wagen nicht, das einzige Sternbild das er kannte, nie konnte er sich eine Ordnung einprägen da oben, da blickt doch keiner durch, ein Sauhaufen da oben, hatte er mal stockbesoffen beim Bund zu seinen Rekruten gesagt, und er war immer noch stolz darauf, daß sie darüber eine halbe Stunde lachen konnten, ein Sauhaufen Saufhaufen, paß auf, nimm dich zusammen, du bist nicht ganz nüchtern, ganz nüchtern, wenn du willst, kannst du alles ordnen systematisieren begreifen, kannst du alles in den Griff kriegen, sogar die verrückte Lichtgeschwindigkeit, kannst ins Radioteleskop Effelsberg einbrechen und dir mit Zahlen Formeln Instrumenten die Sicherheit ins Gehirn zurückholen, aber wenn du ehrlich bist, interessiert dich da oben in den Sternmassen gar nichts außer den Schwarzen Löchern und der Theorie von den Schwarzen Löchern und der triumphalen Möglichkeit, daß unser ganzer verloschener Erdklumpen eines Tages von einem dieser Löcher einfach verschluckt wird, heim zu den Müttern, den Schwarzen Löchern, wo wirst du dich dann festhalten, du wirst in den Milchstraßen ersaufen und in den letzten Minuten vor deinem Abgang noch Sternschnuppen mieten für deine billigen Wünsche, was sind deine Wünsche, Roland Diehl ist der Größte, das Weltall expandiert in jeder Sekunde, in jeder Sekunde explodieren Sternsysteme, was sind deine Wünsche, Expansion und Explosion der freien Persönlichkeit im ausgehenden 20. Jahrhundert, was willst du, wenn du denkst, was du willst, Roland Diehl will zu viel, Roland Diehl will überhaupt nichts, er weiß nicht, was er will, er verrenkt unnötig den Hals wie ein sechzehnjähriger Oberschüler, der sich vom Weltall küssen läßt, du ahnst plötzlich, daß sie dich abweisen die Sterne und dich schwach machen, warum wird dir schwindlig, du hast dich doch sonst immer stark gefühlt, die Sterne haben dir immer recht gegeben, du weißt noch genau, es war in den Tagen nach dem Abitur, ihr hattet den dritten Bierabend hinter euch, du gingst allein mit erstaunlich klarem Kopf in der kalten Luft an den unbeleuchteten Schaufenstern vorbei in den schon versunkenen Straßen von Friedberg, da hattest du auf einmal den Durchblick und den heftigen Willen, du wirst es ihnen allen zeigen, du wirst über Friedberg hinauswachsen, nicht wie die Freunde in fünf Jahren zurückkehren und an der alten Penne Lehrer werden oder höhere Postlaufbahn oder die väterliche Apotheke, die Sterne in dieser Februarnacht haben dirs versprochen, du wirst es schaffen, einer wird gewinnen, clever machst du erst den Leutnant 6000 Mark Abfindung, dann zweigleisig Volkswirtschaft und Journalistik und in zehn Jahren lädst du sie alle ein zum Sektfrühstück in deine Villa in Düsseldorf, du wirst gewinnen, du kriegst die Kurve nach oben, so hast dus den Sternen versprochen und am nächsten Abend gröhlend verkündet, alle eingeladen zum Sektfrühstück in zehn Jahren, ja wie hast du dich stark gefühlt, und nach zwei Jahren Bund und Schaukeln im Panzer das erste Mal wieder stark als Zivilist, als die Sterne dir recht gaben, der erste Urlaub am Mittelmeer, du hattest das Mädchen wieder weggeschickt auf den Campingplatz mit den Worten Laß mich allein jetzt, so überlegen standst du auf dem Balkon zwischen Himmel und Erde, und der Rausch des Astronauten und die Wärme des Erdbodens treffen sich in keinem Geringeren als in dir, und dann erst der Himmel über Marokko, die Anziehungskraft der Sterne wird stärker als die der Erde, das Schönste in Afrika, erzähltest du auf den Parties, sind die Nächte in Afrika, du spürtest die ganze Kraft, es war dein Boden unter den Füßen, dein Boden in Marokko, denn wo du stehst, ist der Mittelpunkt der Welt, davon kannst du ausgehen, diese Religion hast du dir immer gern spendiert, wo ist deine Kraft deine Sicherheit hin, warum wirst du verlegen, wenn einer dich fragt, was du willst, warum wird dir schwindlig unter den albernen Sternen, du liegst doch, du schläfst bald, wo ist dein Boden oder kannst du dich nicht mehr auf deine Beine verlassen, wieder spürst du Bewegung unter den Füßen, der Waldboden verdächtig locker, Kriechtiere bringen die Erde ins Wanken, Maulwürfe kippen dich aus den Latschen, Giftmüllfässer kollern durch die Stollen, Mineralquellen brodeln, die Vulkane der Eifel sind nicht erloschen, du stehst auf dem Lavakegel, das Grundwasser sackt tief in die Erde hinab, trifft auf die aufsteigende Lava, schon kommt es vor 8000 Jahren oder morgen oder in 500 Jahren zu Dampfexplosionen, wir wissen neuerdings, hatte der Gastwirt in seinem gespreizten Hochdeutsch gesagt, daß die Eruptionsphase jederzeit wieder anfangen kann, es gibt keinen sicheren Hinweis darauf, daß die vulkanische Phase des Bodens, auf dem du da stehst, beendet sein könnte, nimm dich zusammen, schlaf ein, du bist längst müde, halt dich an der Bettkante fest, wo hältst du dich fest, wenn die Erde zittert, wenn der Rhein hoch über die Ufer tritt und bis vor dein Bett schwappt im achten Stock, wo hältst du dich fest, wenn du am hellichten Tag auf die Idee kommst, die Knochen deines Alten auszugraben, angenommen du wüßtest die Stelle, irgendwo in den ausgebrannten Wäldern der Eifel erschossen vermißt vergraben verwest, den Alten den du nur als Toten kennst, der starb jünger als du, was könnte sein

Schädel dir beweisen, wo greifst du hin, wenn der Boden schwankt, nimm dich zusammen, solang du deinen Vätern hinterherläufst, werden sie dir den Schädel spalten, dankbar für so viel Anteilnahme, warum läßt du deinen Alten nicht unter der Erde in seinem Versteck bei den Würmern für tot erklärt, warum kannst du nicht durch Wälder Uferwiesen Schlachtfelder und durch diese läppische Nacht kommen ohne an Büttinger zu denken mit Schuldgefühlen, warum Schlafstörungen du Einzelkind du verhinderter Amokläufer, auf welche Seite drehst du dich, wenn du nicht schlafen kannst, welche Höhlen suchst du, welche Reisen im Schlaf, freu dich des Lebens in deinem tapezierten Bunker Apartment, wo lehnst du dich an, du erwachsener Halbwaise, wenn du ohnmächtig wirst in der sauerstoffhaltigen Luft, ein Schock für die an Kohlenmonoxyddioxyd gewöhnten Lungen, freu dich des Lebens, dir geht es noch nicht wie dem Fisch aus dem Rheinwasser der in sauberem Wasser krepiert, wo bist du, wo denkst du hin, wenn du den Geschmack in den Tomaten nicht mehr findest, wenn dir die Hirnzellen leise absterben, wenn dir das Abendrot in die Knochen fährt wie ein Schreck, kein Schoß der Familie erwartet dich, kein Häuschen mit Garten, nimm dich zusammen, denk an was andres, plötzlich beginnst du zu denken, alles was ich mir ins Maul stecke, was ich durch die Nase filtre, alles was ich mir zuführe, führt mich zum Krebs, ja du möchtest nicht sehen, wie es deinen Magenwänden ergeht, du mußt deine angefressenen Lungenflügel verleugnen, welches Organ könntest du noch spenden, wer bist du hinter dem Schutzwall der Viren, wie hältst du den Kopf, wenn sie dich aussetzen auf irgendeinem Hügel im Mittelgebirge oder am Ufer Rodenkirchen oder wenn sie dich aufknüpfen in deinem Büro oder ersticken mit deinen Kissen, wo gehst du hin, du mehrfach geprüfter Chauvi, wenn du Tina an der Fahrstuhltür verabschiedet hast, bis auf weiteres für immer wir wollen Freunde bleiben, wenn du die nächste Frau weggeschickt hast mit denselben Sätzen, wer hilft dir, wenn sie dir den Traum des alternden Playboys vom Rallye-Fahren nehmen, wenn sie dich zwei Kilometer vor dem Ziel Monte Carlo mitten in diesem Traum wecken und sagen, das war jetzt REM-Test Nummer 53, was willst du da machen, was willst du, was willst du im Verband der Menschenführer, du glaubst doch selber nicht, daß du an diesen Problemen Interesse hast, Personalführung Grundwerte Auftragsbestände und die Löhne x-beliebiger Leute, Diehl der Mann ohne Interesse ohne Probleme, du bist nicht mal sicher, ob du das Angebot des Verbandes der Terroristen ausschlagen würdest, mit ihnen Karriere zu machen, deinen BMW kannst du behalten, Erfolgsbeteiligung beim allmonatlichen Combat-Schuß, eine Logistik ohne ideologische Hemmschwellen, management by adventures, das wär doch nach deinem Geschmack, das brauchst du doch, wo bist du jetzt, auf welcher Seite der Barrikade ist dir egal, Hauptsache die Barrikade vor Augen, vor der Kimme ein Ziel in Sichtweite, das Jucken im Finger am Abzug, das Jucken im Fuß am Gaspedal und Rücken frei Straße frei, da spürst du dich leben, dein Leben mit siebenunddreißig immer noch in Abhängigkeit, Zuträger Diener Gedankenmasseur für die Chefetagen, und dieser Herr Chefdenker läßt sich mitten in der Nacht von seinen Gedanken ins Freie scheuchen, warum schläfst du nicht ein, da steht ein Irrer am Ufer, ein Irrer auf dem Hügel, der Chefdenker wäre wohl gern Feldherr geworden, so viel Besitzerstolz noch, wenn er sich vorstellt, an allen Fronten kratzen deutsche Soldaten in den Gefechtspausen den getrockneten den noch klebenden Schlamm oder den festhaftenden Staub von den Stiefeln und tragen die Schuhcreme der Firma Diehl u. Söhne auf, sparsam wie befohlen, und lassen die Creme in der herbstlichen Luft Norwegens im warmen Wind Kretas in der Schneekälte einziehen ins Leder, eh sie die Schuhe die einzig verläßlichen Begleiter für den nächsten Einsatz blank wienern, glänzend wie Judeneier im Mondschein, heißt der Befehl, und dann ran an den Feind, ihr Wichser, brüllt Leutnant Diehl, siebzigtausend tote Amerikaner da drüben im Hürtgenwald, und alles Blut schon wieder gefiltert aus dem Gedächtnis und Grundwasser, Leutnant Diehl kann beruhigt weiterträumen, welchen Krieg wünschen Sie, General Diehl, gib zu, dieser Frieden macht dich kribbelig, der ewig gleiche Kampf um Wachstumsraten Systemfragen Exportquoten füllt eine dynamische Person wie dich nicht aus, irgendwo reinschlagen draufhauen nachsetzen, nur einen sauberen kleinen Krieg eine Woche und die Luft wäre wieder rein und alle hätten wieder was zu erzählen, Verteidigungsminister Diehl ist kein Unmensch kein Kriegstreiber und befiehlt nach einer Woche Strafexpedition gegen das kommunistische Island Italien Angola gegen das kommunistisch unterwanderte Partnervereinshaus den Rückzug, laß das, spar dir die Sehnsucht nach dem Blitzkrieg der Blitzkarriere, Roland auf der Abschußrampe mitten in der Nacht, ein nasser Sack, du würdest nicht mal den Härtetest für Manager bestehen, Bäumefällen und Köhlerhütten bauen im Team mit permanenter Kritik, Trommelfeuer Negativ-Kritik umschalten auf Positiv-Kritik abwechselnd zwei Wochen bis zum Erbrechen, du würdest nach drei Tagen umfallen, du wirst weglaufen und dich verlaufen, du wirst mit einem Schlag die Sprache verlieren, deine glatte polierte ermüdende Sprache, eines Tages wirst du stumm in deinen Kleidern hängen, eines Tages wirst du ergeben die Haut, die sie dir abgezogen haben, über den Arm tragen und an der Garderobe des Kongresses der Menschenführer abgeben und vergessen haben, daß dir was weh getan hat, du wirst deine Haut deinen Mantel nicht teilen, bestenfalls günstig verkaufen meistbietend, vierhunderttausend Mark soll der Mensch im Durchschnitt wert sein der Deutsche, alle Kosten Ernährung Erziehung Kleidung über Jahrzehnte alles mitgerechnet Nutzen-Kosten-Analyse, aber ein Mann wie du, mit der Energie mit der Stellung mit dem Einfluß, kann nach dieser Methode mit einer Million taxiert werden, was fängst du an mit dieser Million, du Millionär deiner Milliarden Zellen, du Software-Roland du Hardware-Diehl, wo setzt du dein Herzmaschinchen ein, ach der Millionär hat Zahnfleischbluten, damit fängt der Tod an, leg dich mal hin zum Checkup in eine Klinik für Diagnostik, zum erstenmal in 37 Jahren hast du das Gefühl, auf dem Seziertisch zu liegen, hast Angst deinem Herzschlag zuzuhören, du weißt nicht, mit welchen Reibungsverlusten dein Blut durch die Adern schießt, du merkst nur, es geht zu schnell oder es geht zu langsam, du fängst an deinen Drüsen zu mißtrauen, du bist nicht gut auf die Säuren zu sprechen die dich entgiften, du hast Angst das Nervensystem das Blutsystem das chemische System, alles bricht plötzlich zusammen, nur weil du es nicht im Griff hast, weil du nicht weißt, wie es funktioniert und wie du Einfluß drauf nehmen kannst, ja der Millionär möchte keine Probleme haben, der Millionär leidet daran keine Probleme zu haben, der Millionär weiß nicht mehr, wie das geht, leiden, der Millionär ist investitionsmüde, wo ist dein Ehrgeiz hin, du wolltest das totale Sektfrühstück in Düsseldorf, du wolltest erst Olympiasieger und dann Deutschlands Jazztrompeter Nummer 1 werden, du wolltest einmal die Rallye von Monte Carlo gewinnen und in einen Konzern einheiraten, du wolltest du willst du wolltest, du willst deinen Chef den Chef der Menschenführer befreien, Diehl verjagt die Terrorbande aus der konspirativen Eifelhöhle, Diehl befreit Büttinger, Diehl Held der Nation verzichtet aufs Bundesverdienstkreuz, ich habe nur meine Pflicht das hätte jeder an meiner Stelle, Diehl der Idealist mit der Angst vorm Stich der Nadel der Ordensspange in die Haut, Diehl verkauft seine Story Ein Mann trotzt dem Terror meistbietend, der Bestsellerautor wird freiberuflicher Chefberater und kriegt doch noch seine Pharmatochter, kann sich bei der nächsten Monte den Service der Profis leisten und kommt unter die ersten drei, endlich ein Sieg, hör auf, du bist wirklich nervös, du bist wieder ganz nüchtern, schlaf endlich ein, es ist verdammt spät, du hast keine Angst vor nichts und niemand, vor der Dunkelheit, du bist nicht der kleine Roland im Keller, du bist nicht der Irre auf den Hügeln, du bist kein Greis der den verplemperten Chancen nachtrauert, du bist jetzt nicht in der Eifel, du bist jetzt nicht am Uferweg unten, wo der schmal wird am Ruderhaus Borussia, wo du schon einmal die Angst hattest, daß einer dich anspringt oder den Schädel dir einschlägt wegen 50 Mark den Chefdenkerschädel, nein, schlaf endlich ein, schlaf weiter, du bist doch schon im Schlaf.

Wieder zu spät zur Arbeit, ich lauf am Pförtner vorbei und die ersten Treppen. Da fliegt ein Mann von außen ans Fenster, ich will ausweichen, stolpere, Augen zu, der Fensterputzer wer sonst. Der Mann ist noch da, ohne Korb klettert er draußen am Fenster nach oben. Das Gesicht kennst du doch, der Mann kommt mir vor wie Netterer, ich denk ich spinne, der Netterer hier an unserm Haus! Gefahr Spionage Attentat. Näher ans Fenster und ich entdecke noch mehr, drei vier sechs, lauter Männer vom Partnerverein, Tallerer, Schillebeck, Menscher und jüngere, die ich nicht kenne. Alarm, ich ruf nach oben und unten ins Treppenhaus, renne in die dritte Etage hinunter, reiße Türen auf, alle Zimmer leer sogar ohne Möbel, ich haste in den vierten Stock, auch hier kein Mensch.
Da keucht Büttinger die Treppe hoch. Diehl, keine Sorge, wir kriegen die Banditen. Er zieht einen Mann mit und stellt ihn mir ausführlich vor, Herr Siegfried Böx, war früher mal beim Partnerverein und ein MG hat er auch.
Wieder zeigt sich die Bande vor den Fenstern, sie grinsen, als hielten sie uns drinnen für waffenlos. Böx mit dem MG steht halb hinter mir und Büttinger, er läßt zwei Mann draußen vorbeiklettern. Büttinger zischt ihn an, schieß doch endlich. Böx wartet ganz ruhig, wartet auf Netterer, den er mit einer satten Salve in den Rücken niedermacht und der trotzdem uns entgegen durchs Fenster Büttinger vor die Füße fällt. Die anderen läßt Böx entkommen. Ich fürchte, dem noch nicht ganz Toten könnten die Scherben weh tun. Netterer hat einen weißen Anzug an wie ein Filmschauspieler, das Blut quillt rot aus dem weißen Jackenrücken, sickert die Treppe hinab, tropft über die Hartgummikante der Stufen. Ich fege es weg. Da schwillt die Musik aus den Lautsprechern im Treppenhaus laut an. Wir drei schreiten nach unten, auf die Straße hinaus, unter die Bäume am Ufer und warten auf Beifall. Da holt Büttinger etwas aus seiner Tasche, sein Bundesverdienstkreuz, das er dem MG-Schützen Böx feierlich um den Hals legt. In dem Moment seh ich die Bande um die

Hausecke schleichen, bewaffnet mit Steinen und Holzknüppeln, ich stelle mich vor Büttinger, bis Böx sein MG wieder klar hat. Wir gehen rückwärts.
Ich hab Angst, in den Rhein getrieben zu werden und zu ersaufen. Ich denke, die Stunde des Handelns, und geh entschlossen auf die fünf Gangster zu und sage so leise und überlegen wie im Kino: Na, Tallerer, schießen Sie doch! Er schießt nicht. Bis auf vier Meter gehe ich heran und versuche, ihn mit Worten fertig zu machen: Zehn Millionen stehen hinter Ihnen, warum schießen Sie nicht, Sie Bastard! Sie Verräter!
Endlich hab ich ihn so weit, gleich wird er abdrücken, da rufe ich: Moment, wir geben ein Zehntel zu!
Tallerer wendet sich ab, will sich mit seiner Mannschaft verständigen, da schlag ich ihm den Colt aus der Hand, setze ihm voll was auf die Fresse, dann einen Kinnhaken, er ist sofort k.o. Büttinger gratuliert mir lächelnd, aber im gleichen Augenblick wird er von einer Kugel getroffen. Seine Backe schwillt, in Sekundenschnelle ist sein Gesicht nicht wiederzuerkennen, ich weiß nicht, ob er schon tot ist, ob er es ist.
Entschlossen übernehme ich die Führung, schon sind wir bei Friedensverhandlungen und den Formulierungen über ein Kommuniqué. Dann feiern wir mit vielen fremden Freunden, wir sitzen im Rheinpark an langen Tischen neben einem unendlichen Autofriedhof. Mein Gegner und Verhandlungsführer Menscher mir gegenüber, wir trinken weißen Wein aus Altbiergläsern, beißen in Lammkeulen und fixieren uns immer noch mißtrauisch.
Menscher hat statt der Lammkeule plötzlich eine Holzkeule auf seinem Teller, ich wundere mich darüber und nehme mir vor aufzupassen. Ich werde abgelenkt, als jemand von hinten neben mich tritt und mir meinen Kraftfahrzeugschein zeigt, der gefälscht ist. Ich erschrecke, die Fälschung darf dem Partnerverein auf keinen Fall bekanntwerden, ich wäre verloren. Meine Verwirrung nutzt Menscher blitzschnell aus, zieht aus der Holzkeule eine versteckte Pistole und streckt mich mit zwei Schüssen nieder.
Kaum bin ich tot, setzt mein Bewußtsein ein. Ärger steigt mir

hoch, daß Menscher mich so plump reingelegt hat. Ich will ihm an die Gurgel und hab ihn schon, doch meine Hände sind ja auch tot, ich kann nicht greifen und ihm den Hals nicht zudrücken. Menscher aber hat Schwierigkeiten, meine Leiche fortzuschaffen und zu verstecken, er fürchtet sich, mit mir ertappt zu werden, ich beobachte schadenfroh seine Panik.
Da huscht ein Schwarm Mädchen um ihn herum, Stewardessen der Lufthansa, die helfen Menscher endlich, meine Leiche hinter die Büsche neben dem Autofriedhof zu schaffen. Ich merke, wie sie an meinem toten Körper ziehen, ihn zerren und schleifen. Sie stellen sich ungeschickt an und jammern, sie seien so schwach und die Menschenführer ja so viel besser ausgebildet. Das sind nun die letzten Reserven, des Partnervereins. Die Mädchen starten zur Flucht, heben ab wie Gänse oder der Kranich ihrer Gesellschaft. Ein paar Minuten ist alles ganz still. Ich weiß, ich bin tot, aber wir haben gewonnen. Vorsichtig steh ich auf, ich kann laufen, streife verliebt durch den Park, wo sind die Mädchen, der Schwung in den Füßen treibt mich schneller voran als ich laufen kann, mit dem Tempo hol ich die Goldmedaille. Ich spüre mein Herz meine Lunge nicht, ich greif ins Geäst, wo die Medaillen hängen, und bei der Berührung fallen sie herunter in Tulpenbeete. Von fern höre ich Moos und die andern aus der Abteilung rufen: Ab nach Düsseldorf, jetzt stürmen wir das Haus der Partner. Schon sitzen sie in den Karossen vom Autofriedhof und jagen an mir vorbei mit Fahrradklingeln. Ich will nicht mit, will erst die Goldmedaille gewinnen, und die Olympiade soll gerade in Bonn stattfinden. Ich brauche die Lufthansa-Mädchen, um nach Bonn zu kommen, ich suche sie, weit vor mir auf den Wiesen leuchten die gelben Blusen.

Von fern ein Klingeln, das Telefon zerrte Diehl aus dem Schlaf.
– Tina.
– Was willst du, ich schlaf.
– Ich wollt dir nur sagen ...

– Ich hab jetzt keine Lust, mit dir zu reden. Ich ...
– Ich wollt dir nur sagen, sagte sie, ich hab eben Nachrichten gehört. Die haben Büttinger gefunden.
– Was?
– Ja, eben in den Nachrichten. Aber ...
– Und, ist er ...
– Ich weiß nicht, das ist noch alles mysteriös, das haben sie nicht gesagt, und sie haben die Meldung auch halb dementiert.
Er schwankte zur Stereoanlage, drückte auf den Knopf für Power, fand im UKW-Bereich nur Musik. Wieder am Telefon sagte er:
– Nichts mehr. Wieviel Uhr ist es?
– Zehn nach zwei.
Er sah auf seine Uhr, ja zehn nach zwei. Er wußte nichts zu sagen, hörte sich ins Telefon flüstern:
– Das darf doch nicht wahr sein.
Zu schwach, das Geträumte abzuschieben, sagte er unwillig Danke und Tschüß und legte auf. Undeutlich spürte er, daß er eben noch Seite an Seite mit Büttinger gekämpft hatte, der Schweiß Beweis für den Kampf. Diese Nachricht störte ihn heftig, ein Stich, keine Erlösung.
Im Fernsehen nur das scharfe laute Rauschen. Er rauchte. Ob Tinas Meldung nur ein Vorwand war, überlegte er, ein Versöhnungsangebot, das er wieder einmal zu spät bemerkt hatte. Mich wegen Büttinger zu wecken, mitten in der Nacht, das kann doch kein Grund für sie sein, oder. Also rasch zurückrufen.
Er ließ es, keine Lust, sich noch einmal abweisen zu lassen. Das Radio blieb an, eine Stunde, eine dreiviertel Stunde noch bis zu den nächsten Nachrichten. Er legte sich wieder aufs Bett. Bleib wach, eine Stunde wach für Büttinger, bleib wach.

Über mir hör ich leise die Bäume. Ich bin wach und im Freien, denke ich und schlag erleichtert die Augen auf. In einem Wald auf weichem Nadelboden. Die Bäume sind so hoch, oder ich liege so tief, daß meine Augen die Wipfel nicht erreichen. Schanz

der Bayer steht über mir wie ein Förster oder Wildhüter und befiehlt mir aufzustehen. Du wirst gesucht, sagt er und geht voran, ich folge. Die Zweige sollen ihm endlich seinen Tirolerhut vom Kopf wischen, hoffe ich, aber er weicht immer geschickt aus, der Hut fällt nicht, und ich ärgere mich darüber.
Der Wald lichtet sich, wir halten vor einer Holzbaracke, ein Schild: Schießplatz – Betreten nicht für Unbefugte verboten! Schanz verschwindet in dem Gebäude, Fahnen werden gehißt. Ich will endlich wieder schießen. Die Tür geht auf, und ein Major tritt heraus und winkt mir, näher zu kommen. Er spricht mich feierlich an: Wir haben Sie auf die Fahndung setzen lassen, damit wir Sie endlich wiederhaben. Schön, daß Sie den Weg zu uns gefunden haben.
Er führt mich durch das Holzhaus auf einen Innenhof, wo eine Anzahl Männer auf Korbstühlen sitzen und mich mißtrauisch mustern. Am besten, sagt der Major, stellen sich die Teilnehmer des Kurses selber vor.
Einzeln erheben sie sich aus den Korbstühlen, nennen Name und Einsatz.
Polch, Sondereinheit.
Scheuern, Werkschutzobermaat.
Dr. Vlatten und Dr. Nohn, beide Ärzte mit Jagdpacht.
Vossenack, Fraktion Armee.
Simmerath, Oberst im Munitionsamt.
Birgel, Apotheker aus Essen – gestatten Sie mir hinzuzufügen, daß ich meinen Morphiumschrank schon zweimal mit Gewalt verteidigen mußte.
Dr. Neuhaus, Bankier aus München, auch ich darf hinzufügen, daß ich einmal fast entführt worden wäre.
Olk, Sicherheitsberater, gestatten Sie mir, nichts hinzuzufügen.
Danke, meine Herren, sagt der Major. Den theoretischen Teil, Waffenrecht, Tragweise, Munitionswahl, Ballistik und so weiter haben wir hinter uns, das hat unser junger Freund leider verpaßt. Zwei Tage haben wir schon geübt den gezielten einhändigen weaver-Schuß und den gezielten beidhändigen, den Instinktschuß, den Hüftschuß à la FBI stehend, liegend, kniend, Hüft-

schuß auf multiple Ziele und Nachtschießen mit Stablampe und Leuchtspur. Jetzt kommen wir zum Schnellziehen im Duell aus dem offenen Holster. Ich wünsche mit meinem Freund Diehl den Anfang zu machen.
Herr Major, rufe ich, ich habe alle Vorübungen versäumt. Ich bin nicht im Training, ich hab noch nichts gelernt.
Du Trottel, wozu haben wir dich in die Welt hinausgeschickt, tobt der alte Major, wozu haben wird dich beim Bund geschleift, wozu haben wir dich in alle Schulen geschickt, wozu haben wir 37 Jahre in dich investiert, wenn du dich jetzt unsern Befehlen verweigerst. Wir werden dich beseitigen müssen. Schanz, stellen Sie den Kerl an die Wand.
Zu Befehl, sagt Schanz.
Er will mich eben wegführen. Da tritt ein Mädchen, das Tina ähnlich sieht, vielleicht Tina mit neunzehn, hinter dem Stuhl des Majors hervor. Sie beginnt einen Striptease vor dem Alten, der zusehends zum Greis wird. Als sie nackt ist, sagt sie, ich bitte dich um Milde.
Der Greis wirft ihr die Kleider wieder zu und sagt: Dir zuliebe, meine Tochter, soll seine Verweigerung nur mit Gefangenschaft bestraft werden. Lebenslänglich, das ist das äußerste, was ich für ihn tun kann.
Ich greife nach Tina, ich spüre Handschellen.

Eine Männerstimme weckte ihn, die Stimme des Nachrichtensprechers. Kairo war das letzte Stichwort vor dem Wetter. Nichts mehr von Büttinger, Büttinger verschlafen.
Er stand auf, hatte Durst, holte eine Bierflasche aus dem Kühlschrank. Tina, fast freute er sich darüber, daß sie sich eben für ihn eingesetzt hatte. Sie hatte ihm einen Schrecken erspart.
Unter dem Radiogedudel vernahm er gedrückte Laute. Er versuchte hinter die Wände zu hören, das war es, ein Stöhnen Geröchel von zweien, gedämpft hinter der Schrankwand. Longerich, der schwule Herr Gerichtsvollzieher, wen hat der sich heute wieder gepfändet.

Diehl wurde wider Willen unruhig und stellte vorsichtig das Radio leiser. Plötzlich hellwach, versuchte er an den Stimmen zu erkennen, ob es Longerich mit einem Knaben trieb oder vielleicht doch mit einer Frau. Wenn er vom Balkon in Longerichs Apartment hätte schielen können, wäre er jetzt nach draußen gegangen. Aber was hätte er schon sehen können, Longerich als Arschficker, Longerich als ganzer Mann. Vielleicht trägt er sogar gestreifte Pyjamas zu seinen gestreiften Tapeten.
Nebenan wurde es still. Immer noch unruhig, trank Diehl sein Bier im Stehen. Er wollte den Gedanken abschütteln, bei Longerich Voyeur zu sein. Dieser schmierige Kerl mit den Kuhaugen. Er drehte das Radio wieder lauter, streckte sich wieder hin und griff sich den Playboy.
Das Bier machte ihn endlich müde.

Vom Laufen müde, ich will Ruhe haben, auf einer Wiese pennen. Da wird es laut, Stimmen und Gesänge, auf einem Hohlweg kommen mir Menschen entgegen, unendlich viele. Sie schieben sich langsam näher, Leute in schwarzen Kleidern, über ihnen schwankende Kruzifixe und rotgelbe Fahnen. Einer im roten Mantel drängt sich nach vorn und hebt die Hände. Er ist unbewaffnet, wie langweilig. Der Mann gibt mir in einem fremden Dialekt zu verstehen, er sei der Pilgerführer, die Menge walle nach Heinzerath, schließen Sie sich uns an, junger Mann.
Ich warte eisern, bis der Kerl, der nach Zwiebeln stinkt, stumm wird, den Kopf schüttelt und weitergeht. Ich steh an die Böschung gedrängt und lasse den Zug passieren. Es regnet, der Weg wird matschig, rücksichtslos sprechen sie mich mit ihren Litaneien an. Alte Bauersfrauen mit glühenden Wangen schleifen erschöpfte Enkel hinter sich her. Männer, die gewiß schon im Schlamm Rußlands gelegen haben, tun so, als dürften sie auch hier ihre Anstrengung nicht zeigen. Ich sehe in vielfacher Vergrößerung Krampfadern, das gestaute Blut zieht die Beine zu Boden, zu den spitzen, glitschigen Steinen. Viele junge Männer im Zug, in deren gläsernen Blicken die Angst zu lesen ist, nie

mehr eine Frau zu kriegen, auch sie haben sich Kreuze aus Silberpapier um die Brust gelegt. Sie tragen einen mit verkrüppelten Beinen, das Jammern des Krüppels wie Lachen.
Wieder tritt einer auf mich zu, ein Riese und vielleicht fünfundzwanzig. Er kontrolliert meinen Ausweis und redet auf mich ein: Ja, wir wollen Ihnen helfen. Ich bin übrigens Speditionskaufmann, wir sind alle ordentliche Christenmenschen. Auch wenn Sie aus einer anderen Richtung kommen, lieber Herr Diehl, Sie brauchen nicht schamhaft beiseite zu treten. Jeder Mensch ist doch von sich aus schlecht, glückselig wird er nur, wenn er das Heilige verehrt und leiblichen Genüssen widersagt, kommen Sie mit!
Ohne lange zu überlegen, schlage ich ihm die Zähne ein. Er geht. Um mich herum lauter geschlagene Gesichter, Münder faltig und geschrumpft wie bei Toten, Leiber naß und verschwitzt, Bauern noch im Laufen gebeugt über die dünne Ackerkrume, beachtet nur von Kötern, die folgsam hinterhertrotten. Greisinnen tragen Körbe voller Steine, junge Frauen mit Krätze schwenken geweihte Blumen. Priester zeigen allen das Blut an ihren Händen, das Murmeln der Gebete schwillt wieder an, und der Regen dämpft wieder alles. Ich kann den Blick nicht abwenden und fühle mich immer mehr abgestoßen von diesem maroden Haufen, von den Wonnen der Selbstquälerei. So taumeln die Frommen die Armen ihren Zielen entgegen, zu irgendwelchen gefälschten Reliquien.
Als ich das denke, merke ich, wie ich das Ziel werde. Sie rücken mir auf den Leib, mit ihrem stummen frommen Lächeln, sie sehen nicht mehr so sanftmütig mild aus wie vorher. Sie strecken die Arme aus nach mir, an den Händen erkenne ich Schwielen, sie berühren mich kratzen mich brüllen: Was kann der Buntsprecht denn dafür, du stehst doch mitten in der Tür. Ich möchte meinen Verstand wieder haben, ich möchte raus aus dem Strom der Idioten, es sind zu viele, sie nehmen mir die Luft.
Dann bin ich in einer riesigen Bahnhofshalle. In einer Ecke, in der ich den Ausgang vermute, steht Büttinger, nein, Büttingers Onkel, ich bin Büttingers Onkel, behauptet er immer wieder. Er kommt auf mich zu und sagt, es ist gut, daß wir dich haben.

Er faßt mich mit einem schnellen Griff an die Hoden, holt mir den Schwanz aus der Hose und packt den steifen fest. Ein Blitzlicht. Aber den Fotografen kann ich nicht mehr erwischen. Ich sehe das Foto in einer Illustrierten, Farbfoto eine ganze Seite, und ich schäme mich, weil meine Augen so geil und neugierig aussehen. Das kostet uns, sagt jemand, eine einstweilige Verfügung.

Ich suche den Fotografen, renne durch die Nordeifel. Es ist die Gegend, in der Schanz sein Wochenendhaus hat an einem dieser Stauseen. Ich bin durstig und will mit jemand reden. Schanz hat Familie und immer sechs Sorten Bier im Keller, das zieht mich an.

Gut, daß du vorbeischaust, sagt Schanz. Wir haben den Keller voll Bier.

Heut gibt es Braten, sagt Wally Schanz aus der Küche.

Heut gibt es Schaden, rufen die Söhne, etwa sechs und acht. Sie tanzen um mich herum, mit ihren engen Bewegungen zeigen sie, wie klein das Haus ist, die Wände rücken immer näher, das ist ja wirklich nur eine Hundehütte, denke ich.

Hundehütte Hundehütte, rufen die Kinder, du bist der Hund in deiner Hütte. Sie tanzen wilder um mich herum, springen an mir hoch, ziehen mich zu Boden. Das Lachen von Mongoloiden in ihren Gesichtern, unerbittlich fixieren sie mich und belustigen sich an meiner Unsicherheit. Ich versuche, den Kopf zu drehen, und denke, ich könnte ja einfach die Augen schließen, aber dann werden sie erst recht merken, daß ich Angst habe. Endlich scheucht Schanz seine Söhne mit einem Geschirrtuch weg, aber die hören nicht auf, bewerfen mich mit Stricknadeln, mit Fischen aus dem Aquarium und schießen aus Wasserpistolen mit einer Tränengasmischung, mir wird sofort schlecht.

Wenn ihr so weitermacht, schreit Wally Schanz, werf ich die Gans aus dem Fenster.

Tus doch, sagt ihr Mann.

Da wirft sie die kaum aufgetaute Gans durchs Fenster, und die Scheibe bricht so, daß man in ihr noch die Umrisse der Gans erkennen kann. Staunend stehen wir alle vor dem Loch in der Scheibe, und die Bruchstelle ist der Beweis, daß eben nichts an-

deres als eine gefrorene und halb aufgetaute Gans da durchgeflogen ist.
Das war die Gans vom Schanz, sagt ein Kind.
Wir sind eine fröhliche Familie, sagt Schanz.
Durch das Loch im Fenster sehe ich fern hinten den Stausee blinken. Mir ist zum Umfallen übel. Das Klo, das ich endlich finde, ist ein großes Zimmer mit einem Kinderbett darin. Ich fliehe in einem VW.

Die Meldung einer schweizerischen Nachrichtenagentur, nach der Alfred Büttinger am gestrigen Abend in Frankfurt am Main freigelassen worden sein soll, hat sich inzwischen als falsch erwiesen. Die Agentur hat die Umstände der Veröffentlichung bedauert. Ein Regierungssprecher bezeichnete den Vorgang als Sensationsmacherei, die nichts als Verwirrung zum Ziel habe. Die Regierung werde sich auch dadurch nicht von ihrem Kurs der Vernunft abbringen lassen. Es werde weiterhin alles getan, um das Leben Alfred Büttingers zu retten.
Diese Sätze hörte Diehl im Halbschlaf. Als der Sprecher die Uhrzeit sagte, 8 Uhr 05, drückte er den Off-Knopf, tapste eine Runde durch seine Wohnung und legte sich wieder hin.

Ich fahre einen riesigen Wagen, das sicherste Auto der Welt, ein rundum gepanzerter Ford Lincoln. Ich spreche vor mich hin, Sicherheitsreifen mit Luftkammern, schußsichere Reifenblenden, Blockierautomatik bei Hindernissen. Kein PS fehlt zu meinem Glück, ich schaukel durch Kurven, der schwarze Luxuspanzer läßt sich leicht mit einer Hand lenken. Begeistert schlage ich immer wieder auf die Hupe. In diesem Wagen kriegt mich keiner, sage ich mir, keiner wird mich überfallen, keiner entführen, keiner erschießen.
Ich schaukel, im Auf und Ab der Straßen wird die Landschaft mir schön. Im weichen Hintergrund Berge. Ihre Ausläufer, die

Wälder am Straßenrand neigen sich mir zu, das ganze Land bietet sich als Landungsgebiet an.
Ich begreife nur nicht, daß ich mich so schnell entschlossen habe, in die Eifel zu fahren. Ich habe doch einen Termin in Hamburg. Seit acht Jahren will ich die Eifel-Rallye gewinnen, und immer habe ich das Siegen aufgeschoben, und jetzt bin ich schon in der Ehrenrunde!
Auf den Gipfeln der Berge, die immer näher rücken, wehen riesige Fahnen, Nationalflaggen, aber mit ganz unbekannten Farbkombinationen. Ich bin auf der Aschenbahn im Stadion. Sehe an Bäumen und Hecken das alte Grün, die aus Grau und Braun gewachsenen Wiesen, sehe an den neuen Häuserwänden der Dörfer das ängstliche Weiß, all diese saftlosen Farben stehen im Kontrast zu den dichten Reihen leuchtender Flaggenfarben ringsum. Ich bin nicht im Stadion. Man feiert deinen Sieg, flüstert jemand, beeil dich, du darfst nicht zu spät kommen. In den Dörfern sind keine Menschen zu sehen, aber alles geschmückt, Girlanden an Häusern, was ist das für ein Fest. Auf den Feldern bleiben Traktoren stehen, und die Bauern ziehen ihre Mütze, wenn ich in der schweren Limousine vorbeifahre.
Die Zeit vergeht, die Zeit rennt unter den Reifen weg. Ich muß schon viel Zeit verloren haben, Stunden, Tage, Wochen vertan beim Schaukeln durch die Kurven, Jahre vertan beim Trödeln in dieser fahrbaren schußsicheren Zelle.
Ich komme zu spät, Hilfe, ich komme zu spät. Ich gebe mehr Gas, die Maschine wird nicht schneller, ich kann den Wagen nicht ausfahren, so krieche ich über die Landstraßen wie ein schwerbeladener LKW.
Ich begreife nicht, warum ich mir dieses Auto geholt habe, sage ich zu mir.
Sicherheit unbezahlbar, flüstert jemand hinter mir im Fond. Ein junger Bursche sitzt da. Ich habe gleich das Gefühl, der wird mich überleben, aus dem Sattel heben.
Ich fixiere ihn im Rückspiegel, und je mehr ich ihn fixiere, desto mehr kommt er ins Reden. Er behauptet, er hätte mir diese Sicherheitskutsche vermietet, für 1799 DM pro Tag plus Mehrwertsteuer. Das sei ein alter Präsidentenwagen, der schon alle

Anschläge überstanden habe, und er erzählt lange Geschichten von Präsident Washington und Kaiser Wilhelm.
Ich begreife nicht, sage ich laut, warum ich Sie mitgenommen habe.
Mein Name ist Weckeiser, sagt er, Horatius Weckeiser aus Gymnich.
Langsamer als Schrittempo, der Wagen gibt nichts mehr her. Mit einem richtigen Panzer wäre ich schneller gewesen und sicherer und wäre nicht mal aufgefallen, so viele Panzer kreuzen hier die Wege. Ich will diesen Herrn hinter mir beschimpfen rausschmeißen, weg ist er.
Durch den Rückspiegel seh ich nur das Rückfenster und dahinter schwarz und weiß gekleidete Leute, die in Reihen feierlich hinter meinem Wagen herschreiten, alles ältere Menschen. Sie stehen auch rechts und links Spalier, die Männer ziehen Hüte, einige Zylinder oder Mützen. Von vorn eine Stimme: Den hab ich mir schon lange gewünscht. Die Stimme kommt mir bekannt vor. Ganz schwarz der Friedhof.
Ich tauche wieder auf im Krieg. In der Eifel ist Krieg, ein lautloses Getümmel und Gemetzel. Lange schaue ich von einem Berg aus zu und versuche, Frontlinien zu erkennen. Mal vermute ich den Feind hinter einer Hügelkette gegenüber, mal unten am Fluß, mal in entlaubten Wäldern auf der anderen Seite. Die Stellungen scheinen alle paar Minuten zu wechseln, es wird immer unklarer, wo der Feind ist, wer der Feind ist, wer gegen wen. Die meisten Soldaten sehen wie Amerikaner aus, viele Schwarze darunter, andere wie Türken oder Griechen in Bundeswehruniform, alle natooliv. Irgendwo muß der Russe doch sein, ich wäre gern ganz nah am Geschehen. Da juckle ich in einem Leopardpanzer über die Felder, der Kriegsschauplatz ist jetzt zur Besichtigung freigegeben, alles sieht so ernst und komisch aus. Zivilisten und andere mit Autos und Bussen angerückte Städter bewegen sich unerschrocken zwischen Granatwerfern, Gräben und Panzerstellungen, nur wenige Besucher scheinen getroffen zu werden. Autoschlangen auf Feldwegen, und niemand ändert die Route nach größeren oder kleineren Einschlägen. Bauern bahnen sich den Weg zu den Weiden, wo die überlebenden Kühe

aufs Melken warten. Pilzsucher und Mineraliensammler gebückt an den Stellungen der Panzerabwehrrakete Roland. Lastwagen, die von Steinbrüchen kommen, tauchen lässig unter Granaten hindurch, Touristen suchen Platz für ihre Zelte in der Nähe einer Feldküche, Wanderer rasten in Schützenlöchern, Jeeps torkeln über Minenfelder, Hubschrauber holen das Getreide ein, Mönche geben vom Fahrrad aus den Segen nach allen Seiten, Düsenjäger halten am Himmel still. Es ist ein starker Sog in der Luft. Neben mir sterben Menschen wie Marionetten, je mehr umfallen, desto sicherer bin ich, unverwundbar zu sein. Vielleicht geht der ganze Kampf um mich, vielleicht wird der Weltkrieg meinetwegen geführt. Mir ist es gleichgültig, wer die Schlacht um Diehl gewinnt. Hubschrauber aus allen Richtungen formieren sich zu einem Trauerflug oder einer Ehrenrunde über dem Schlachtfeld und senken sich langsam, vergiftete verendende Tiere, mit einer letzten lahmen Bewegung neben ihresgleichen in den blühenden Wacholder.

Siegesfeier, es spricht mein alter Kompaniechef, Major Manderscheit. Er steckt mir einen bunten Orden an und sagt: kein Haus ohne Bruch, kein Baum ohne Einschuß, kein Weg ohne Krater – es lebe der Kater! Ein Tusch der Big Band der Luftwaffe, Tanz. Ich misch mich unter die Soldaten, sie unterhalten sich über Skatspiele und übers Kinderkriegen, kein Kamerad will ein Kind.

Die Party wird langweilig, ich werf mich ins Auto. An der nächsten Kreuzung kann ich mich nicht entscheiden, ob ich dem Schild Neustadt oder dem Schild Flughafen folgen soll. Eine Frauenstimme aus Richtung Flughafen, also diese Straße. Rechts und links verwesen die Leiber abgesackter Flugzeuge, Kanonen angeschlagener Panzer richten sich ziellos gegen die Wolken. Immer mehr Schlaglöcher, das Auto ruckelt nur noch, bewegt sich kaum vorwärts, die Schweißnähte der Karosserie brechen, Blechteile fliegen einzeln ab, Räder legen sich müde an den Straßenrand, das Fahrgestell im Rost zerbröselt, der Motor verlöscht. Ich mit dem Lenkrad allein auf der Hochebene, nackt.

9

So nahm Diehl von Büttinger Abschied, ohne es zu wissen, tagelang. Er spürte nur das schweißtreibende Gedankenfieber und die Furcht aufzufallen, Diehl spinnt, Diehl leistet nichts mehr, Diehl schweigt wie ein Idiot, Flüstergerüchte an jeder Ecke. Aber er wahrte die Beherrschung, im Straßenverkehr, im Büro und bei seinen Freunden, auch vor Tina nahm er sich zusammen. Er fiel aus keiner Rolle. Kein Amoklauf, kein Unfall, nur ein kaum sichtbares Streifen der Leitplanken. Nichts Bedrücktes in seinen Unterhaltungen, nichts Fieberhaftes in seinen Bewegungen. Nur selten brauchte er die Ausrede Kopfschmerzen.

Die Tage vergingen mit Arbeit, Roland Diehl schrieb Reden auf Vorrat. Die Aktion Samthandschuh rollte, und der Ghostwriter war erleichtert über die neuen kriegerischen Zeiten. Sein polemisch grundierter Stil war gefragt. Er hielt sich an die Aufträge der Vizechefs und der Generäle und zog sich zurück hinter seinen Wall von Papieren und Zeitschriften, immer angriffslustig gegen das Diktiergerät.

Er versuchte, in den ihm zugeteilten Etagen zu bleiben, hinter dem schützenden Stahlbeton des Verbandshauses, hinter den heimatlichen Apartmentwänden. Die Enklaven, wo er sich auskannte und wo ihn niemand störte, wurden die Wirklichkeit, die zählt, die Gegend der verläßlichen Wahrheit. Aufpassen, jeden Stillstand, jeden Leerlauf vermeiden und immer aktiv bleiben. Sonst säufst du ab.

Es wunderte Diehl nicht, als ihn eines Morgens Generalgeschäftsführer Lampe rufen ließ. Sie haben dich also doch beobachtet, jetzt kommt die erste Warnung. Es wunderte ihn nur, daß Lampe ihn zunächst ganz sachlich anredete.

Dr. Schanz gehe zum Quartalsende bedauerlicherweise weg zum CBA-Konzern als Pressechef, und Diehl möge sich überlegen, ob er als Nachfolger von Schanz die Abteilung Medien Öf-

fentlichkeit Versachlichung übernehmen wolle, zunächst ein halbes Jahr auf Probe. Das sei auch der Vorschlag von Bräsig und Vierabend. Gerade in der gegenwärtigen Lage sei Diehl, mit seiner journalistischen Erfahrung, mit seinem Geschick im Umgang mit dem gesprochenen und geschriebenen Wort, der geeignete Mann, das habe auch Vierabend gesagt. Die Verbandsspitze traue ihm mehr Führungsenergie für diese Abteilung zu als allen anderen Hauskandidaten.
Lampe blickte Diehl an, als wolle er sagen, auch Büttinger würde mit dieser Entscheidung einverstanden sein, aber er sagte das nicht.
– Wir wollen mitten im Strom, sagte der General, nicht die Pferde wechseln. Also überlegen Sie sich das in den nächsten 48 Stunden, aber bitte für sich allein!
Es wunderte Diehl nicht, nach zehn Minuten schon wieder draußen auf dem Gang zu stehen. Der Teppichboden schwankte. Diehl versuchte fest aufzutreten, gern hätte er jetzt seine Spur auf dem weichen Grund hinterlassen. Dann setzte er sich in Bewegung, erst mit schleifenden Schritten, dann federte er über den Teppichgang und hörte sich schon ja ja ja rufen, aber er nahm sich zusammen.

Schanz also der Verräter, der Feigling kündigt doch nur wegen der Büttinger-Geschichte, und was hat er immer den starken Mann markiert und mit seinen Reserveübungen geprahlt, dieser Hosenscheißer, soll er doch zur Chemie gehen, dachte Diehl und hielt die Augen fest auf dem Bild an der Wand, auf den von oben und unten gleichzeitig begehbaren Treppen und den geschäftig aufwärts- und gleichzeitig abwärtssteigenden gesichtslosen Menschen. Der wird schön ins Schwitzen kommen, wenn er für die Giftmischer die Kohlen aus dem Feuer holt und sich um tote Fische kümmern muß. Soll Schanz sich vor die Mikrofone stellen und vom Restrisiko schwafeln, von Störfallabwehrplanungen ganz lässig, soll der doch den Schlamm der Kläranlagen deuten und Quecksilber wegdementieren und das Chlor unter

Parkplätzen. Nein, mich drängt es nicht dahin, in den vordersten Schützengraben, das ist was für Schanz. Das geschieht ihm recht, der Kleinkram da, jeden Monat den Zukauf einer Firma verteidigen, die neuen betrieblichen Menschenführungsmaßnahmen erläutern, öde Bilanzen kommentieren, Sicherheitsdiskussionen offensiv führen, keine Gefahr aber Risiko nie auszuschließen wir sind alle nur Menschen, das alles juckt mich nicht, diese Schmiere hab ich nicht nötig, Schanz geschieht es recht, daß er mir diese Stelle weggeschnappt hat.
Die Treppen auf dem Bild waren untereinander verbunden, man könnte treppauf treppab im eckigen Kreis gehen, im Dreieck mit Geländern an den gefährlichen dunklen Löchern vorbei. Die vorübergehend Hinabsteigenden schritten, auch wenn sie horizontal im Bildausschnitt lagen, so sicher über die Stufen, als stiegen sie doch hinauf, als müßten sie nur einen Moment lang hinab, um wirklich oben zu sein. Ein Triumph über die Schwerkraft, und auch die Dimensionen waren verrutscht. Aber je länger Diehl nun hinsah, desto brüchiger und unheimlicher wurde die Konstruktion, desto weniger wußte er sich zu orientieren.
Im neuen Büro werd ich den Druck nicht mehr aufhängen, das steht fest.

Tinas Anrufe und Annäherungen überraschten ihn inzwischen nicht mehr. Seit dem großen Krach schien sie anders geworden zu sein, nicht mehr so gereizt, fast verdächtig kuschelig. Das irritierte ihn, er hatte noch nicht herausgefunden, ob sie den Kampf gegen ihn und gegen seine Gewohnheiten einfach aufgegeben hatte oder ob ihre feinfühlige Anpassung nur eine neue Taktik war, mit der sie ihn am Ende für eine Zusage zu irgendwelchen Lebensplänen weichkriegen wollte. Einmal sprach sie die Urlaubsfrage wieder an, sie habe sich das überlegt, sie komme doch gern mit nach Senegal oder woandershin, sie sei gar nicht so festgelegt.
Er beschloß, auf der Hut zu bleiben, aber es wuchs auch seine Neugier, hinter die wahren Absichten seiner Freundin zu kom-

men. Vielleicht sollte ich auch ihre Taktik einschlagen und sie damit überholen, überlegte er manchmal, vielleicht sollte ich sie mit noch deutlicheren Angeboten aus der Fassung bringen und ihr die Versprechungen machen, die sie erwartet. Nur so könnte ich rauskriegen, was sie wirklich von mir will. Aber in der Ahnung, daß sie erlöst wie Dornröschen einfach zustimmen könnte, behielt er diesen Plan erst mal für sich.

Es macht ja doch keinen Unterschied, dachte er, als sie mit aufwendigem Essen in einem Bonner Restaurant den Aufstieg zum Abteilungschef zu feiern versuchten, ob ich ihre wirklichen Absichten kenne oder nicht, du mußt jetzt erst mal auf dich selber aufpassen, Roland, erst mal bist du dran, pack deine Chance, alles weitere wird sich finden. Es gefiel ihm, mit dem Gedanken zu kokettieren, daß alles möglich war und alles aufs Gleiche hinlief, Tina heiraten oder Tina wie gehabt. Mit ihr eine Wohnung teilen, mit ihr Ringe aussuchen, mit Frau Diehl beim Empfang auftreten, das konnte er sich vorstellen, aber es war nichts Aufregendes daran.

Er lächelte sie an, aber sagte nichts von alledem. Tina war mißlaunig, auch noch beim Melonensorbet mit frischen Himbeeren, sie weigerte sich, Begeisterung zu zeigen über Rolands Karriere. Ihr Freund sollte ihr Vorgesetzter werden, so hatte sie sich die Zukunft nicht vorgestellt. Das sagte sie ihm, ausgerechnet an diesem Abend und ganz direkt. Er fand das ungehörig, fast hätte er die Beherrschung verloren.

Das Ende der Schuldgefühle. Ohne Absicht half ihm Moritz Moos, wieder in den kühlen Takt seiner inneren Sicherheit zu finden. An einem Nachmittag, als die beiden die anstehende Beförderung mit Cognac feierten und dann beim Kaffee über die Erfolge der Kontaktkreise sprachen, das offensive Konzept der systematischen Kontaktpflege der Menschenführer mit allen meinungsbildenden Persönlichkeiten einer Region, plauderte Moos über Karnevalsvereinsvorsitzende als Multiplikatoren, hielt plötzlich inne und gab seinen Einfall zum besten:

– Was wär eigentlich, wenn heute Rosenmontag wär und Büttinger immer noch verschwunden? Humba – humba – tätärä – Rosenmontag wie immer.
Auch Diehl fand das witzig. Erst hinterher konstatierte er, daß er gelacht hatte. In dem Moment war er gar nicht auf den Gedanken gekommen, daß Büttinger ja noch lebte irgendwie. Er hatte es also endlich geschafft, er hatte über Büttinger lachen können.
Es war ihm, als begriffe er etwas. In der Sache Büttinger ist nichts so fehl am Platz wie Mitleidsgefühle, nichts so gefährlich wie ein persönliches Interesse an Büttinger. Zwar wird angeblich immer noch um ihn verhandelt, zwar muß hin und wieder noch einmal sein Name fallen, aber wer den Namen auszusprechen wagt, spricht leise, entschuldigt sich schon mit dem Beileidstonfall und der Eile, in der das Wort Schicksal in jede Bemerkung über Büttinger eingefügt wird. Alles ist entschieden, Büttinger ist verloren in seinem Versteck, schon als Verlust abgeschrieben. Auch Moritz hat seinen Büttinger schon begraben, sonst hätte er diesen Rosenmontagswitz nicht machen können. Das Leben muß schließlich weitergehen, und meines erst recht.
Und er, der Chefdenker Roland Diehl, hatte das vier fünf Wochen lang nicht kapieren wollen, was sonst offenbar alle wußten, die Politiker Journalisten Menschenführer. Er hatte den Mann, den er mochte, immer noch ernstgenommen, wie ein Familienangehöriger hatte er an ihn stets als einen Lebenden gedacht. So naiv war er gewesen, so ein sentimentaler Dummkopf, und fast hätte er sich mit seinen Gefühlen ins Aus manövriert, das machte ihm die Bemerkung von Moos schlagartig klar.
Ein paar Tage vorher war er über eine ähnliche Bemerkung noch still entrüstet gewesen. Als er in einer Tankstelle 40 Liter Super bezahlte, hörte er, wie der Mann, der die Geldscheine in die Kasse klemmte, zu einem andern sagte: Büttinger, ach hörn Sie doch auf! Und als der andere, der gerade eine Zeitung mit den dicken Titelzeilen eingesteckt hatte, stumm nachfragte, sagte der, der wohl der Tankstellenpächter war: Ich kann den Namen nicht mehr hören ... Da wird doch nichts mehr draus ... Die sollen ihn abknallen und Schlußaus ... Und dann klar Tisch ...

Jetzt schien Diehl diese Reaktion verständlich. Wer wollte noch was wissen von Büttinger, niemand. Die Leute waren lang genug gezwungen, sich mit dem Chef der Menschenführer zu identifizieren. Aber mit den Wochen hatte die Nähe zu diesem unbekannten Mann jede Spannung verloren, ein Mann, der keine guten Versprechungen mehr machte, kein Held mehr war und an einem nicht existierenden Ort saß. Peinlich und lästig war die Erinnerung an ihn geworden, und deshalb versuchte jeder, die Last Büttinger schnell und unauffällig loszuwerden.
Als Diehl endlich ein wenig von dem allen erfaßte, kam es ihm vor, als sei er allmählich wieder im Lot, sein Verstand.

Einer hat Glück gehabt, er paßt an die richtige Stelle im Apparat, er wird gebraucht. Er fällt die Treppe rauf, ohne Bewerbungsschreiben abzirkeln zu müssen, ohne beim Ausfüllen der Testbogen sich in die Testpsychologen versetzen und beim Einstellungsgespräch ganz offen verstellen zu müssen, ohne durchleuchtet geröntgt und auf Herz Lunge Schweiß Gesinnung geprüft zu werden.
Hinaufgehoben wird er, ihm wird eine funktionierende Abteilung in die Hand gegeben. Endlich Vorgesetzter. Er wird die Redakteure Christa Hanneköther und Jens Süßmilch führen, die PR-Expertin Georgia Arndt kontrollieren und motivieren, den Kommunikationswissenschaftler von Breydelitz und den Volkswirt Jürgen Schmiede, genannt Kabel-Schmiede. Die Hostessen werden ihm unterstehen. Er wird sich vornehmen, seine derzeitige Freundin nicht zu bevorzugen und nicht zu benachteiligen, aber es wird ihm gefallen, Macht über sie zu haben.
Einer ist froh, die dumme Welt von oben zu sehen. Er wird das Privileg haben, acht Stunden am Tag im Plural zu reden ohne Bedenken, wir unser uns uns. Acht Stunden am Tag wird er Interessen vertreten, die er für seine halten wird. Einer wird sich wieder bei den Siegern fühlen und erleichtert sein, eine konkrete Aufgabe zu haben, die ihn, wie er immer wieder sagen wird, ausfüllt.

Einmal kam Frau Majonika herein mit der störenden Bemerkung, sie wolle nicht stören, sie wolle sich nur verabschieden, sie fahre sechs Wochen zur Kur, ja das Herz. Als er pflichtgemäß gute Erholung gewünscht und nach dem Kurort gefragt hatte, streckte sie ihm die Hand entgegen.
Auf diese Geste war er nicht gefaßt. Es war ärgerlich genug, daß sie, die ihm bis zum Quartalsende noch zu dienen hätte, einfach verschwand ohne Rücksicht auf ihn. Nun sah er auf der alten Hand helle braune Flecken, die Haut spannte sich kantig über die Fingerknochen, und auf den Nägeln war der rote Lack etwas abgeplatzt. Das widerte ihn an, aber er nahm sich zusammen, es sollte nicht peinlich werden, die ausgestreckte Hand anzusehen statt sie zu ergreifen, also faßte er rasch die Finger, die kalt waren, und sagte: Ja, dann auf Wiedersehen und gute Erholung! und: Ja, Sie habens gut, ich könnte auch mal eine Kur gebrauchen.
Frau Majonika, die Diehls Verlegenheit verständnislos beobachtet hatte, wich zurück und drehte sich an der Tür noch einmal um, wie sie es dienstfertig immer tat. Aus der Entfernung fand er die alte Frau nicht mehr so unnötig, eher harmlos mit ihrem billigen Schaumperlenschmuck und ihrer brüchigen Dauerwelle. Da geht sie hinüber, und die Hände so gefleckt, das ist ein Zeichen. Das hatte er vorher an ihr nie wahrgenommen.
Rasch blickte er wieder auf seine Papiere, tat so, als müsse er sich eilig konzentrieren, und schuldbewußt, als hätte sie sich zu entschuldigen für den Eintritt in sein Leben, schlich sie durch den Türrahmen hinaus.
Verstohlen inspizierte er seine Hände, war zufrieden mit den kräftigen flecklosen schmucklosen Pranken, musterte die Linien der Handfläche. Fast hätte er die eigene Hand beschnuppert. Da war doch eine Zigeunerin gewesen vor Jahren, Bundeswehrjahre Kneipe Koblenz, die hatte die Hand des Fahnenjunkers Roland Diehl gelesen, eine vielversprechende Lebenslinie, er war stolz auf seine unbekannte glorreiche Zukunft schon damals.
Du wirst nicht ins Gras beißen, so schnell nicht, du läßt dich bald an größeren Schreibtischen nieder, wahlweise Esche schwarz

oder Esche natur, du hast deinen gepolsterten Chefsitz, funktionierende Zuträger, du kannst in jedem Hochhaus das Echo deiner Arbeit hören, für deine Botschaft gibt es keine Grenzen, deine Stimme wird Feinde und Partner einschüchtern, vor deines Verbandes Druck werden sie alle weichen, werden zerrieseln und ihr Weiterleben ganz von euch abhängig machen, die von dir und dem Verband Geführten werden sich mit jedem neuen Arbeitstag und mit jedem erstickten Feierabend staunend an euch klammern, und da die Umstände ihrer Arbeit ständig verändert verbessert verschlechtert werden und jede Veränderung als Erfolg gewertet sein will, wirst du viel zu tun haben, wirst du dir keine Müdigkeit leisten, wirst du nicht ruhen, bis sie am Ende sind, bis kein Widerstand mehr kommt und auch kein Widerspruch, und da immer noch Widerspruch aus den umliegenden Ritzen dringt und Widerstand von immer entfernteren Erdteilen gemeldet wird, wirst du viel zu tun haben, die Ordnung zu sichern, und die Erbschaft der Väter und deine Welt Meter für Meter durchwühlen nach Gold und jeden Stein, jeden Dreck, der sich vergolden läßt, als Fortschritt verkaufen, und außer diesen allesfressenden Innovationen wird sich nichts mehr verändern, denn du wirst nicht kampflos aufgeben, niemals, und niemand soll mehr ungefragt dein Territorium betreten, und wenn dich noch einmal ein Schrecken befallen sollte wie eben der Schreck über die halbtote Frau, wie vor Tagen oder sind es schon Wochen der Schreck über den so gut wie toten Büttinger, dann weißt du, du mußt drüber weg, das Leben geht weiter, du hast keine Chance mehr auszusteigen, deine einzige Chance bist du, deine Wunderdroge heißt Weitermachen, sich ans Verläßliche halten, an die Ehrlichkeit der Technik, an die Ordnung und Sauberkeit der Zahlen Statistiken Bilanzen, die auch dir ein langes Leben versprechen, halt dich an die guten Gewohnheiten. Die gute Gewohnheit sagt zum Beispiel, ein solcher Sieg kann nicht oft genug gefeiert werden.

Diehl rief Peter Poll an, mit Poll hatte er den Aufstieg noch nicht begossen.

– Und bring doch mal deine Neue mit, du weißt schon, sagte Diehl.

– Ich werds versuchen, weil dus bist. Und was ist mit Tina?
– Tina wird mich nicht vermissen.

Diehl wird viel zu tun haben. Er wird, wie bisher Freund Schanz, die Argumente zuspitzen, die ihm die Abteilungen vorlegen zum Zuspitzen. Was die Hausvolkswirte zur Kritik der Kaufkrafttheorie, die Statistiker zur Arbeitszeitverkürzung, die Juristen zu den wichtigen Referentenentwürfen erarbeitet haben, das wird er in kurze, kernige Sätze fassen und von seinen Mitarbeitern fassen lassen. Den Diskriminierungsfeldzug des Partners gegen die Rechte der Menschenführer wird er attackieren, die wahnwitzige Formel vom Recht auf Arbeit vom Tisch fegen und die wachstumsschädliche Lohnpolitik angreifen lassen. Er wird mitsprechen, wenn die Argumente geschärft werden gegen die Ausweitung kollektiver sozialer Sicherungssysteme, gegen die Rationalisierungsverteufelung und immer wieder gegen die Machtergreifung des Partnervereins.
Die Meinungen des Verbandes wird er nachrichtenmäßig aufbereiten lassen, so daß die Journalistenkollegen am anderen Ende der Fernschreiber das Material ohne großen Redigieranfall übernehmen können. Aber er wird seinen Leuten auch beibringen, daß Journalisten ein bißchen was zum Streichen brauchen. Sonst verlieren sie ihre Selbstachtung, aber man muß ihnen solche Sätze zum Streichen geben, die sie an ihre Gewissensreste packen, damit sie beim nächstenmal uns mehr Platz einräumen, langfristiger Zeilengewinn, Sendeminutengewinn. Diehl wird, besser als Schanz, die Meldungen und Meinungen noch mehr versachlichen oder humantouchen, so daß sie auch außerhalb des Wirtschaftsressorts plaziert und dem ökonomischen Laien nähergebracht werden.
Die Wirtschaftspresseagenturen weiß Diehl hinter sich und damit jedes Lokalblatt. Die Abdruckergebnisse werden Jahr für Jahr heftiger steigen. Diehl wird die eigene Meinung im Hörfunk hören. Über die Wirtschaftssendungen im Fernsehen wird er sich nicht beklagen, und wo in anderen Programmsparten men-

schenführerfeindliche Aussagen mit ordnungsverändernden Tendenzen in Erscheinung treten, wird seine Mannschaft sofort zur Stelle sein mit Protest Gegendarstellung Abgewogenheit. Mit Genugtuung wird Diehl beobachten, daß sich kein Menschenführer mehr im Fernsehen blamiert. Jeder fernsehgerecht in Pastelltönen meistens blau gekleidet, aufrechter entkrampfter Sitz, souveräner Blick in die Kamera, jeder Menschenführer vorzeigbarer Sympathiewerber betont stets das öffentliche Interesse und weicht ohne zu stottern unangenehmen Fragen aus.
Diehl wird sich von Ludwig Schanz noch in die Details einweisen lassen und dann an einen Werbemonat denken, an einen Versachlichungsfeldzug mit Nutzung aller verfügbaren Kommunikationswege zur Stabilisierung des Menschenführerbildes. An den Ausbau der Schlagkraft der Dokumentationen Berichte Broschüren Bücher Argumentations-Handouts flankierenden Analysen, auch an die verstärkte Mobilisierung der Menschenführer der Pressebranche.
Mit Netzplantechnik wird er arbeiten, mit einem Verbundsystem zum Ziel der Resonanzverstärkung der informationspolitischen Maßnahmen durch thematische und zeitliche Koordinierung. Er wird mit seiner Mannschaft überlegen, welche Instrumente und Argumentationshaushalte zu welchen Zeitpunkten eingesetzt werden und wie damit die besten dramaturgischen Effekte erreicht werden können.

Abgeschirmt vom öffentlichen Getöse, unbeobachtet hinter schußsicheren getönten Scheiben waren sie alle bei der Arbeit, eingeordnet und heimisch in dem mächtigen, mit Stockwerken und Gängen nicht zu messenden Gehege des Verbandes. Sie waren froh, sich irgendwo einpassen zu können, und die Gewißheit, in diesem Haus einen Platz, einen Schreibtisch und Leitlinien von oben zu haben, machte Gehorsam so überflüssig wie Befehle. Sie waren stolz darauf, von sich sagen zu können, daß sie funktionierten, alles fit und o. k., wenigstens auf dem ihnen zugeteilten Aufgabenbereich.

Und doch fürchteten sich manche, wenn sie, noch seltener als Diehl, sekundenlang einen Schwindel spürten und die Tabletten vergessen hatten und kein Mittel gegen das fanden, was sie der Konzentrationsschwäche, dem Treibhaus-Klima oder dem lähmenden Kunstlicht zuschoben. Wer diesen einen Moment wankte und, wenn es schlimm kam, in Gedanken über sich selbst taumelte, mußte sich selbst gleich danach für verrückt erklären, denn anders hätte er diesen Taumel nicht verstanden. Jeder wußte ja, er wurde gut dafür bezahlt, daß solche Momente der Leere und Müdigkeit nicht aufkommen durften. Jeder sah ein, sicherer als hier in der Zentrale der Menschenführer konnte man nicht sitzen, wer hier aus den Latschen kippt, der spinnt, der ist verloren.
So hatten sie sich in diesem Bau eingerichtet, in dem erdbebensicher gebauten Kasten mit seinen sechzehn Stockwerken, mit strahlensicheren Stahlbetonplatten mit starker Bewehrung gegen den in Köln zu erwartenden Maximaldruck. Kcin Riß im Beton unter der Stahlverkleidung der Außenwände. Alles war sauber verfugt, keine Ritzen für Spinnen und Ameisen, jede Tür präzis im Rahmen, nie sollten Heuschreckenschwärme die Gelegenheit haben, über die lichtgrünen Teppichwiesen herzufallen. Es war alles getan, um die Angestellten im vollen Einsatz zu halten, vor dem Haus Polizei nach Wunsch, drinnen ein fein abgestimmter Geschäftsverteilungsplan. Die Büros waren nach dem Rat der Einrichtungspsychologen gestaltet, die Fenster verhinderten unerwünschte Blicke nach drinnen, die Aluminiumfensterrahmen waren bakterienabweisend, und täglich wurden Reinigungskolonnen auf alle faßbaren Krankheitskeime an Telefonhörern und Fahrstuhlknöpfen angesetzt. Die Kälte war ausgesperrt und die Hitze, die Jahreszeiten vergessen. Kein Wind war zugelassen, keine ungefilterte Luft. Dies war der Ort nicht, an dem Menschen schwach wurden, in Ohnmacht fielen, mit einem Unfall davonkamen oder sich die Frechheit erlaubten zu sterben. Immer, wenn einer in das Alter kam, in dem er die Bezeichnung alt hingenommen hätte, wurde sein Gesicht gegen ein jüngeres Gesicht ausgetauscht, und die frischeren Zellen in der alten Funktion durften wieder beweisen, daß dieser Teil Arbeit noch cleve-

rer noch schneller noch effizienter erledigt werden konnte. Auch Schweiß war verboten, und die Wärme wurde zentral zugeteilt. In den Korridoren der scharfe Geruch völliger Reinheit. Kein Lärm war im Haus zu hören, keine Schreie, nie hatte es hier jemand nötig gehabt zu brüllen, und die geräuscharmen Fernschreiber, die superleisen Schreibmaschinen und Kopiergeräte gaben den Ton an. Die wenigen Geräusche in den genormten Zimmern und auf den Gängen schluckten die Teppichböden weg, sie fingen alles auf, was als wütender Schritt hätte verstanden werden können.
Das einzige, was immer wieder störte, war der Gestank, den der Wind von Südwest von der nahen Brauerei durch die Klimaanlage trieb. Dann roch es im ganzen Haus nach Maische nach Faulem nach Schimmel, ein Proletengestank, sagte Moos, der steigt mir in den Kopf, sagte Kabel-Schmiede, schlimmer als der Föhn in München, sagte Schanz, und alle Fachleute blieben hilflos dagegen.
Gegen jede andere Störung wußten sie sich zu wehren. Der Fall Büttinger, mit dem sie sich noch vor seinem Ende abgefunden hatten, und das Ende war immer noch nicht da, durfte sich nicht wiederholen. Weil das, was mit Büttinger geschah, in diesen Räumen unvorstellbar war, richteten sich die Gedanken auf alle möglichen Unsicherheitsfaktoren. In den Köpfen schäumten Sicherheits-Phantasien und wurden auch vom besten Gewissen nicht verscheucht. Also waren die Pläne schnell genehmigt für die Sicherung der Außenwände der Chefetage mit panzerfaustfesten Stahlplatten. An den Eingängen sollten Video-Kameras und Drehtürschleusen für Besucher installiert werden, in den Chefräumen Radarbewegungsmesser jede unerwünschte Person melden, verschiebbare Stahlwände machten den Konferenzraum abhörsicher, und Schwingungs-Generatoren an den Fenstern wiesen jedes feindliche Richtmikrofon ab.
Je mehr sie sich abschirmten, je mehr sie sich hinter die unsichtbaren Schreckdrähte zurückzogen, desto lauter sprachen sie von der Notwendigkeit, miteinander zu reden, alle gesellschaftlichen Gruppen müßten mehr miteinander reden. Über die Schutzmauern hinweg forderten sie die Wiederherstellung der verlo-

rengegangenen Dialogfähigkeit. In aller Stille verbreiterten sie ihre verborgenen Kommunikationswege zu den Ministerien und zu den Orten der Entscheidung. Sie eroberten neue Spielräume, sie warben mit Grundwerten, und nur wenn es einmal ernst wurde, zeigten sie die Zähne.
Und doch wollte sich die letzte Sicherheit oder eine länger als neunzig Minuten anhaltende Zufriedenheit nicht einstellen. Da hielten sie sich nun alle kalkulierbaren Gefahren und allen Dreck mit dem zweitbesten Geld der Welt vom Leib, da bezahlten sie ihre Leute, die andere dafür entlohnten, daß ihnen der Toast gewärmt wurde, der Kaffee gepflückt, die Scheiße weggepumpt, die Rohstoffe zusammengekratzt, die Raketen geschmiert, die Tabletten gerührt, die Bremsbeläge gewechselt und die Rechenanlagen in Schuß gehalten wurden für sie, die höheren mittleren Angestellten des Landes, und doch störte sie immer noch etwas. Es störte sie, daß sie die Welt außerhalb ihres Hauses nicht besser in den Griff bekamen.
Selten blickten sie auf, blickten mit gewandter Gleichgültigkeit auf das wütende Wettrennen der Autos auf der Uferstraße, blickten über den geduldig seine Last fortwälzenden, den geräuschlosen und nie mehr berührbaren und immer noch gemächlich sich bewegenden Strom. Und zwischen dem leise trommelnden Surren der Klimaanlage hörten sie dann und wann ein trotziges Flügelschlagen der Hubschrauber über den Dächern. Dann zogen sie ihre Fühler rasch wieder ein und füllten, immer weniger unterscheidbar in ihren Karrierebahnen, weiter ihre Posten aus, immer feindseliger gegeneinander, und ließen sich weiter treiben, als wollten sie nicht wissen, was sie taten, als wollten sie nicht wissen, was geschah.

das neue buch rowohlt

Herausgegeben
von Jürgen Manthey

Peter Rühmkorf
Die Jahre die Ihr kennt
Anfälle und Erinnerungen [1]

Das Mädchen aus der Volkskommune
Chinesische Comics [2]

Sergej Tretjakov
Die Arbeit des Schriftstellers
Aufsätze, Reportagen, Porträts [3]

Tom Wolfe
Radical Chic und Mau Mau bei der
Wohlfahrtsbehörde [5]

David Cooper
Der Tod der Familie [6]

Peter Gorsen
Sexualästhetik
Zur bürgerlichen Rezeption von
Obszönität und Pornographie [7]

Velimir Chlebnikov
Werke. I Poesie [8]
II Prosa, Schriften, Briefe [9]

Karla Fohrbeck / Andreas J. Wiesand
Der Autorenreport [11]

Elfriede Jelinek
Michael
Ein Jugendbuch für die
Infantilgesellschaft [12]

Ed Sanders
The Family. Die Geschichte von
Charles Manson und seiner
Strand-Buggy-Streitmacht [14]

Hermann Peter Piwitt
Rothschilds. Roman [16]

Carl Einstein
Die Fabrikation der Fiktionen
Gesammelte Werke
in Einzelausgaben [17]

Peter Turrini
Erlebnisse in der Mundhöhle
Roman [18]

Hartmut Lange
Texte für das Theater 1960–76 [22]

James Baldwin
Eine Straße und kein Name [23]

Ronald D. Laing
Knoten [25]

Michael Schneider
Neurose und Klassenkampf
Materialistische Kritik der
Psychoanalyse [26]

Paul Nizan
Für eine neue Kultur
Aufsätze zu Literatur und Politik
in Frankreich [27]

Ronald Fraser
Im Versteck [29]

Lu Hsün
Der Einsturz der Lei-feng-Pagode
Essays über Literatur und
Revolution in China [32]

Heinz Brüggemann
Literarische Technik und soziale
Revolution. Versuche über das
Verhältnis von Kunstproduktion,
Marxismus und literarischer
Tradition in den theoretischen
Schriften Bertolt Brechts [33]

Hartmut Lange
Die Revolution als Geisterschiff
Massenemanzipation und Kunst [36]

Günter Wallraff / Jens Hagen
Was wollt ihr denn, ihr lebt ja noch
Chronik einer
Industrieansiedlung [37]

Literaturmagazin 1
Für eine neue Literatur – gegen den
spätbürgerlichen Literaturbetrieb [38]
(Neuauflage in Vorbereitung)

Klaus Staeck
Die Reichen müssen noch reicher
werden. Politische Plakate [40]

Wolfgang Harich
Jean Pauls Revolutionsdichtung
Versuch einer neuen Deutung
seiner heroischen Romane [41]

Thomas Pynchon
Die Versteigerung von N° 49
Roman [42]

997/6

das neue buch rowohlt

Herausgegeben
von Jürgen Manthey

Jean-Paul Sartre
Der Idiot der Familie
Gustave Flaubert 1821–1857
I. Die Konstitution [78]
II. Die Personalisation 1 [89]
III. Die Personalisation 2 [90]
IV. Elbehnon oder Die letzte Spirale [114]
V. Objektive und subjektive Neurose [132]

Louis-Ferdinand Céline
Kanonenfutter [79]

Reiner Kunze
Sensible Wege. Achtundvierzig Gedichte und ein Zyklus [80]

Tom Stoppard
Travesties. Schauspiel [81]

Günter Herburger
Ziele. Gedichte [82]

James Baldwin
Teufelswerk
Betrachtungen zur Rolle der Farbigen im Film [83]

Maria Erlenberger
Der Hunger nach Wahnsinn
Ein Bericht [84]

Wilhelm Genazino
Abschaffel. Roman [85]

Peter Schneider
Atempause
Versuch, meine Gedanken über Literatur und Kunst zu ordnen [86]

Literaturmagazin 7
Nachkriegsliteratur [87]

Elmar Buck, Leo Kreutzer, Jürgen Peters
Die schöne Leiche aus der Rue Bellechasse. Einiges über Schreiben, Spielen, Filmen [88]

Literaturmagazin 8
Die Sprache des Großen Bruders
Gibt es ein ost-westliches Kartell der Unterdrückung? [91]

Gwyn A. Williams
Goya [92]

Georges Bataille
Das obszöne Werk [93]

Rolf Dieter Brinkmann
Rom, Blicke [94]

André Breton
Die Manifeste des Surrealismus [95]

Vicente Aleixandre
Nackt wie der glühende Stein
Ausgewählte Gedichte [96]

Niklas Stiller
Der Tod und das Flugzeug
Prosa/Essays [97]

Leonard Michaels
Trotzkis Garten. Prosa [98]

Jochen Lobe
Augenaudienz. Gedichte [99]

Literaturmagazin 9
Der neue Irrationalismus [100]

Sartre. Ein Film
Von Alexandre Astruc u. Michel Contat. Unt. Mitw. von Simone de Beauvoir, Jacques-Laurent Bost, André Gorz, Jean Pouillon [101]

Pierre Klossowski
Die Gesetze der Gastfreundschaft [102]

Paul Nizan
Aden. Die Wachhunde
Zwei Pamphlete [103]

Wilhelm Genazino
Die Vernichtung der Sorgen
Roman [104]

Hugo Dittberner
Draußen im Dorf. Erzählungen [105]

das neue buch rowohlt

Herausgegeben
von Jürgen Manthey

Lao She
Das Teehaus
Schauspiel [139]

Hugo Dittberner
Ruhe hinter Gardinen
Gedichte 1971–1980 [140]

Kurt Bartsch
Wadzeck
Roman [141]

Günter Seuren
Abschied von einem Mörder
Erzählung [142]

Jürgen Theobaldy
Schwere Erde, Rauch
Gedichte [143]

Uli Becker
Der letzte Schrei
Gedichte [144] (Oktober '80)

George Grosz
Ecce Homo
[145]

Literaturmagazin 13
Wie halten wir es künftig mit dem Neuen?
[146]

Adolf Frisé
Plädoyer für Robert Musil
Hinweise und Essays 1931–1980
[147]

Frank-Wolf Matthies
Unbewohnter Raum mit Möbeln
Prosa [148]

Karl Siebig
Ich geh mit dem Jahrhundert mit. Ernst Busch
Eine Dokumentation
[149]

T. J. Clark
Der absolute Bourgeois
Künstler und Politik in Frankreich 1848–1851
[150]

Jean-Paul Sartre
Die Transzendenz des Ego
Philosophische Essays 1931–1939
[151]